MULHERES ESMERALDAS

Copyright © 2018 Domingos Pellegrini
Copyright © 2018 Editora Gutenberg

Todos os direitos reservados pela Editora Gutenberg. Nenhuma parte desta publicação poderá ser reproduzida, seja por meios mecânicos, eletrônicos, seja via cópia xerográfica, sem a autorização prévia da Editora.

EDITORA
Silvia Tocci Masini

EDITORA ASSISTENTE
Carol Christo

ASSISTENTE EDITORIAL
Andresa Vidal Vilchenski

PREPARAÇÃO
Sonia Junqueira

REVISÃO
Silvia Tocci Masini

REVISÃO FINAL
Samira Vilela

CAPA
Diogo Droschi
(Sobre imagem de Gustavo Frazão/Shutterstock)

DIAGRAMAÇÃO
Waldênia Alvarenga

Dados Internacionais de Catalogação na Publicação (CIP)
Câmara Brasileira do Livro, SP, Brasil

Pellegrini, Domingos

   Mulheres esmeraldas : romance / Domingos Pellegrini. -- 1. ed. -- Belo Horizonte : Gutenberg Editora, 2018.

   ISBN 978-85-8235-519-0

   1. Ficção brasileira I. Título.

18-14799   CDD-869.3

Índices para catálogo sistemático:
1. Ficção : Literatura brasileira 869.3
Maria Alice Ferreira - Bibliotecária - CRB-8/7964

A **GUTENBERG** É UMA EDITORA DO **GRUPO AUTÊNTICA**

São Paulo
Av. Paulista, 2.073,
Conjunto Nacional, Horsa I
23º andar . Conj. 2310-2312
Cerqueira César . 01311-940
São Paulo . SP
Tel.: (55 11) 3034 4468

Belo Horizonte
Rua Carlos Turner, 420
Silveira . 31140-520
Belo Horizonte . MG
Tel.: (55 31) 3465 4500

Rio de Janeiro
Rua Debret, 23, sala 401
Centro . 20030-080
Rio de Janeiro . RJ
Tel.: (55 21) 3179 1975

www.editoragutenberg.com.br

Domingos Pellegrini
MULHERES ESMERALDAS

ROMANCE

GUTENBERG

O GARIMPO

ROMANCE, ele sussurra acordando com sol nos olhos, azul quase faiscante na janela, romance precisa antes de tudo ser escrito, e hoje, sem falta, vai começar a escrever, os garimpeiros podem esperar. Pouco antes de acordar, estava no mesmo sonho de sempre: uma mulher, de quem só vê o alto da cabeça, se atrapalha com o zíper de suas calças, tentando abrir e não conseguindo, dizendo que zíper mais complicado, o tesão acabando, aí ele acorda. Para seu amigo Maurílio, a interpretação é óbvia:

— Você está procurando uma mulher esperta, meu chapa!

Ele levanta da cama úmida de suor, se assustando com a baita teia de aranha, mas é só o mosquiteiro, e pisando em latas de cerveja vai ligar a tevê sem imagem, só chuvisca fanhosa:

— *Vamos chegando às últimas semanas de 1984, mas o sentimento nacional é de que o Brasil vai entrando numa nova era, com seu primeiro presidente eleito depois de vinte e quatro anos de regime militar, o mineiro Tancredo Neves...*

Suspira fundo, falando sim, eu suspiro, senão eu piro; depois toma banho e se veste, enfia o caderno de notas num envelope plástico e bota no peito a máquina fotográfica, o gravador cabe no bolso da jaqueta, enquanto o cantil vai enganchado no cinto, o boné na cabeça; já teve insolação em reportagem de campo por esquecer o boné. Talvez por tudo isso, quando dá com a loira no corredor ela lhe olha de cima até embaixo, decerto pensando ser turista ou ecologista com tanta tralha. Ele dá bom dia, ela não responde, chaveando a porta do quarto para sair.

(N.A.: O autor usa apenas "porque" e jamais "por que" porque não vê porque, além de também dispensar algumas pontuações por obviedade desnecessárias.)

Ele espera, para ir atrás dela vendo seu andar, mas ela espera olhando a porta, belo pescoço. Então ele passa e vai para o café, ela atrás pisando tão leve que ele não ouve, apesar de, ele olha, ela estar de botinas.

No salão do café, o hoteleiro vem cheio de sorrisos por baixo do bigodão, com um potinho de manteiga gelada para ele e dois ovos cozidos para ela, mimos especiais do Hotel Ouro Fino. Passando pelo bigodão a mesma mão que pegou pães, pergunta se ele gostou do vinho, voltando rapidinho para a cozinha sem esperar resposta. Vinho? Ele ainda arrota cerveja, e apoia a testa nas mãos esperando o café, que deveria vir antes dos pães, não?

Assim também cochilou no aeroporto de Campo Grande, para, em Cuiabá, pegar o Fokker que roncou furioso até Alta Mata, só mata lá embaixo, às vezes clareira de cidadezinha, cozinhando no mormaço sob a tampa azul do céu. Na pista cascalhada de Alta Mata, as rodas espirraram pedregulhos a bater na fuselagem, e alguém falou isso parece tiro, mas outro disse não, tiro é diferente.

Olha no caderno se anotou isso, anotou. E, aberta a porta do avião, entraram um calorão com cheiro de capim e um menino ligeiro com galinha viva amarrada pelos pés. O menino abriu a cortina da cabine do piloto, entrou e voltou sem a galinha, e só depois, sorrindo desculposamente, a aeromoça deixou saírem os passageiros. Ele revê as anotações. Num sol de esquentar os cabelos, caminhou para o aeroporto, um barracão de madeira com telas nas janelas, mais parecia um grande galinheiro. O piso do saguão estava coberto de pó de serra, e lá fora os táxis esperavam torrando ao sol em ilhas de lama na rua empoçada. Uma crosta de poeira, grossa e dura de velha, cobria o painel de um Mercedes, e, a caminho da cidade, ouvia-se um ronco distante mas furioso; o taxista explicou: eram tratores alargando a clareira da cidade, e uma grande árvore tombou lá na beirada da floresta. Sentiu cheiro forte de alho e o taxista, que dirigia fumando, disse que era de paus-d'alho derrubados, então ele sentiu fome.

As ruas eram de terra mas largas como avenidas, o carro desviando de poças e atoleiros. As casas pareciam boiar no lamaçal, uma aqui e outra lá, entre terrenos baldios com capoeira crescendo, e, em calçadas embarreadas, lojas tinham caixas de som sobre tijolos e mercadorias em varais, de sutiãs a linguiças, anotou para um dos cenários de sua reportagem.

(Não anotou que, no primeiro hotel, onde o saguão tinha quadros de queimadas e enormes vasos de flores de plástico, tirou da mochila uma das três revistas que trazia para isso mesmo, mostrou-se na pequena foto no índice, mostrou a carteirinha de repórter especial da *Playboy*, esperando que, como sempre, funcionasse mais que carteira de Polícia Federal, para enfim dizer que gostaria de se hospedar ali porém não podia: ia passar semana num garimpo, precisava de nota de estadia em hotel. Pode ficar com a revista, falou, e toda dúvida sumiu da cara do sujeito, encheu nota fiscal no dobro do valor, carimbou, entregou dizendo vai com Deus e se enfiou na revista. Deus topa tudo, ele anota agora.)

Depois pegou outro táxi e mandou tocar para qualquer hotel barato de garimpeiros, e o taxista falou o *Ouro Fino*, onde ele logo descobriria o travesseiro tão fino que precisava ser dobrado, o sabonete fininho que duraria dois banhos, a toalha de quase transparente finura... Perguntou ao hoteleiro se tinha vinho, claro que não tinha. Mas ele tinha um plano, resolveu tomando banho: pelas manhãs começaria a escrever o romance, à tarde conversaria pelos bares para anotar histórias de fabulosos garimpos e enriquecidos garimpeiros, misturando com paixões e alucinações inventadas, para voltar já com a "reportagem" toda anotada, faltando apenas redigir.

Deus escreve certo principalmente nas entrelinh... estava anotando quando bateram na porta. Era o hoteleiro com garrafa e sorriso vitorioso debaixo do bigodão:

– Consegui vinho pro senhor, oferta da casa!

Ele agradeceu muito, fechou a porta, olhou a garrafa: era um vinho, se assim podia ser chamado, rosado e licoroso, até o papel do rótulo era grosso. Abriu com saca-rolha do canivete, cheirou e despejou na privada. Pegou na mochila o saco plástico para colocar roupa suja, encheu com meia dúzia de latas num bar vizinho, voltou furtivamente, tomou a primeira lata gelada, a segunda fria, a terceira fresca, as outras mornas entre arrotos e bocejos diante da tevê chuviscando. A última anotação: como será que dormem nos garimpos neste calorão?

De repente ergue o olhar do caderno, esperando flagrar o olhar da loira, mas ela só encara a xícara. Ele luta para passar a manteiga gelada no pão murcho e, olhando como ela come com gosto e com graça os ovos, lembra que está com fome porque não jantou. Pede ovos também, com *bacon* e tomate, o hoteleiro pergunta se pode botar cebola, ele fala alto:

— Passe pela horta com a frigideira e bote o que quiser.

Mas ela não ri, talvez nem ouviu, só olhando para o prato; mas assim ele pode olhar bem: é bonita que só, corpo esguio mas com todas as curvas, pele rosada, cabelos tão curtinhos quanto pontudinho o nariz. Claro que não é dali, embora até pareça, com essas calças e camisas de homem, botinas embarreadas. Puta decerto não é, com essa redoma de respeito em volta. Talvez sapatona, se não parecesse tão feminina, e certo é só que está sozinha, chaveou o quarto. De repente, ela ergue o olhar para ele mas volta a baixar para o prato, um olhar firme e calmo, sem medo nem pressa e bem azul.

Ela acaba os ovos, toma mais café. O hoteleiro traz os ovos dele, pergunta se ela quer mamão, entregando meio papaia ainda com sementes. Ela tira as sementes com a colher, come o mamão a colheradas, devagar e pensativa, os olhos azuis pairando longe. Ele come os ovos, lambe o prato com pão e começa a comer sua metade do mamão, esperando ela olhar de novo. Mas ela não olha, raspa a casca do mamão, lambendo a colher com sensual inocência, depois toma água degustando cada gole e vai para o quarto. Volta logo com chapéu panamá e mochila nas costas, saindo sem olhar, e ele vai espiar da porta: ela caminha reta pela rua, embarreando as botinas sem desviar das poças e barreiros. De repente olha para trás, decerto é daquelas que se sentem olhadas. Ele dá com a mão, ela continua reta pela rua de barro. Ele pergunta ao hoteleiro quem é ela.

— É garimpeira — responde o bigodudo com naturalidade.

Ele pergunta de algum garimpo por perto para conhecer. Tem vários, diz o bigodão, é só pegar um táxi.

— O garimpo dessa dona aí é perto?

É, mas esse ele não pode visitar:

— É garimpo de mulher, homem não pode entrar.

– Elas não deixam?

O bigodudo faz que não ouviu.

– Hem, mestre, elas não deixam?

Nem elas nem a polícia, o homem se afasta resmungando. Ele tira a escova do bolso, no sanitário escova os dentes numa pia que foi branca um dia, sai do hotel no sol ardido mas sem nem sentir mais o calor: é repórter desde o jornalzinho do colégio e, quando começa uma reportagem, vai movido pelo tesão, vai que vai, só pensando no que vai perguntar, em que tom vai escrever, como vai juntar realidade e ficção, e vai também andando reto entre as poças e os barreiros. E o romance? A loira ativou o repórter, o escritor pode esperar.

Entra no primeiro bar, pede uma cerveja para se ambientar, como diria Maurílio, e pergunta se alguém ali é garimpeiro, não, um é escriturário esperando abrir o cartório, outro bancário aguardando abrir o banco, o terceiro é vendedor de loteria, o senhor pode ficar rico levando um bilhete. Ele pergunta do tal garimpo de mulher e todos sabem mais ou menos onde é, mas também avisam que não se pode ir lá. O bancário até baixa a voz:

– Se for, não volta, desce o rio boiando...

Ele vai urinar na capoeira de um terreno, falando sozinho:

– Você pode ter nas mãos, cara, uma reportagem de verdade.

Mesmo que não seja para a *Playboy*, para algum dos grandes jornais. É chegar com tudo escrito, até as legendas das fotos. Querem? É tanto, toma lá, dá cá, pronto. Duas reportagens numa viagem só, isso sim, seria um presente de Natal. Então vai combinar preço com taxista, já avisando que vai precisar de recibo em dobro, quando de longe vê ela entrando no hotel, curvada com a mochila cheia.

Ele deixa o taxista falando sozinho e ruma para lá. Ela está falando com o hoteleiro, mas se calam quando ele entra. Vai direto ao assunto, diz que é repórter da *Playboy* e quer visitar seu garimpo.

– Não recebemos visitas – ela encara com toda a calma dos olhos azuis, na voz uma pontinha de sotaque.

– Inglesa?

– Norte-americana. Com licença.

Ela vai para o quarto, ele vai atrás dizendo que a revista pode pagar bem, principalmente por reportagem com boas fotos. Ela abre a porta e fala olhando através dele, como só por gentileza:

— Não, obrigada. Com licença.

Entra fechando a porta, ele bota o pé. Então ela abre a porta olhando bem para ele, e vai dizer alguma coisa mas ele não deixa, diz que a revista pode pagar bem mesmo:

— Você pode ficar surpresa de saber quanto.

Ela mantém o olhar azulmente frio:

— Não sou atriz nem modelo, com licença — e vai fechando a porta de novo, de novo ele enfia o pé, mas o hoteleiro aparece na ponta do corredor, ele tira o pé, ela bate a porta. Ele vai sentar no sofazinho da recepção, vê as mãos tremendo, fala respirando forte:

— A frieza dela te ferveu.

Mas é mais que isso. Já brigou com amigos jornalistas por dizerem quem diria, um repórter tão premiado como você, acabar em revista de mulher pelada. Alguns são burocratas de gravata mas ainda se acham revolucionários, a serviço de um jornalismo "progressista", conforme um que tem emprego público, onde escreve de manhã notícias oficiais que joga no lixo do jornal onde também trabalha à tarde. Outros se acham tão puros que dão piedosos conselhos, que ele manda enfiar onde nunca bate sol, e em festa do sindicato fica sozinho num canto.

Repórter de revista de mulher pelada... Já nem responde mais quando alguém pergunta quanto ganhou fulana ou sicrana para posar pelada, e alguns perguntam até se tem telefone delas. Mas nunca ninguém falou como essa loira com aquele olhar frio, *nem atriz nem modelo, com licença.* Fica respirando fundo, meio que suspirando, até as mãos pararem de tremer.

Prepara a máquina com vingativo cuidado, murmurando aqui também é um país livre, moça, onde todo mundo pode fotografar todo mundo. Regula o foco da máquina para a porta do corredor e se acomoda na poltrona ensebada para esperar a manhã toda se preciso for — mas ela logo sai do quarto, enterrando o chapéu na cabeça, e ele levanta; bate a primeira foto quando ela passa pela porta.

Bate a segunda quando ela caminha para ele, para pedir com sorriso torto e olhar frio: posso ver sua máquina? Em bobeira instantânea, ele entrega a máquina e ela, com ligeireza profissional, tira o filme e enfia no bolso da camisa, devolve a máquina agradecendo com outro sorriso maquinal e já passando por ele. Que aí lhe pega o braço dizendo ei, devolve meu filme, e ela tenta livrar o braço, ele aperta, então ela lhe dá no meio das pernas um chute rápido, seco e duro, de quem sabe bem o que faz, e ele faz o que com isso se faz, dobra os joelhos e se ampara numa cadeira, ela já saiu ligeira.

O hoteleiro ri – Eu avisei, essa mulherada!... – enquanto ela entra num táxi e já parte. Sentindo cada passo, ele vai para o quarto, deita e fica tempo ouvindo as risadas lá no salão, o hoteleiro contando para outros... E o quarto é ainda mais quente de dia, mas, mesmo suando de escorrer, ele cochila, as pernas dobradas, os joelhos quase no peito feito feto. A regredir, a lembrar porque está ali e, como diz o editor, a focar mais e fofocar menos.

As risadas dos garimpeiros ecoam longe, vão sumindo, ele está no silêncio da redação da *Playboy*, olhado por todas aquelas mulheres dos cartazes – em pé diante da mesa do novo subeditor, que bate palminhas dizendo meu Deus, de onde esse homem tira essas pautas?!

– *Um tesão de garimpo!* Só o título já me deixa excitado! – batendo mais palminhas o subeditor da machista *Playboy,* que, mesmo sentado, consegue ser saltitante; irônico mundo, pernilongo.

O pernilongo zune no ouvido, ficou dentro do mosquiteiro, mas deixa de zumbir para ele ouvir o sub lendo a pauta (que ele escreveu de ressaca meia hora antes da reunião, quatro linhas datilografadas ali mesmo): *Um tesão de garimpo: um texto entre a reportagem e a ficção sobre os sonhos eróticos dos garimpeiros, suas lembranças de farras e orgias, com aquele tempero etc.* Como assim, *com aquele tempero?* o sub pergunta, mas o editor fala tudo bem, ele bota isso em toda pauta. O sub diz nossa, era só curiosidade, né, afinal não é receita pra ter tempero.

– E é a pauta mais curta que já vi...

– Mas os menores frascos – ele se ouve falando com doce voz – só conterão fiascos e fracassos?

O pernilongo passeia, ele estapeia. Estica o braço para fora do mosquiteiro, enfia a mão na mochila sabendo exatamente onde achar o isqueiro, os olhos ainda fechados mas a boca já em meio sorriso.

O sub entrega a passagem e o dinheiro da viagem em envelope aberto – mas ele rasga no bico, cortando as orelhas do coelho ali impresso, e o gesto bruto arrepia o sub. Ele enfia a passagem na mochila, o dinheiro nos bolsos, metade na jaqueta e metade nas calças. O sub atento:

– Não vai conferir?
– Não – ele assina o recibo na palma da mão – você já conferiu.

O pernilongo zunindo.

É bom, diz com voz profissional o sub, você saber que só tem um hotel três estrelas em Alta Mata, então uma reserva é o mínimo que... Vou fazer uma reportagem com garimpeiros, ele fala com a melhor voz que consegue, então vou ficar num hotel de garimpeiros. O editor diz tudo bem, ele sabe o que faz, e que seja reportagem de ganhar prêmio. O editor sempre fala isso, mas o sub se assanha dizendo queira Deus, queira Deus, e ele emenda queira o senhor, então, providenciar meu reforço de diária. Os olhinhos do sub piscam arregalados: ué, como pode pedir reforço de diária se ainda nem chegou ao destino? Faz o que ele diz, depois ele presta contas, o editor fala pegando o telefone, sinal de que seu tempo ali terminou, mas o editor ainda fala tapando o fone:

– Vê se traz coisa quente lá desse garimpo, hem, coisa quente!

O pernilongo zunindo.

Ele vai para o elevador e o sub vai atrás esfregando as mãos, aí fica apertando o botão do elevador. Fala que admira um repórter que, quase no Natal, sai assim para reportagem de semana na A-ma-zô-nia! Mas, baixa a voz para perguntar, o que o chefe quis dizer com "coisa quente"? Bastante peito, bunda e buceta, nada que te interesse – ele fala já entrando no elevador, o sub rindo escandalizado, ai, você é terrível!...

Terrível é pernilongo zunindo, pode custar uma noite de sono. Então ele acende o isqueiro de repente, a chama no máximo, para enxergar e queimar o bichinho no ar; e ouve o chiadinho, como no conto de Hemingway que leu rapazola, resolvendo então ser escritor. Fica com o isqueiro aceso feito tocha, sorrindo vitorioso, depois enfia no mesmo lugar na mochila. Fecha de novo os olhos. Tudo em ordem, dormir. Último suspiro do dia, e a mãe:

– Você suspira demais, meu filho, isso é cansaço, precisa ir ao médico!

— Mãe, estou cansado mas é de ouvir conselho.
— E sempre bebendo, bebendo, dá dor no coração ver você beber assim!
— Mas ao menos, mãe, fígado não dói.

Três batidas na porta. É o hoteleiro todo risonho, achou mais uma garrafa de vinho:
— E é daquele mesmo que o senhor gostou tanto!
Ele agradece tanta gentileza, o bigodudo pede desculpas pela freguesa, é moça muito direita, quando faz compras na cidade sempre fica no hotel, muito direita mesmo; só que muito brava também, o pessoal já conhece e ninguém mexe não. O sorriso por trás do bigodão:
— O senhor facilitou...
— Ela é dona do tal garimpo?
O sorriso fecha, o homem resmunga que disso não sabe, do tal garimpo não sabe nada, e já se vai. Ele senta na cama com a garrafa nas mãos, a dor subindo pela barriga, as pernas ainda meio bambas. Abre a garrafa, mal tendo força de puxar o saca-rolha, e bebe um gole no gargalo. É pior do que esperava; cospe na privada, despeja a garrafa, deita de novo e fica de olhos fechados muito tempo, até sentir fome.

Levanta falando você errou, cara, dói mas você errou, fotografando de perto contra a vontade da pessoa, errou. E não adianta ficar com raiva, será apenas raiva de si mesmo – mas, também, nem por isso vai deixar de checar o tal garimpo de mulher.

Concentrando-se em andar direito para não mancar, sai do hotel sem olhar para ninguém e vê numa lojinha tripés de teleobjetiva; se for o caso, baterá fotos do tal garimpo de longe. Antes, dará uma chegada só com a câmera de mão, que é que pode perder? Mas só depois de acertado o preço é que o taxista previne:
— Te deixo perto do garimpo, daí tem um trecho a pé.
Paga metade adiantado, marca a saída para o dia seguinte bem cedinho. Almoça tucunaré, tomando cerveja com gelo no copo, garantem que é gelo de água mineral. No restaurante não tem vinho, mas em casa, diz o garçom, tem e do bom, pode ir buscar se ele quiser. Tinto ou branco, ele pergunta, e o garçom sorri já vitorioso:

— Nem um nem outro, é rosado e docinho, não tem quem não goste!

Um dia alguém deve ter chegado ali com caminhão de vinho rosado licoroso. Ele agradece, diz que, por especulação médica, só pode tomar tinto. Ora, o garçom tenta, rosado é meio tinto, não é? Ou, diz ele, não é nem branco nem tinto, sinto muito.

Para compensar a decepção do homem, pede a primeira das três caipirinhas para o almoço e, depois de comer, pede nota no dobro do valor. Enquanto espera, anota no caderno, não para a reportagem, para o romance: que anda cansado daquele apartamento, daquela rua, daquele pedaço de São Paulo ou até cansado do Brasil, tanta burrice querendo ser espertéza, e ele mesmo talvez seja exemplo disso. Ainda se acha com saudade da Alemanha de vez em quando, até dos invernos e das feijoadas dos exilados. Lá conheceu a primeira mulher, lá deixou de ser comunista, recorreu ao jornalismo para não passar fome, sofreu gostoso, como dizia Maurílio, porque, apesar de tudo, tudo lá parecia que podia acontecer.

Na rua, o céu já todo escureceu com gordas nuvens, e começa a chover. Numa barraquinha de zinco ardente, onde se lê *Sucos Gelados*, um menino pergunta o que ele vai querer, pede suco de cupuaçu. Na sua estufa de zinco o menino sua feliz. Tudo vem de Deus, diz a mãe. Em vez de escrever o romance pela manhã, só perdeu tempo com a loira de olhos frios mas, apanhando, percebeu que deve mesmo esquecer por ora *Um tesão de garimpo*, para amanhã ir para onde aponta o imprevisto – um garimpo de mulheres que (se Deus bem quiser, porque Deus também pode mal querer, como diz a mãe) lhe dará uma reportagem de verdade. Entretanto, se existe um Grande Plano, funciona para não deixar que escreva o romance. Sempre aparece alguma coisa pelas manhãs, geralmente uma ressaca, e agora, quando não tem vinho por perto e tempo de sobra para a reportagem, podia simplesmente sentar e escrever o romance – mas como um repórter da *Playboy* ignorará um garimpo de mulheres e, principalmente, uma mulher para quem se ajoelhou? E depois desse suco tão denso decerto vai passar a tarde dormindo.

Quando vê, o menino olha espantado para ele, está murmurando palavrões em alemão.

No hotel, pede para telefonar, só tem telefone na portaria, com o hoteleiro ali e vários garimpeiros deixando de ouvir a televisão chuviscosa para prestar atenção no repórter da revista de mulher pelada. Olham sua máquina e suas roupas e comentam abertamente. Ele disca a cobrar, fala ao editor que tudo vai bem, está de partida para vários garimpos, numa semana estará de volta – talvez com duas reportagens.

– Outra de garimpo? No mesmo ano, não!

Esqueceu, a *Playboy* não repete mulheres nem reportagens. Então, se escrever também a reportagem *Garimpo de mulher*, sairá só no ano seguinte, sem adiantamento e nenhuma despesa de viagem, afinal ele já está ali. O editor, com a pressa profissional:

– Se já tem uma reportagem na mão, volte logo, não passe de semana que você sai muito caro, e traga só notas fiscais, não me venha com recibos à mão em papel de embrulho!

Ele conta até seis como sempre, como fazia com as granadas de barro quando menino, e o editor pergunta se ele ainda está na linha.

– Estou. Mais alguma coisa?

– Boa sorte aí. Às vezes te invejo.

– Porque só às vezes?

– É sério, você é repórter mesmo, deve ser dos últimos. Deus te ajude.

Ninguém deve ter a agenda mais cheia que Deus, anota depois de desligar, os garimpeiros a cochichar alto devido à tevê também alta, ouve *preibói* várias vezes. Não tiram os olhos dele e então, muito sério, continua a anotar no caderno ali no balcão de cimento, com pose e floreios de caneta: *Que bom, o menino em mim se nega a morrer.* Põe a mão na testa pensativo, morde a caneta, os homens em cochichação. Anota mais alguns rabiscos, eles cochicham assanhados; e ele diz ao hoteleiro que, tendo mais alguma garrafa daquele vinho, sirva por favor aos cavalheiros. Vai para o quarto ouvindo o bigodudo contar aos outros o chute no saco que ele recebeu, a arriada que deu, todos ouvindo num religioso silêncio, depois gargalhadas.

No quarto, suspira fundo, está resolvido:

– Você não vai mais para esse maldito garimpo, vai escrever o romance logo cedinho.

Escova os dentes, cai na cama arrotando tucunaré com vodca e cupuaçu, e começa a chover.

Mais um dia perdido, ido, do, o, quando menino brincava com as palavras para dormir. A mãe:

– Se você não bebesse no almoço, não perdia a tarde dormindo!

Dormindo, mindo, do, o.

A janela está escura quando acorda, deve mesmo ter dormido a tarde toda, mas, quando olha pela janela, o dia amanhece no horizonte da floresta: dormiu a tarde toda e a noite inteira! Toma banho, toma café, volta para o quarto sentindo velhas pontadas na coluna. O hoteleiro bate na porta, o táxi espera, na janela um céu todo azul – e na coluna aquela dorzinha. Então tira roupas da mochila, também uma das duas *Playboy* restantes, mas não alivia muito o peso. Tem de levar a máquina, várias lentes, bastante filme; cada foto pode valer uma boa grana se a reportagem sair também noutras *Playboy* do mundo. No balcão do café enfia meia dúzia de bananas na mochila e bota nas costas para sentir o peso, continua pesada mas vai para a rua assim mesmo, a coluna dando suas pontadinhas.

– Isso é falta de mulher, meu camarada! – diz Maurílio – A falta de enrijecimento abaixo amolece a coluna acima!

O táxi roda por larga e lisa estrada de terra, bicho metálico ronronando, ele inclina bem o assento, recosta fundo, cochila.

Cochila no travado trânsito de São Paulo, o táxi parado na chuva, os vidros embaçados, o rádio noticiando futebol; até que paga e sai na chuva. Anda se molhando até em casa, avenidas e viadutos, só parando para conhaque num bar onde pede saco plástico, embrulha a carteira e continua pela chuva. Quando chega, está todo ensopado – e o apartamento também.

Apartamento não é casa, diz a mãe, querendo dizer que não é lar. Minha casa é onde estou no momento, diz Maurílio. E ali está Maurílio dormindo de boca aberta no sofá, a garrafa de vodca deitada no carpê molhado, a água vem da banheira transbordando. Ele fecha a torneira. Deixa os sapatos pingando pendurados nas maçanetas, anda descalço por todos os cômodos, uma lâmina de água cobre tudo, pilhas de revistas e jornais se encharcando na área de serviço, a coleção de suas reportagens; talvez já sinal de uma velha vida ficando para trás, mas na hora ele não percebe. Abre a geladeira, foram-se quase todas as cervejas mas um pé de alface continua ali murcho de esperanças. Volta ao banheiro, joga no chão molhado as roupas molhadas, deita na banheira; a água jorra em cascata para fora, como sempre quis fazer menino, só falta o barquinho. Fecha os olhos.

Quando abre, Maurílio está ali, só de cueca, com casaco de inverno europeu, já uma lata espumando na mão, procurando seu copo para brindar:

– Cadê teu vinho?
– Não estou bebendo.
– Tá doente? Quero brindar.
– A que?
– Ao teu astral, meu irmão: chega em casa e se joga na banheira, olha que maravilha!

A mãe terá um ataque se vir o apartamento. Maurílio senta na privada com olhar longe; talvez pose, talvez lembrando mesmo do Chile, ou do México, Europa, Angola. O último dos exilados. Ainda falando de Lênin como de um santo, embora beber tenha sido o que mais fez pela Revolução. Em partidinhos clandestinos foi assaltante de bancos, dirigiu até caminhão sem ter carteira de motorista, foi segurança de notórios procurados, transportou malas de dinheiro, foi babá de nenês de mães encarceradas, enfermeiro de vaidades doentias, tudo enfrentando desde que não tivesse de aguentar "reunião de mais de hora" e, em seguida, não faltasse bebida. Guerrilhando com os cubanos em Angola antes de se tornar o último exilado a voltar para o Brasil, Maurílio virou lenda a andar de lado devido à tortura, conforme uns, ou devido à cirrose, conforme outros, a viver "uma lua aqui, outra lá", uma semana com cada ex-exilado que consiga encontrar, rolando por todo o Brasil e se tornando entendido em sotaques e pratos típicos. E sempre deixando na pia da cozinha, no fogão e sobre a geladeira, louça suja entre latas e garrafas.

– Maurílio, porque aquela calcinha na geladeira?
– Pra você, companheiro, uma lembrancinha. Veio uma dona me entrevistar, o último dos exilados, coisa e tal, acabamos na tua cama,

mas nem precisa trocar lençol que ela era limpinha. Só que acabou a vodca, meu chapa, não tem mais?

Ele sai da banheira, tira uma garrafa do cesto de roupa suja, Maurílio diz que só não procurou ali. Ele vai para o quarto, chapinhando no carpê, e só então Maurílio nota o alagamento, com seus altos sapatos para neve, manchados de gordura ainda da Alemanha.

Toca a campainha. Ele veste o roupão, abre a porta, e a síndica nem dá boa noite, diz que está vazando água no apartamento de baixo. Ele diz que o problema será resolvido sem falta e volta para dentro. Maurílio vai atrás tropeçando em latas e pedindo desculpas, entre bicadas na vodca e na cerveja, enquanto ele vai enfiando roupas e tralha na mochila. A síndica entra curiosa e olha tudo muito espantada, os quadros, as fotos, as mil lembranças de viagem e os discos enfileirados no rodapé, as capas com marca de umidade subindo do carpê.

Maurílio pergunta se pode ajudar em alguma coisa, já com outra lata espumando na mão e, com a outra mão, despejando vodca da garrafa na boca sem tocar os lábios no gargalo, uma das coisas duramente aprendidas, como diz, "no congelante exílio europeu".

– Quer que enxugue teus discos, companheiro? – abrindo os braços, cerveja espirrando na parede – Eu enxugo teus discos! Amanhã! – bebendo na lata – Enxugo todos os teus discos! – bebendo na garrafa, ligando a tevê e deitando no sofá.

A síndica passeia o espanto pelo apartamento, murmurando que nunca viu tanta água!

– Mas o pior já passou – ele pega pelo braço levando para a porta – Agora só tende a secar – e deixa a mulher lá fora com beijo na mão, ela fica olhando a mão enquanto ele fecha a porta.

Veste-se, abre a gaveta da escrivaninha e sente o bafo de Maurílio sobre o ombro, olhando a papelada na gaveta.

– Vai sair de novo, companheiro?
– Vou viajar. Se resolver ir embora, devolve a chave pra minha mãe.
– Vai pra onde?
– Alta Mata, na Amazônia.

Maurílio não se espanta e ele repete que é na Amazônia.

– Tem de ser em algum lugar, né, companheiro – e bebe na lata e bebe na garrafa – Então lá coma tucunaré com pirão e beba pinga com mel, não tem nada igual pro tesão.

Ele anota a frase, pode botar na boca de um garimpeiro real ou imaginário. Maurílio pergunta que papelada é essa na gaveta, e ele pela primeira vez conta a alguém, são anotações para um romance que tenta escrever. Maurílio pega uma das folhas amareladas como se fosse um rato morto.

– E tá tentando faz tempo, hem, companheiro?

Ele pega a mochila, a jaqueta, o cantil e sai. Da porta, Maurílio pergunta quando vai voltar, não responde. No elevador, ainda ouve o último dos materialistas dialéticos, como se diz, entretanto gritando para o fosso:

– Vai com Deus, companheiro!

No aeroporto, liga para a mãe:

– Dá uma olhada no apartamento, mas lembra que tem amigo meu lá.

– Aquilo não é amigo, é um aproveitador! – ela parece morder o telefone – Você não tem mais amigos, meu filho, não para em casa, mulher pra todo lado, bebida em todo canto, você devia casar de novo, porque eu vejo que você vive infeliz! Você está onde?

– No aeroporto. Só quero que a senhora dê uma chegada no apartamento, mãe, só isso. A senhora vai ver porque.

– Aquele animal vai ficar lá até quando?

– Ele é uma boa pessoa, mãe, conversa com ele pra conhecer.

– Só o bafo me derruba. Vai com Deus, meu filho. Você volta antes do Natal, não é?

Ele desliga. "Vai com Deus"; lembra a quadrinha que recitava menino antes de dormir: com Deus me deito, com Deus me levanto, com a graça de Deus e do Espírito Santo. Mas o táxi trepida tanto que o taxista fala acorda aí pra não quebrar o pescoço, e ele vê que a estrada larga e lisa virou estradinha estreita e buraquenta. Ali é entrada de garimpo de barranco, aponta o taxista, lá adiante tem muito garimpo de rio, e vai apontando garimpos até a estradinha acabar diante duma capoeira. Retorno daqui, diz o taxista, volto no fim do dia. Ele só tem de atravessar a capoeira, entrar na mata e seguir o riacho.

— Mas cuidado com essa mulherada, hem, diz-que até já mataram gente aí...

Ele bota a mochila nas costas, sentindo a dor, e vai pela trilha na capoeira alta. O sol subiu, a capoeira mormaceia ainda encharcada de chuva, e quando chega à mata já está todo suado. A sombra das árvores seria um frescor se a mata não fosse abafada, tanto que só ouve o rumor do riacho quando já está na grota onde a água corre entre pedras. Avança com cuidado para não escorregar na terra úmida, nas pedras lisas, a mochila pesando nas costas, a máquina balançando no peito; afastando galhos e se desenroscando de cipós; até que, de repente, está com uma carabina na cara.

— Pode ir voltando, meu chapa.

É uma mulata alta e larga, roliça sem cintura, com botas de borracha e bermudas, os peitões quase rompendo o sutiã debaixo da camisa de homem. Ele fala bom dia, estou procurando o garimpo de mulher.

— Então o nome já diz: não é pra homem.

Mas ela olha a máquina fotográfica, ele diz que é repórter, só quer conhecer o garimpo, e ela diz ih, seu moço, tem tantos outros garimpos por aí... Engatilha a carabina, os dois canos como olhos escuros focando seu peito.

— E cansei de conversa, pode ir voltando.

Mas ele diz que não vai voltar:

— É terra do Estado, a senhora não tem o direito de me tirar daqui.

Ela balança a cabeça dizendo baixinho é primeira vez que me chamam de senhora, pois é:

— A gente tem mesmo que cair fora daqui, garimpo envelhece...

— Deixa ele — fala outra voz.

Ele vira, é a loira, com seu chapéu panamá e agora calças de fuzileiro com manchas de camuflagem, botas de borracha e camiseta sem sutiã, os mamilos cutucando o pano. Os olhos, ele bem vê agora, são do azul claro dos ingleses, e o olhar continua frio. Só então vê também que ela é levemente vesga, parece que só um olho olha para ele, o outro parece olhar de lado, desconfiado ou pensando.

— Você é mesmo da *Playboy*, é? — ela empina o nariz para perguntar, levantando do rosto a sombra do chapéu, aí aparecem sardas claras, como tinha a primeira namorada do menino.

Ele mostra a carteirinha da revista, conta como vai ser a reportagem *Um tesão de garimpo*, e como ficará interessante se também garimpeiras contarem seus sonhos e fantasias e... Ela quase sorri mas não, como se ele e sua história não valessem nem isso.

– Sonhos e fantasias, é?

– Ou nem precisam falar nada, só bato umas fotos.

As duas trocam um divertido olhar.

– Só umas fotos?

– Eu só quero fazer uma reportagem bonita.

– Se é sobre garimpo – fala a mulata – não pode ser bonita.

– Quem sabe... – a loira olha através dele – Mal não vai fazer. Então vem.

A mulata abre boca de espanto, balbuciando mas, mas, mas a loira vai pela trilha e, indo atrás, ele vê uma bem formatada bunda e um 38 em coldre atrás do cinto. A mulata vai resmungando que tomara ela saiba o que está fazendo, elas já têm problema demais pra arranjar mais um, até que a loira corta:

– Para de resmungar, Dita, parece velha.

A mulata se cala, passarinhos debocham. A trilha acaba numa clareira onde o riacho se espalha em açudes de terra e cascalho. Nas beiradas da clareira, varais de roupa e de charque se estendem entre barracas. De um rancho de troncos de palmeira, coberto de palmas, sai fumaça com cheiro de comida caseira. Vê também um forno de barro, como o da vó quando era menino, mas não perde de vista a loira a falar baixo com a mulata, com gestos de discussão. Deve ter uns trinta anos, mas peitos de quem nunca amamentou, ou será virgem ou é sapatona. E estão com cabelos molhados, deviam estar tomando banho no riacho quando ele apareceu.

Entre todos os truques do jornalismo, os melhores são os mais simples, ser humilde, tratar com respeito, olhar nos olhos, trocar favores ou gentilezas, não esquecer o nome da pessoa. Então, quando a mulata deixa a carabina numa barraca e vem até ele, pede com voz doce: me mostra o garimpo, Benedita. Garante que só baterá foto de quem quiser, depois mandará cópias. Enquanto isso, lá no rancho a loira fala com a cozinheira e sua ajudante, apontando para ele. Hem, Benedita, ele pede docemente, me mostra o garimpo que eu vou te agradecer pra sempre, vou pedir por você sempre que rezar.

– E você reza muito?

– Nunca, mas pelo menos não sei mentir.

Ela ri bonito com os dentões brancos.

– Tá certo, preibói – o maldito apelido aparece onde quer que vá – Vou te mostrar um garimpo de mulher.

Ela mostra os barrancos derrubados com pás e picaretas, os montes de cascalho, as bateias, a valeta de madeira por onde a lama escorre até peneiras cobertas de estopa, para reter o ouro em pó; um garimpo como os outros, diz a mulata. Ele pergunta se nos outros garimpos as barracas também são limpas assim, os colchonetes com lençóis, fronhas nos travesseiros. Ela ri, dizendo pois é, coisas de mulher, e que só ali ele também verá máscaras de gás, apesar de todo garimpo depurar ouro com mercúrio.

– Porque garimpeiro é bicho burro, preibói, só querem ver ouro, não veem os perigos.

Dita mostra ainda que, ao lado do rancho, um bambu verte água de mina numa pia de pedras, então elas têm água potável sem precisar comprar bujões de água mineral como nos outros garimpos. E também têm uma privadinha coberta sobre uma fossa, com paredes de zinco e piso de tábuas, coisa que só garimpo grande tem, fala com orgulho. Finalmente mostra, com mais orgulho, os motores a diesel para bombear água do riacho, entendida:

– Fui caminhoneira, preibói.

– Antes ou depois de casar? – ele aponta a aliança.

– Depois. Ele morreu.

Então é só fazer duas ou três perguntas condoídas e ela conta como o marido morreu, até com detalhes porque viajavam juntos, ele caminhoneiro e ela sem filhos; tinha até aprendido a dirigir o caminhão para ele dormir. Quando ele morreu, ela resolveu continuar, ser caminhoneira, pensando ser uma entre poucas, depois espantada de ver tantas outras rodando pelo Brasil.

– E não teve medo?

– Medo, preibói, só tive de passar fome e não honrar a herança de meu homem.

Um dia, esperando uma carga para voltar a São Paulo, conheceu Méri (a loira então tem um nome) no Hotel Ouro Fino (ainda sente a dor no saco). As duas conversaram jantando, Méri contou que tinha um garimpo para tocar, precisava de gente e também de dinheiro.

– Então vendi o caminhão e botei o dinheiro na mão dela.

– Porque? – ele olha nos olhos.

Ela olha como se ele fosse criança:

– Porque?! Pra ficar rica, preibói, ou você acha que alguém gosta disso?!

– E ficou rica?

– Não, mas um dia quem sabe? – mentindo porque falou desviando os olhos.

Ele pergunta se Méri é nome ou apelido, achando que deve ser Mary, mas é Mariane. Lá no rancho ela bate colher em frigideira, chamando para o almoço, e ele murmura ela é ex-militar. Dita, admirada, pergunta como ele sabe. Vão para o rancho, onde a cozinheira Donana é uma índia enrugada e gorda mas de cabelos negros e compridos, botando sem pressa os panelões na mesa de tábuas sobre cavaletes, e aparecem mais duas mulheres. Uma é clara de cabelo grisalho e curto, andar de homem, cara de homem, jeito de homem. Esta é a Portuguesa, Dita apresenta, e a mulher nem olha, pegando comida. A outra é uma linda mulata miúda, café-com-leite, mais leite que café, cabelos finos e brilhantes encaracoladinhos – e com as mesmas botas de borracha de todas, de bermudas mas camisa aberta, aparecem os peitinhos. Mariane lança um olhar e ela se abotoa sorrindo; uma pinta mexe na bochecha. Esta é Pintinha, Mariane apresenta, dizendo que ele é da *Playboy*.

– A revista de mulher arreganhada? – Pintinha tem voz doce.

Mariane cochicha com Portuguesa, Pintinha começa a fazer poses enquanto pega comida.

– Essa máquina aí é só enfeite, preibói?

Não deixa de ser um cenário interessante. Os pratos são de alumínio, as botas vermelhas estão embarradas, a mata verdeja ao fundo e ele começa a fotografar. Já fotografou de perto bichos selvagens e longínquas paisagens andinas, alpinistas em cume nevado e mineiros em mina escura, até debaixo d'água já fotografou, tubarões entre bancos de corais, mas nunca, apesar de repórter da "revista de mulher pelada", nunca fotografou uma mulher fazendo poses. Começa a ficar excitado com Pintinha. Pega também um meio-corpo de Dita rindo com o prato nas mãos. Depois, a cozinheira Donana com seu sorriso bom, a negra cabeleira lisa de guarani e seu pacífico olhar; e sua ajudante Cida, outra mulata, quieta feito uma planta, só olhando para baixo.

Pintinha amarra as fraldas da camisa, deixando à mostra a cintura fina e a bundinha redonda enchendo as bermudas curtas, e faz pose com cada uma das outras, menos Mariane e Portuguesa que vão discutir longe. Quando voltam, Portuguesa pega o prato frio e come brava; Mariane some.

De repente Portuguesa levanta o olhar do prato e, com voz de homem, pergunta se ele tem uma identidade qualquer. Ele mostra a carteirinha de repórter, mostra sua foto na revista; ela continua a comer, Pintinha pega a revista.

– É você mesmo, preibói, mas de barba.
– É foto de arquivo, usam sempre a mesma.

Remoçou, disseram os poucos amigos quando cortou a barba, remoçou. Cortou, disse, porque a barba passou a ter mais fios brancos que negros, só ele mesmo sabendo que junto cortou a Revolução, a guerrilha, o sonho de fazer História com as mãos. Vontade de dizer remocei não, mudei, mas não disse, agora diz:

– Esse não sou mais eu, mudei.
– É, diz Pintinha, eu menina era tão feinha.

Dita ri, voltando a encher o prato, e Donana bota um prato nas mãos dele, tão quente que queima os dedos. Tem o cheiro de comida da vó; feijão de caldo grosso, arroz macio e soltinho, carne cozida, mandioca, e as primeiras verduras que vê em Alta Mata.

– Da horta da Cida – Dita aponta lá uns canteiros, Cida sorri orgulhosa e envergonhada, a única de vestido, tão comprido que chega às canelas, o cabelo curtinho como um capacete negro, noviça amazônica.

– Você é de Minas, não é, Cida?

Ela levanta olhar de espanto:

– Comé que o senhor sabe?
– Pelo jeito. Me chame de você.

— Sim senhor.

Portuguesa lava o prato a tapas na pia de pedra, bebe água da bica na palma da mão, vai se enfiar numa barraca.

— Porque ela tem raiva de mim?

— Ela tem raiva do mundo, preibói. Não vai tirar mais foto?

— Deixa o rapaz comer, Pintinha — Donana sorri com os dentes miúdos de índia, ele pergunta se é guarani.

— Como que você sabe, rapaz?

— Obrigado pelo rapaz.

— Você é adivinho, preibói? — Dita pergunta séria.

— O seu caminhão era Mercedes — ele arrisca, é o caminhão mais vendido no país, e ela fica um tempo de boca aberta antes de falar:

— Ele é adivinho.

— Então adivinha quantos anos eu tenho — Donana sorri com a cara sem idade das índias de meia idade; tanto pode ainda ter quarenta e tantos como mais de sessenta, então ele arrisca cinquenta e sete, ela também fica olhando admirada para ele.

Um tiro abafado na mata.

— É a chefe caçando, preibói — Pintinha aponta os varais de charque, e ele fica sabendo que está comendo cutia.

Méri corre as cevas à tarde, explica Dita, quando as cutias comem antes de se entocar para a noite, mas hoje foi mais cedo. Mariane aparece com cutia de quase três palmos de comprimento, já sangrada; pendura num varal amarrando ligeiro as patas, lava as mãos e faz seu prato, sem ao menos dar um olhar.

— Quem é francês? — ele arrisca — Seu pai ou sua mãe?

Ela então também lhe dá um olhar admirado:

— Minha mãe. Como soube?

— A frigideira é francesa.

Vê então seu primeiro sorriso, curto e claro feito um *flash*; mas acaba logo e ela vai com o prato para uma barraca. Mal ela entra na barraca, Pintinha abre a camisa, botando as mãos na cintura e erguendo os peitinhos:

— E as fotos, preibói?

Donana diz é louca, essa menina é louca. Cida baixa os olhos, Dita come com seu apetite caminhoneiro. Esse mundo é que é louco, ele fala, e deixa o prato para fotografar. Pintinha nasceu modelo, sabe posar brincando; ri jogando a cabeça para trás, mexe os ombros, cobre um peitinho com o chapéu de palha, o outro suspenso na outra mão como uma fruta. Deve ser quase três da tarde, o sol ainda alto demais, mas ela ergue o rosto já sem ele pedir, assim tirando as sombras dos olhos, e mantém cada pose enquanto ele regula cada foto.

— Já posou alguma vez?

— Muitas vezes, preibói, pra espelho de motel...

Essa menina é louca, repete Donana. Ele vai pelo garimpo a bater fotos de Pintinha. Mariane sai da barraca, as outras se juntam em volta enquanto ela lava o prato, e discutem de novo, ela e Portuguesa, depois cada uma vai para um lado, ela volta a sumir entre uma foto e outra. O sol já sombreia a clareira mas o calor continua, a máquina escorrega nas mãos suadas, enquanto ele bate três filmes de Pintinha, variando cenários, o colorido das barracas ao fundo, ou a mata, os montes de cascalho. Também não precisa pedir para ela tirar a camisa, fazer poses com pá e picareta, até com a fálica mangueira de ar comprimido. Mal clica uma foto, ela já começa a posar para a seguinte. Ele esqueceu das outras, esqueceu do calor mas, quando para, estão pingando suor, e só então ela percebe:

— Não faz mal suada assim, preibói?

— Vão gostar mais ainda.

— Você vai ganhar dinheiro com isso, né, preibói, mas e eu?!

Dita ri:

— Pode ser louca mas não é boba.

Ele avisa que, antes de tudo, precisa mostrar as fotos à revista; e só depois, sendo aprovadas, ela vai tratar de dinheiro com outra pessoa, o subeditor. Pintinha ouve com atenção.

— Ele é um tesão como você, preibói?

— Baita macho.

Ela fica tranquila, uma revista de moral como a *Playboy* não publica fotos sem contrato:

— Senão depois a pessoa pede o que quer na Justiça... Agora me diga seu nome completo e número da identidade.

Só depois repara que Pintinha ainda não comeu, faz agora o prato. O rancho tem fogão a gás mas a comida foi feita em fogão a lenha, decerto para poupar botijão, não deve ser fácil levar até ali. Tudo simples mas organizado, tudo limpo, tudo em ordem, coisa mesmo de militar. Ele anota, Pintinha pergunta, ainda de camisa aberta, os peitinhos soltos:

– Então eu tenho jeito pra isso?

Donana já descasca legumes para a janta, diz que ela tem mas é fogo no rabo. Cida cuida da horta, as outras não estão à vista, o garimpo já todo sombreado pelo sol deitando na mata. Pintinha aponta um casal de araras a voar junto cruzando o céu da clareira:

– Sinal de casamento, sabia?

Ele não dá importância mas anota, depois diz que vai se lavar no riacho, pega a mochila, vai para a mata. Deus, fotografou horas seguidas! O táxi já deve estar esperando. Mandará o contrato de Pintinha ao Hotel Ouro Fino, o melhor agora é se mandar logo, até porque a mata já começa a penumbrar, e então começa a quase correr pela trilha, só parando para beber numa mina que jorra de bambu espetado em barranco. Deixa a mochila na trilha, bebe agachado e, quando levanta, a mochila não está mais ali.

Está pendurada no ombro de Mariane, ao pé duma árvore imensa, Dita ao lado com carabina e o sorriso dos dentões brancos:

– Que vergonha, moço...

Respiram descansadas, já deviam estar ali esperando por ele. Ele diz que não ia fugir, a revista não publica mesmo fotos sem contrato, é que agora tem um táxi esperando e...

– Vai até o táxi, Dita – Mariane comanda – Diz que ele vai pernoitar aqui – e sem nem olhar para ele: – Dá dinheiro pra ela pagar a corrida.

– Isso é sequestro, sabia? É crime.

Ela deixa nos pés dele a mochila e agacha ali na quase escuridão, encara envesgando, pensando longe, mas logo foca nele e fala sorrindo:

– É que a gente precisa de um favor. Você fica com as fotos, não precisa pagar nada, mas faz um favor.

– Que será...?

– Primeiro – já sem sorrir – paga a corrida.

Ora, se não é sonho, ele resmunga, pode ser no mínimo interessante, e dá a Dita o dinheiro, pedindo que diga ao taxista que amanhã pega recibo.

— E que o táxi volte amanhã cedo — Mariane emenda, Dita vai rindo.

Mariane aponta para o garimpo — Vamos? — com a mão no cabo do revólver na cintura, e ele vai adiante dela pela trilha.

Anoitece e as barracas, com lamparinas dentro, parecem balões na clareira escura. Ao lado do rancho Cida empilha paus e Donana acende fogueira. Ele fala a Pintinha que não ia fugir, simplesmente tinha um táxi esperando e...

— Fique frio — ela sorri cúmplice — Na carreira tudo se ajeita.

— Vocês estão é de miolo mole — Portuguesa fala furiosa indo para sua barraca, Mariane vai atrás. Discutem baixo, mas lamparina projeta sombras das mãos na barraca, uma dando de dedo na cara da outra a se explicar com as mãos abertas. Até que Portuguesa sai da barraca e some na escuridão, Mariane vai atrás pisando duro, devem conhecer as trilhas mesmo no escuro. Ele suspira, Pintinha diz nossa, como você suspira, menino, precisa duma massagem, e senta a seu lado num caixote.

Ele tira da mochila as bananas do Hotel Ouro Fino, dá a Donana, diz que a comida dela lembra a de sua falecida vó. Deve ser por causa das panelas de ferro, diz ela soprando o fogo, depois com olhos úmidos de fumaça:

— Você é um bom moço, Deus te ajude.

Ele anota, tanta gente falando em Deus nesta viagem, talvez coisa para o romance. Fecha o caderno, suspira falando ao fogo:

— Eu só queria saber porque a chefe quer que eu pouse aqui...

Dita já voltou do táxi e ri:

— Quem sabe ela gamou em você, preibói... Vocês suspiram igualzinho, sabia?

— Brincadeira — sopra Pintinha — Ela nem gosta de homem... — e Dita ri ainda mais.

Mariane e Portuguesa voltam, ele diz que está achando tudo isso muito esquisito, mas de uma coisa podem ter certeza:

— Só morto deixo esses filmes aqui.

– Bem – Portuguesa fala com a voz de homem – nisso a gente pode dar um jeito.

Mariane pega a mochila e a máquina:

– Por enquanto ficam comigo. Vá se lavar.

– Vai ter churrasco – Pintinha estende a mão – Vem!

Já é noite fechada, vai pela escuridão levado pela criatura mulher e menina.

– Já tomou banho no escuro? Vou te esfregar todinho...

Entram na mata, ele vai sem ver nada, levado pela mão firme mas fina, devem usar luvas na garimpagem. Só quando já se ouve o riacho ela acende a lanterna, surge a água correndo entre pedras, e ele segura a lanterna enquanto ela tira a roupa.

– Quer que tire a sua também?

Ouvem vozes e ela apaga a lanterna, começa a se lavar sussurrando:

– A chefe não gosta de brincadeira...

Mariane aparece com Dita e outra lanterna, mas apaga e nada fala, só fica ali no escuro enquanto Pintinha se lava em silêncio, ouvem a água e os cricris da mata. De repente ele sente, na escuridão, Pintinha lhe apalpando a perna, a coxa, indo para o meio das pernas, mas aí pega dele a lanterna e fala até logo. A lanterna de Pintinha vai pela mata, Mariane acende a sua e facha nele:

– Não vai tomar esse banho?

– Pode apagar essa lanterna?

– Desculpe – ela apaga a lanterna.

Ele deixa a roupa nas pedras secas, deita entre pedras na água corrente e fecha os olhos; só abre quando ela acende de novo a lanterna:

– Eu tenho mais o que fazer.

– É mesmo? – ele fica em pé pelado e ela desliga a lanterna – O que vocês fazem aqui à noite?

Ela diz que também vai tomar banho, dá a lanterna para ele voltar. Ele se veste molhado, volta, vê que as outras mexem nas barracas, enfiando roupas em mochilas. Donana fincou ao lado da fogueira dois espetos, a cutia cortada em metades, e mandiocas sobre pedras também beiram o fogo. Uma a uma as mulheres vão sentando em caixotes ali em redor, Mariane com os cabelos molhados, ruborizada pela fogueira, e os olhos, ele vê, evitando os dele. Ele tenta de novo falar das fotos, não dão qualquer atenção. Só Portuguesa fala que ele devia fotografar é a puta que pariu.

– Vou levar a sugestão. Não vão me devolver os filmes?
– Claro – Mariane sorri – Claro. Quer limonada?

Ele diz que preferia um vinho, Donana diz que o garimpo tem vinho de açaí e lhe dá uma garrafa com líquido negro. Só agora ele vê que estão todas vestidas da cabeça aos pés.

– Roupas de festa?

Não, diz Mariane, é para evitar mosquito de malária, e ele chega mais perto do fogo. Enche uma caneca com o tal vinho de açaí, vendo agora, contra o clarão do fogo, que a garrafa está cheia de coquinhos. Bica um gole, dois, de gole em gole acaba bebendo a caneca, afinal estão em redor de uma bela fogueira e foi um bom dia de trabalho. Sente que a bebida faz efeito quando pirilampos passam a piscar lépidos em redor, as estrelas piscando mágicas, a noite parecendo pulsar. Comem a cutia roendo os ossos, lambuzando as mãos. O tal vinho de açaí dá um morno esquentamento e ele começa a falar, falar, primeiro respondendo perguntas de Pintinha, depois continuando a falar talvez pelo sangue italiano, o vinho, a clareira no alto cheia de estrelas piscantes e rodeada de escuridão cricante.

Pintinha lhe pega na coxa, pergunta como é lá por dentro a revista *Preibói*. Se admira de saber que a redação é num salão com divisórias, em cada salinha – que chamam de baia, como em estábulos – um ou dois sujeitos escrevendo ou diagramando, na maioria bichas.

– Pois quem entrega bar pra bêbado cuidar? Sultões só entregavam haréns aos cuidados de eunucos...

Dita ri sua risadona, Mariane faz que não ouve, Donana abre mandiocas assadas, despeja melado por cima, é a sobremesa igualzinha vó fazia. Ele enche mais uma vez a caneca, pega o gravador, com voz meio mole explica como será *Um tesão de garimpo*, garimpeiros contando suas farras e sonhos de riqueza – então porque elas não falam também? O que farão se ficarem milionárias de um dia para outro?

– Não coloco os nomes verdadeiros de vocês, só pseudônimos, nomes de guerra. Hem?

Portuguesa cospe na fogueira e vai para a barraca. Pintinha pega o microfone, ele liga o gravador, ela fala com graça solene:

– Bom, eu – pausa, risos – eu, quando ficar rica do garimpo, quero, primeira coisa, um homem bonito e gostoso apaixonado por mim.

Dita rindo ao fundo:

– Isso dinheiro não compra, menina!

– Então eu queria uma casa com piscina, uma fazenda cheia de bicho e de árvore, principalmente de fruta, e rio limpinho com cascata, e outra casa na praia com uma varandona assim pro mar, com vento o dia inteiro que eu nunca mais quero abafamento! E ia ficar lá olhando o mar até passar aquele homem bonito e gostoso que apaixonasse por mim...

Ele sente suor escorrendo no rosto, tão perto da fogueira na noite quente, não passa uma brisa pela clareira e o vinho de açaí esquenta ainda mais; então, para se afastar um pouco, tropeça quase caindo na fogueira e é amparado por Mariane, os olhos azuis a um palmo. Senta de novo, vendo que as línguas do fogo parecem falar... Mas quem fala é Dita, pegando o gravador e, com olhar perdido na fogueira, dizendo que queria era um caminhão zerinho, melhor do que já teve, e um homem como o que teve, o que é impossível, melhor seria se fosse ele mesmo.

– Pois não é pra sonhar? Então. Eu e ele de novo rodando por aí como antes, onde tinha só uma árvore a gente estendia uma rede, uma ponta na árvore, outra no caminhão. Tomei banho de caneca pelo Brasil inteiro, lavei tanta roupa batendo em pedra de riacho que nem minha mãe, mas nunca fui tão feliz! Quando diziam que ele era louco de fazer tanta viagem comprida, ele sempre dizia é que eu viajo com minha mulher. A gente morava numa casinha de fundo e, quando viajava, a vizinha da frente abria nossas janelas de dia, pra não mofar, e pagava as contas de luz e água. Quando a gente chegava, primeira coisa que ele fazia era pegar os recibos com ela e pagar, depois fazia churrasco e convidava os vizinhos.

Pintinha pega o microfone – Sonha pra frente, Dita, não pra trás! – e passa a Donana.

– Saúde e paz, filho – a voz redonda de Donana – Saúde e paz é só o que eu quero, pra mim como pra todos deste mundo.

Devolve o gravador, Pintinha bota no colo de Cida, que estava olhando o fogo mas ouvindo tudo com meio sorriso, ele esteve olhando muito para Cida porque ela está ao lado de Mariane. Cida quer devolver o gravador, pegando com muito cuidado, mas Mariane diz falaí, Cida, o que você quer da vida.

— Sim-senhora, eu quero voltar pra casa.

Deve ter pouco mais de vinte anos mas idade mental de menina, não faz nada sem ser mandada por Mariane ou Donana. Pega comida, Cida, vai se lavar, Cida, cuidado que isso tá quente, Cida, agora devolve o gravador, Cida — e ela devolve, ele pega, bota na mão de Mariane, ela desliga. Pintinha:

— Fala aí, chefinha, vai voltar pros Estados Unidos?

Mariane olha bem para ela e Pintinha baixa a cabeça; mas continua com a mão na coxa dele. Ele pergunta que favor vão querer pelas fotos, Mariane comanda Pintinha:

— Vai buscar umas pedras.

Pintinha some na escuridão, o vinho sobe, a lua incha, a noite pulsa. Pintinha volta, bota na sua mão umas pedras meio esverdeadas, Mariane pergunta se já conhecia esmeralda bruta.

— Mas vocês não garimpam ouro?

Também, diz Mariane, mas acharam um veio de esmeraldas. Agora precisam sair dali com aquilo, para vender em São Paulo ou no Rio por bom preço, talvez até já lapidando por lá antes de vender. E ele entra na história, ela explica com repentino sorriso, porque precisam alugar um carro, no dia seguinte, para tomar avião em Porto Velho, Rondônia; ele pode ir até lá com elas. Ele pergunta porque Porto Velho.

— Você vai querer saber todos os porquês, não é?

— É, e também porque Dita não dirige o carro se dirigia caminhão?

Mariane suspira fundo, encara com os olhos frios, como se admirada de seu desentendimento:

— Nós não precisamos de você como motorista, mas um homem junto vai facilitar tudo, principalmente sendo jornalista... dessa revista.

— E se eu não tivesse aparecido aqui? E porque não vendem algumas pedras e vão de avião? E do que ou de quem querem fugir?

— Quem falou em fugir?

Ele se cala, ela fala juntando as mãos em rendição:

— É, nós temos um sócio, mas ele já levou mais do que devia.

Supondo que seja verdade, ele fala, não tem nada a ver com isso, só quer os filmes, podem até deixar em custódia com a polícia, pegará quando a revista pagar o combinado. Ela volta a olhar piedosamente, e com voz cansada diz que não é caso de dinheiro. Pintinha tirou a mão da sua coxa e Donana e Dita se olharam quando falou em polícia, então pergunta porque estão com medo da polícia.

Dita fala que ele é mesmo adivinho, Pintinha fala então adivinha a cor da minha calcinha.

– Garimpo aqui não tem polícia – Mariane fala com voz firme mas o corpo se inclinando em súplica – Problema de garimpo se resolve em garimpo. Nós pagamos a esse sócio, durante dois anos, metade de todo o ouro, meu caro.

– Então ele nem sabe que vocês acharam esmeraldas, minha cara?

Ela suspira e sorri, inclina-se mais, o braseiro entre eles. Os brasileiros são muito desconfiados, diz, talvez porque medem os outros pelo modo como se veem:

– Eu acredito em confiança. Acredito em gente. Confie na gente. Ou te parece que somos gente ruim?

Olham todas para ele, até Cida, as estrelas começando a se mexer, ou é o céu que se mexe devagar, quase balançando. Donana deitou nas brasas as bananas, o cheiro é o mesmo das bananas assadas pela vó por último no forno de barro, depois de ter assado leitoa e pães. Porque está lembrando tanto da vó?

– E eu nem uso calcinha, preibói. Então diz pra mim – Pintinha lhe penteia a nuca com os dedos – Não vai ajudar a gente?

Ele diz que é tudo muito esquisito e tenta levantar, cai sentado no chão. Dita ajuda a se botar de pé, mãos firmes como de homem. Muito esquisito, ele repete, e Mariane diz que ele parece o gravador, sempre se repetindo.

– Muito engraçada – ele cambaleia – Muito engraçada.

Dita ri, ri, até Cida ri, as estrelas giram no cheiro doce de banana assada. Ainda ouve Mariane dizer que amanhã explica tudo, e Donana:

– Com fé em Deus vai dar tudo certo.

Deus; ele está girando como nas primeiras bebedeiras da vida, ainda rapazola tomando sangria de vinho, mais vinho que água, na caneca de lata para a mãe não ver a mistura tão vermelha, como as brasas ali, a última visão é das brasas pulsando entre as cinzas.

Acorda com cócegas no ouvido, é Pintinha.
– Você dorme bonito que nem nenê, preibói, mas o táxi já deve estar esperando.
Estão numa barraca, ela só de calcinhas azuis, os peitinhos pontudos.
– Você não disse que não usa calcinhas?
– Não pra trabalhar, preibói, mas pra viajar. Vamos?
Ele levanta, esperando dor de cabeça, mas não, e também sumiu a velha dor na coluna. Bebe metade do cantil, enquanto ela se veste dando as instruções da chefe: o táxi já deve estar esperando, para ele ir com Portuguesa alugar um carro na cidade, dizendo que é para visitar garimpos, e voltarão depois de fazer as compras. Ela dá uma lista de compras, água mineral, bolachas, salame, frutas, queijo.
– Mas que isso? Vou virar babá de vocês?
Pintinha fica na ponta dos pés, pega sua cabeça com as duas mãos e beija leve na boca, depois fala, olhando nos olhos com safada inocência:
– Confia, preibói.
Ele suspira fechando os olhos, vendo e ouvindo a vó:
– Melhor do que fazer o que o coração manda é fazer o que a alma pede.
Sai da barraca e, no céu azul, uma nuvenzinha diz que vai crescer, vai virar nuvens escuras e à tarde vai chover como todo dia na Amazônia. Mariane está arrumando mochila, pergunta se ele entendeu tudo, fala pedindo com os olhos:
– Depois te conto o resto, você vai entender.
Faça, a vó repete, o que a alma pede. Toma café com mandioca e melado, vendo que estão todas de mochilas prontas e malas fechadas. Sente-se leve. Donana guardou uma banana assada para ele, como a vó fazia; ele chegava suado de brincar na rua, já noite, todos já tinham jantado, então levava sermão da mãe, tinha de tomar banho antes de comer o prato guardado no forno, tampado por outro prato com banana assada por cima. Só pode ser gente boa quem guarda banana assada

para alguém, e então ele pega a mochila, enche o cantil e, antes de ir para a mata, estende a mão diante de Mariane:

— Dinheiro para as compras... minha cara.

Ela aponta a Portuguesa que já vai indo para a mata. Boa sorte, Mariane sorri envesgando, olhando através dele, talvez já vendo o que ele ainda desconhece, mas ele vai. Na beira da mata dá uma última olhada no garimpo de mulher, os varais vazios, a chaminé do rancho sem fumaça.

Portuguesa não abre a boca até o táxi, e ele nada fala. Andando na frente dele, com roupas largas, a mulher parece um homem mesmo. Ele senta na frente no táxi, e o taxista logo quer saber do garimpo de mulher, ele desconversa. O homem tenta puxar conversa com Portuguesa, que continua sem abrir a boca, uma mala ali no banco de trás.

Em Alta Mata, ele paga a corrida pedindo recibo, o taxista fica tão ofendido que ele nem pede valor a mais. Portuguesa diz para ele pegar logo o que tiver de pegar no hotel, e vai para bar em frente. Ele entra no hotel e, duma janela, vê que ela toma um guaraná família. O hoteleiro bigodudo diz viva, estava pensando nele:

— Porque — fala baixo com a mão na boca — naquele garimpo até já morreu gente, sabia?

— Não diga!

— Fiquei preocupado com o senhor.

Lá no bar, Portuguesa enche copo alto de uísque e despeja na garrafa de guaraná.

— Conhece aquela dona?

O bigodudo olha, mente que não conhece. Ele pergunta onde alugam carro.

— Vou conhecer outros garimpos.

— Faz bem. Naquele volte não.

Pega as coisas no quarto, a mochila pesa e faz lembrar da coluna, é a primeira vez que a dor começa e passa sem piorar. Será o vinho de açaí? Paga o hotel, pedindo notas a mais também das refeições que não comeu, e vai encontrar Portuguesa. Sem olhar para ele como sempre, ela só fala agora vai alugar o carro que eu espero aqui. Ele bate continência, desce a rua, andando entre as poças até que desiste, tantas que se emendam, anda reto molhando os tênis.

Num galpão, uma placa torta: *Alugam-se carros*. O bigodudo do hotel já telefonou, mas mesmo assim ele tem de encher ficha, mostrar carteira de motorista, que o atendente diz estar vencida, mas ele bota duas notas no balcão e fica tudo resolvido. O sujeito pergunta quando vai devolver o carro, ele pergunta se pode devolver noutra cidade; não pode. Fala que então devolve em dois ou três dias, e senta ao volante murmurando que, bem, vó, seguindo a alma seu neto agora tem dois problemas, pegar de volta as fotos no garimpo e devolver o carro em Alta Mata, mas este será problema para um super subeditor.

Pega Portuguesa no bar, ela senta atrás e vai triturando balas de hortelã, ele ouve cada bala quebrar nos dentes. O Supermercado Eldorado é um barracão sem janelas onde duas caixas se abanam com leques chineses. Ele faz as compras da lista, inclusive absorventes femininos, paga, Portuguesa lá no carro. Ele enche o porta-malas, pergunta o caminho, ela aponta, e irá apontando a cada esquina, cada encruzilhada de estrada, sem abrir a boca até pararem onde a estradinha acaba perto do garimpo. Ele vá para o garimpo, Portuguesa manda, ela vai esperar ali no carro.

Da capoeira ele olha para trás, ela bebe no gargalo da garrafona de guaraná. Isso lembra de urinar ao entrar na mata, e ainda não acabou quando Pintinha aparece arregalando os olhos:

– Que coisa linda!

Ele vira de costas, ela abraça por trás e pega. Quando ele acaba de urinar, está duro e ela fala vira, ele vira e ela agacha pegando com uma mão e com a outra já tentando lhe abrir a fivela do cinto. Então ouvem vozes, ela levanta num pulo, e ele está fechando o zíper quando aparecem Mariane e Dita com malas e mochilas. A mochila de Pintinha está na trilha, ela pega ligeirinha.

– Achei o preibói, chefinha.

Mariane olha o chão molhado de urina, continua pela trilha. As outras passam com malas e mochilas, Donana só com bolsa de couro, sorrindo:

– Então vamos embora, eu sempre tive fé que um dia a gente ia.

Pintinha estende a mão: – Vamos, bem?

Ele não dá a mão, vai pela capoeira suando debaixo de um céu já com nuvens. No carro, Portuguesa continua sentada enquanto Mariane enfia bagagem no porta-malas. Depois Mariane abraça e beija Cida e Dita e Donana, que diz vai com Deus, minha filha, boa sorte; até São Paulo, diz Dita, e Mariane: se Deus quiser. Depois ela senta no banco da frente, Portuguesa sai, abre o porta-malas, Dita fecha com safanão:

– Tá metade aí, sim, taí!

Pelo retrovisor ele vê as duas discutindo, ouve a palavra *metade* várias vezes. Mariane sai do carro, afasta Dita, abre o porta-malas tapando a visão dele. Remexem na bagagem. Mariane volta por um lado do carro, Portuguesa pelo outro. Pintinha senta atrás com Portuguesa.

– Pode tocar – Mariane comanda, acenando para as outras ali na beira da estradinha.

– Elas vão ficar aí?!

– Elas sabem se virar. Vai.

Ele continua parado. Por favor, ela pede suspirando e olhando em frente, vai. Ele dá a partida, também suspirando fundo; Pintinha fala nossa, vocês parecem que vão explodir!

– A vida é bonita, gente!

Pelo retrovisor ele vê Donana, Cida e Dita começando a andar pela estradinha, Dita com sua mochila nas costas e na mão uma mala igual a do bagageiro. Mormaço já sobe das poças e atoleiros, a estradinha coberta de lama, e a roupa fede dois dias de uso, colando de suor. O dia está tão quente que a janela parece bafejar para dentro do carro. A vida é linda, ele fala, e Deus é brasileiro, e eu devo estar ficando louco; e Pintinha:

– Cuidado, quem fala sozinho perdeu o caminho.

A FUGA

SERÁ UM longo caminho até Porto Velho, primeiro por terra, depois asfalto tão esburacado quanto os piores trechos de terra. Caminhões buzinam quando passam para a contramão, desviando de crateras cheias de água e pedrisco do asfalto moído. Porque buzinam, ele se pergunta em voz alta, protesto ou farra? É por medo, diz Mariane, buzinam para avisar quem vem pela outra pista. Ele acha que não, só existiria perigo se outros viessem em velocidade pela outra pista.

— Mas quem vai correr num asfalto assim?

Aí passa voando uma caminhoneta, chacoalhando sobre a buraqueira.

— É louco!

— Não — Mariane sorri — é um brasileiro com carro do governo.

Com voz flauteada, meio cantando, ela diz isso é Brasil. Ele pergunta o que ela está fazendo no Brasil se não gosta. Pois é, ela fala sem olhar, graças a Deus está indo embora, voltando para casa. Ele fala que o Brasil pode ter o governo mais corrupto do mundo, mas não tem o costume de piratear outras terras:

— Como faz o teu país. Como você mesma está fazendo com essas pedras.

Fica um silêncio de quilômetros, até que Portuguesa fala bem, eu avisei. Mariane suspira, vira de lado com o cinto de segurança bem ajustado entre os peitos, fala olhando para ele que não é o que ele está pensando, é um garimpo de seis mulheres, cinco brasileiras, ela é só uma das seis, e vai levar só a parte que lhe cabe por direito de herança.

— Herança, é? Não diga.

Pintinha lhe passa a mão na nuca — Escuta, preibói — e Mariane conta sua história, enquanto passam por caminhões levando troncos recém cortados, alguns ainda com parasitas florindo. Lembra seu tempo de menino no Paraná, a mata sendo derrubada para os cafezais, os caminhões iam deixando pela estrada o mesmo cheiro de madeira serrada. E Mariane vai falando de seu tempo de menina.

O pai era coronel engenheiro do Exército, ela passou a infância em quartéis pelos Estados Unidos, vendo o pai ensinar tenentes a fazer pontes, abrir estradas, montar barracões. Um dia, foi consultado pelo milionário Daniel Ludwig, que queria abrir fábrica flutuante na Amazônia. Seria uma imensa barcaça para receber troncos de árvores e transformar em papel, no meio da floresta de onde viria a madeira, e ao lado do rio de onde o papel sairia em barcas para os portos e daí em navios para o mundo. Era um plano de milionário sonhador, mas por isso mesmo o coronel se apaixonou; e também porque era raro coronel de engenharia chegar a general, então...

O coronel visitou a Amazônia, ajudou a achar o local para o Projeto Jari e, aposentado, foi trabalhar na construção da fábrica, levando a família:

— Minha mãe, que acabou morrendo acho que de desgosto, e eu, que por isso quase não tenho sotaque.

A fábrica tinha escola para os filhos dos gringos, como diziam os brasileiros, e quando ficou mocinha foi fazer o colégio em Manaus. Quando a mãe morreu ela já era maior de idade, culpou o pai, voltou para os Estados Unidos. De vez em quando lia notícias de que a fábrica tinha seus problemas, desde os ecologistas até a ferrugem tropical. Numa carta, o pai contou que ia perdendo a paixão pela engenharia, a fábrica era uma fonte de problemas. Contou também que um dia foi pescar com um brasileiro e conheceu outra paixão, o garimpo. Começou a garimpar numas férias, pediu mais férias, tinha direito, e não voltou mais para a fábrica.

Escondeu isso da filha quanto pôde, até que ela veio de visita num Natal. Acabou achando o pai lá no garimpo, cercado de empregados lhe roubando ouro debaixo da barba, que o pai tinha deixado crescer depois de sair do exército.

Com a barba grande e cabeludo parecia um bicho, ela nem reconheceu. Era chamado de Mister com deboche, respeito só tinha de Donana, já então cozinheira do garimpo. Ele enfiava ali a aposentadoria de coronel, pagando comida, diesel, mecânica, remédios, tudo, enquanto o ouro sumia, os homens almoçavam e dormiam a tarde inteira, jogavam noite adentro, passavam dias festando na cidade enquanto o velho comia macarrão com feijão, tocando o garimpo todo dia com um ou dois empregados fiéis. Ela nem acreditou:

— Ficou louco, pai?

Discutiram, ela querendo que ele voltasse para casa, ele dizendo que casa é onde a gente está (igual Maurílio!), mostrando cópias de mapas antigos, de exploradores da Amazônia três séculos atrás. Ela pensou que ele estivesse mesmo louco:

— O senhor precisa de tratamento, pai.

Ele ficou furioso, arregalava os olhos mostrando os mapas, cochichando alto, que tudo que fazia era por ela, tudo ia ficar para ela:

— Descobri uma mina, menina! — dava dó — Descobri uma mina — cochichando — e não é de ouro!...

Ela teimou que ele tinha de voltar para casa, discutiram mais, ela rasgou um dos tais mapas, uma cópia xerox já ensebada. E ele ficou tão bravo que teve um enfarte. A última coisa que falou foi me enterra aqui.

Ela fez massagem no coração, respiração boca a boca, tudo que sabia, mandou levarem o pai até a estrada numa rede, conseguiu carona, continuou a cuidar dele em carroceria de caminhão, mas chegou morto na cidade. Foi enterrado no cemitério de Alta Mata, que naquele tempo ainda era debaixo de árvores da floresta, os túmulos marcados só por pedras brancas ou cruzes de madeira. Já no enterro apareceram credores, o pai devia a meio mundo, a maioria sem qualquer contrato ou documento da dívida. Donana avisou que eram que nem urubus, queriam só rapar o garimpo, levar o que pudessem como garantia de dívida, nunca mais iam devolver nada mesmo que ela pagasse as dívidas. Donana sabia quem eram os verdadeiros credores, mas disse que ela devia ver uma coisa antes de resolver vender tudo para pagar as dívidas. Voltaram ao garimpo, e perto dali Donana mostrou o veio de esmeraldas que o pai tinha achado com os velhos mapas.

— Ele não estava louco, minha filha.

As cópias eram mesmo de velhos mapas dos primeiros exploradores da Amazônia, que ainda descobriam ouro de aluvião nos rios e barrancos, trazido pelas enxurradas e enchentes, e que se podia tirar da terra até com a mão. Os portugueses pegavam primeiro o ouro à vista, depois bateavam, até cavavam barrancos, mas iam embora logo, temendo índios e doenças. Em alguns pontos achavam também outros minérios e pedras, mas só levavam ouro ou pedras fáceis de arrancar. Esmeraldas também apareciam até à flor da terra, mas poucas e miúdas; sinal, porém, de que numa dobra de terreno um veio podia estar perto.

Os portugueses então marcavam o terreno plantando cúrcuma, o açafrão-da-Índia, que pega fácil formando colônia e, quando flore, de longe se vê a mancha vermelha no mato. Depois, muitos nunca voltariam para procurar os veios, e a mata invadia as clareiras roçadas, a sombra matava a cúrcuma, o veio de esmeralda virava lenda em velhos mapas. Mas o coronel era engenheiro e, enquanto deixava no garimpo os homens a abrir as peneiras lacradas, para surrupiar ouro, ia varejar os riachos e as grotas, faiscando, tirando amostras que levava escondido para a cidade. Um dia, topou com moitas de cúrcuma, encontrou esmeraldas de aluvião, ali onde seria depois o garimpo das mulheres, e mais adiante achou o veio na grota do riacho.

– E ninguém mais sabe além de vocês? – ele pergunta a Mariane e Portuguesa responde:

– Só você, preibosta...

O silêncio se estica enquanto ziguezagueiam entre os buracos, desviam de boi solto, caminhões buzinando na contramão, o mormaço entortando o horizonte, sempre horizonte de mata ou de pasto. Mariane suspira fundo de vez em quando, Pintinha fala calma, chefinha, vai dar tudo certo. Ele diz que o tal sócio delas deve ser ou muito bravo ou muito poderoso, para terem de fugir assim na carreira, e Mariane fala escuta, confia na gente:

– Ele levou metade do ouro, só pra proteger o garimpo, entende? Ou você acha que, sem proteção, a gente ia conseguir garimpar lá em paz?

– É verdade que vocês mataram gente lá? – a pergunta planta outro silêncio comprido.

É, Mariane sussurra, foi preciso. Quem? – ele pergunta e morde a língua com o chute que Portuguesa lhe dá por trás no banco.

Não interessa quem, Mariane continua sussurrando, uma de nós teve de matar um bicho que por acaso parecia gente, só isso. Ele arrisca:

— Ele estava estuprando alguém? — e Mariane arregala os olhos azuis.

— Ele é adivinho, chefinha — Pintinha fala alto e depois baixa a voz — Ele estava *estrupando* eu.

— Vocês são loucas! — Portuguesa bufa — O cara é jornalista!

— Mas não sou sacana.

Portuguesa ri, uma risada que parece tudo menos riso. Pintinha diz que devem falar de coisa boa:

— Você não é casado, é?

Ele não responde, Mariane pergunta: — É?

— Te interessa?

— Sim.

Ele quase engasga:

— Porque?

— Pra saber quem avisar caso aconteça alguma coisa.

Ele diminui a marcha, olha bem para ela: — Existe alguma coisa que não contaram? Qual é o perigo afinal?

— O nosso sócio — Mariane sorri envesgando — é o delegado de polícia de Alta Mata.

Ele para o carro num posto de gasolina e vai abrir a boca quando Mariane estica o dedo e começa a falar que não tem culpa do Brasil ser tão corrupto, e se não pagasse proteção o delegado tinha fechado o garimpo, depois que aconteceu *aquilo*, que é que podiam fazer? Dois anos botaram na mão *daquele porco* metade do ouro, que não foi pouco, ela repete, não foi pouco, principalmente porque era um sócio que não tinha de fazer nada, só espalhar que ninguém se metesse no garimpo de mulher. É um delegado puteiro e beberrão, conta Pintinha, mão leve pra afanar e mão pesada pra bater, portanto muito respeitado; tanto que ninguém mais apareceu no garimpo, fora um ou outro desavisado que logo ia embora tocado a carabina.

— Em resumo — ele sussurra seco — as senhoras estão fugindo da polícia, com ouro e esmeralda no porta-malas e um crime de morte nas costas!

— Em resumo do resumo — Mariane envesga séria — é isso aí.

Ele tira as chaves do carro, vai para o sanitário do posto. A roupa fede melada de suor, o sol se esconde entre grandes nuvens escuras. Molha a cabeça debaixo da torneira, fala com o espelho: você pode acabar cúmplice de roubo, meu amigo, sem falar de assassinato. Lá fora o céu já está todo escuro, vai chover logo, e, de volta para o carro, vê que elas comem bolachas e frutas, bebem água da mina do garimpo em garrafas de plástico. Debruçado em pé na janela do motorista, ele diz que vai esperar na lanchonete, cairá bem uma cerveja, e Pintinha parece adivinhar:

— Bebe água aqui, preibói, pra esfriar a cabeça.

Mariane diz que é melhor mesmo não ir à lanchonete, por isso trouxeram comida, e também é melhor tocar em frente logo. Ainda fora do carro, ele mostra as chaves:

— É melhor também que me responda umas coisas, senão jogo isto no mato.

Um revólver aparece na mão de Portuguesa, com a outra mão abrindo a porta do carro, mas Pintinha agarra o braço armado, um tiro sai pela janela. Ele pula para trás, Pintinha morde o braço armado, Portuguesa berra de dor. Mariane se vira para trás, torce a mão armada, pega o revólver, engatilha e bota no nariz da Portuguesa. Quieta, Mariane fala baixinho. Portuguesa esfrega a mordida no braço, Pintinha cospe pela janela. Gente sai do posto, Mariane abre a porta para ele e pede, estreitando os olhos azuis:

— Por favor.

Ele entra no carro e arranca levantando poeira para ninguém ler a placa. No retrovisor, Pintinha ainda bufa de raiva mas meio sorrindo, Portuguesa olhando para fora como se nada tivesse acontecido. Mariane enfia o revólver no meio das coxas.

— O que mais você quer saber?

Ele vai perguntando e ela vai respondendo devagar, meio declamando, como se falando a uma criança. Ele pergunta: de volta do Brasil para os Estados Unidos, sem o pai, como tinha se sustentado e estudado? Certos detalhes são difíceis de acreditar.

— Um tio me ajudou.

— Irmão do teu pai?

– Tio Sam.

E quanto a dar metade do ouro ao tal delegado, como podia ele saber quanto ouro dava o garimpo?

– Isabel – a Portuguesa – era olheira dele.

– E acabou se convertendo ao garimpo feminino?

– Só achou melhor ganhar muito mais que salário, ela era policial. Que mais?

– O que você fazia nos Estados Unidos antes de voltar pra cá?

Pintinha volta a lhe pentear a nuca com os dedos:

– Adivinha, preibói.

– Médica ou enfermeira, não é?

Mariane volta a arregalar os olhos azuis para ele, e ele diz que é só dedução: ela cuidou do pai no enfarte, fez "tudo que sabia", só pode ser médica ou enfermeira. Além disso, gosta de ordem e limpeza, coisas típicas de enfermagem. É, ela concorda, estudou Enfermagem com bolsa do governo e depois entrou para o Exército, largou a patente de tenente para tocar o garimpo.

Ele murmura, como para si mesmo, que já não é difícil imaginar porque precisam dele para fugir, o tal delegado deve ter de sobreaviso todos os taxistas e locadores de carros em Alta Mata, além do aeroporto sempre vigiado. Militarmente, ela esperou uma ocasião para botar em prática um plano de fuga, do qual ele é apenas uma peça. Vão despistando para Porto Velho, para o Oeste, em vez de descer para Campo Grande em direção ao Sul. Mas e depois? Depois, diz Mariane, em Porto Velho ele se livra delas e ganha um prêmio:

– Uma esmeralda, está bom?

– Que é que te faz pensar que eu tenho um preço?

Ela sorri olhando longe. A coluna dele dói dirigindo na buraqueira. Come bolachas com salame, bebe uma garrafa de água e sua ainda mais. A rodovia buraquenta passa mata, capoeira, pastos, de vez em quando um povoado com cabarés de um lado, borracharias do outro. De repente Mariane diz escuta, só mais uma coisa:

– Se pararem a gente pra revista no posto policial, diz que é da *Playboy*, mostra a revista com sua foto e aquela sua carteirinha, certo? – piscando cúmplice – E nós somos modelos e a Isabel é segurança, tá?

— Parece aqueles filmes — ele suspira — em que o sujeito vai se enfiando numa situação sem saída, complicando cada vez mais, não parece?

Ela lhe aperta a coxa:

— Tá?

—Tudo bem — ele para no acostamento quase ribanceira — Mas em vez de segurança, ela vai de motorista. Tenho problema de coluna.

Portuguesa pega o volante sem falar nada, ele geme ao passar para o banco de trás. Reclina fechando os olhos, a coluna dá suas pontadas: a crise vem aí. Enfurna-se na dor, ouve longe Mariane:

— Você acha que nós passamos por modelos?

Abre os olhos, dá com ela debruçada no banco, olhando para ele clinicamente, e volta a fechar os olhos, mas continua vendo seus olhos azuis. Pintinha se enrodilha no banco e lhe faz cafuné na cabeça. Mariane insiste se passam por modelos.

— Claro, tenente, claro — ele geme jogado pra lá e pra cá, Portuguesa guia reto pela buraqueira.

Mariane diz que a rodovia foi paga pelo Banco Internacional do Desenvolvimento, mas os brasileiros desviaram tanto dinheiro que o resultado é esse, a rodovia parece saída duma guerra. Ele poderia falar um monte de coisas dos Estados Unidos, da colonização portuguesa, da natureza humana, mas Pintinha faz cafuné e é melhor cochilar chacoalhado pelos solavancos.

Cochilando, ouve Mariane falar que não podem arriscar uma revista nas malas em barreira policial, e Portuguesa repete que elas estão loucas:

— Esse bosta aí pode estragar tudo.

Acho que não, diz Mariane, acho que não; essa loira de olhos azuis que sabe derrubar um homem com um chute, caça na mata e talvez já matou um homem. Mesmo de olhos fechados, ele continua vendo os olhos azuis, e parece até sentir, no mormaço que entra pela janela, seu cheiro anglo-saxão, como da primeira namoradinha do menino.

No mapa, Alta Mata é perto de Porto Velho, quase na divisa com Rondônia – mas na estrada a distância se espicha conforme aumenta o cansaço, o ronco do motor zoando na cabeça, o calor abafando. Passam ranchos e barracos de sítios ao longo da estrada. É a reforma agrária brasileira, diz Mariane:

– Pegam uma família pobre, que não sabe fazer nada direito, e jogam num pedaço de mata, sem ferramentas nem assistência, quando muito uma vaca pra criançada não morrer de fome, e dizem que estão fazendo reforma agrária...

A cada par de quilômetros aparece um sítio com casinha mal fumegando, alguma vaca mostrando os ossos. Faz tanto calor que até gado zebu se junta na sombra das árvores. Em cobertas de palha na beira da estrada, diante de um sítio ou outro, crianças magrelas e barrigudas vendem palmito, milho-verde, micos, saguis, papagaios e até araras. Mas como ter em casa uma ave tão grande, ele pensa alto, num viveiro?

– Não é preciso tanto – ela fala fria – Eles cortam o tendão duma asa, não pode mais voar.

Judiação, diz Pintinha, e Mariane repete que é o Brasil, ele diz que ao menos não crucificamos negros como faz a Klu–Klux–Klan, ela vira para trás para retrucar mas nada fala, morde os lábios. Manda Portuguesa parar o carro. Uma menina cuida de caldeirão de espigas cozidas em fogo de sabugos secos. Quanto é, filha? A menina fala o preço olhando o chão e se enroscando no vestidinho sujo. É caro, diz Portuguesa, e a menina já baixa o preço pela metade sem tirar os olhos do chão. Parece tão humilde, diz Mariane, mas só baixa o preço assim porque está pedindo muuuito caro. Ele morde os lábios.

Elas pegam espigas e o carro se enche de cheiro de milho-verde. Ele vai urinar no mato pensando que diabo está fazendo ali, com trinta e cinco anos, mandado por uma mulher que mal conhece, a caminho sabe lá do que, numa terra danada de calorenta e com a coluna caminhando para mais uma crise daquelas de travar. E como é que mulher consegue ficar tanto tempo sem urinar?

De volta ao carro, vê o suor escorrendo pelos pelinhos loiros da nuca de Mariane. Ela joga o sabugo no mato e continua palestrando da reforma agrária: o pobre colono derruba a muque uma parte da mata, acaba devendo uma safra no banco, perde um filho de doença ou mordida de cobra, e depois da família toda pegar malária, chega um funcionário do próprio governo e oferece uma mixaria pela terra.

– Brasil...

Ele pergunta se ela sabe que, na Segunda Guerra, os Estados Unidos mantiveram cem mil imigrantes japoneses em campos de concentração nos próprios Estados Unidos. Ela se vira para retrucar mas de novo só morde os lábios.

Aparece no horizonte Ji-Paraná, a maior das cidades antes de Porto Velho, Portuguesa diz que o posto dos guardas é logo depois da curva. O céu está quase todo escuro, Mariane diz que vai chover num minuto, manda parar o carro, vão esperar, passar pelos guardas com chuva.

– A chefinha pensa em tudo, preibói – Pintinha lhe pega na coxa, sobe a mão, pega no meio das pernas e ele deixa; cai a chuva, sobe uma ereção.

Mariane manda tocar mas Portuguesa diz que nem vê a estrada, só se vê chuva lá fora, a capota estrondando. Ficam ali, num calor de escorrer suor nos olhos, sentindo o carro esfriar com a ducha – e então ele sai do carro e a chuva baixa a ereção. Tira os tênis, gemendo, Pintinha rindo numa janela e na outra Mariane com os olhos azuis arregalados. Ele tira a camiseta e esfrega no corpo como bucha, gemendo. Pintinha sai do carro só de calcinhas e botas de plástico, fica dançando e pulando em volta dele. Mariane fecha o vidro e fica olhando em frente, como se o carro estivesse rodando.

A chuva raleia, Portuguesa liga o motor. Eles entram rindo molhados, o carro sacoleja espirrando água das poças e Mariane fala fria: – Bota roupa logo, Pintinha. Pintinha obedece como criança, e ele também torce e veste a camiseta molhada, gemendo. Passam pelo posto dos guardas, nenhum à vista. Ele geme nos solavancos, Pintinha diz deita aqui, e ele deita com as pernas encolhidas, a cabeça nas coxas dela. Fecha os olhos, Pintinha fazendo cafuné, e, chuviscando, cochila com Mariane cantando baixinho velhas músicas dos The Mamas and the Papas.

Conforme passa a chuva e retorna o sol, a roupa vai secando no corpo e depois volta a molhar de suor. Pintinha espirra. Ele cochila,

Mariane cantarola. Placas de propaganda de hotéis, na beira da estrada, dizem que já estão perto de Porto Velho, quando de repente Portuguesa fala atenção, e ele senta, vê um guarda lá no meio da estrada, olhando o céu com a mão na pala do boné. Parece que nem vai olhar para o carro, mas olha e dá com a mão mandando parar.

É policial rodoviário perto da aposentadoria, barrigudo, vindo até o carro com toda a calma, ajeitando o boné. No chalé de madeira, outro guarda olha pela janela e sai botando o boné, é moço e chega antes do outro:

– Bom dia – e olha os documentos do carro, a carteira de motorista de Portuguesa, enquanto o velhote rodeia o carro, Mariane e Portuguesa olhando em frente. Pintinha põe a cabeça pela janela se abanando com a mão:

– Nossa, seo guarda, como é que vocês aguentam esse calor?

O guarda veterano pede a chave do porta-malas, Portuguesa dá as chaves, tira uma pistola da roupa e fica olhando para Mariane. Então ele desce, mostra a carteirinha da *Playboy* quando o guarda já abre o porta-malas, e é como se dissesse que é o Papa. O guarda fecha o porta-malas, pega a revista que ele dá, diz ao guarda moço para liberar logo o carro:

– Imprensa – pisca mostrando a revista.

Ele aponta Portuguesa:

– Nossa motorista. Revista de mulher pelada, motorista mulher, não é?

Aponta Pintinha – nossa modelo – e Mariane – minha secretária.

A cada nome, os guardas tocam nos bonés, numa espécie de continência para cada uma, e ele também bate uma ligeira continência, volta para o carro. Portuguesa toca em frente e os guardas ficam no meio da estrada, um com sorriso e acenos, outro já folheando a revista. Brasil, diz Mariane. Ainda bem, diz Portuguesa, e Pintinha bate palmas vendo ao longe Porto Velho:

– A terra da minha mãe!

– E você mesma nasceu onde?

– Não sei, preibói, quando eu nasci minha mãe já era puta de garimpo, não tinha parada, ia pra onde desse ouro.

Mariane quieta que só. Anoitece e Portuguesa pergunta aonde vão, Mariane tira do bolso um envelope onde ele lê de relance o endereço do Hotel Ouro Fino, e ela aponta com o dedo o endereço do remetente. Portuguesa para o carro e pergunta a alguém da rua, e terá de perguntar várias vezes até achar uma casinha de madeira, já no fim da cidade, entre terrenos tomados de mato. Mariane desce e bate palmas, demora para aparecer um sujeito barrigudinho de sandálias e bermudas floridas. Quando vê Mariane, aperta as mãos torcendo o corpo:

– Meu a-mor!

Abraço de antiga amizade, depois Mariane apresenta Chiquito:

– Foi ajudante de Donana no garimpo de meu pai e seu homem de confiança.

O sujeito tem peitinhos e, depois de lhe apertar a mão, vai enxotar uma galinha enxerida, batendo palmas e pés, a galinha batendo as asas. Ele aproveita para sussurrar a Mariane:

– *Homem* de confiança do seu pai?

Ela encara com olhos estreitos:

– Ser homem não é só ser macho.

Entram na casa, latas de óleo florindo nas janelas, bibelôs por todo canto, revistas gays pelos sofás ensebados, tão grandes que mal sobra espaço para se andar na sala. Chiquito pergunta de Donana, tem saudade daquela índia danada, depois encara Mariane e fala com outra voz, que sai grossa do fundo do peito:

– O que você quer, Méri querida?

Mariane pega suas mãos para dizer que precisa muito de um favor, e ele só diz diga.

– Mas não conte a ninguém.

– Eu sou um poço sem fundo, minha querida. Diga.

Ela diz que precisa limpar umas esmeraldas, saíram da rocha com muito quartzo e manganês, muito peso para levar de bagagem. Chiquito pergunta quantos gramas de esmeraldas, e ela fala com naturalidade uns cinquenta quilos. Chiquito fica olhando para ela, aí começa a sorrir devagarinho e acabam rindo, riem até chorar e Chiquito repete aí, vocês conseguiram, aí, então vocês conseguiram! Enxugando lágrimas, lembra que visitou o riacho junto com Donana e Mariane:

– Lembra, você estava com aquele chapéu mostarda! Mas eu não acreditei que ali pudesse mesmo ter esmeraldas, afinal, tudo que o coronel tentava, dava errado. Então eu vim embora para esta vidinha... e vocês conseguiram! Cadê?

Portuguesa vai buscar a mala no carro e, de tão pesada, parece mesmo cheia de pedras; ele sente dor na coluna só de ver. No pouco assoalho da sala, cercado pelos pés deles sentados nos sofás, Chiquito abre a mala, que se mostra cheia de roupas por cima e, por baixo, trouxas de pano amarradas por barbante. Pega uma trouxa, desfaz o nó e solta assobio diante das pedras que se esparramam. Para ele, são só pedaços de cristal verde com resquícios de rocha, nada mais, e nem brilham, diz decepcionado.

– Esmeralda não é brilhante, querido, é uma pedra transparente. Que verde lindo!

Há vários tons de verde em esmeraldas, diz Mariane, e Chiquito olha contra a luz as pedras mais limpas. Diz que parecem ser as melhores que já viu, e leva uma para um cômodo-oficina, com bancada de madeira e ferramentas penduradas nas paredes. Acende luz azul, com lupa observa a pedra de todos os ângulos.

– Olha, querida, é a melhor esmeralda que já vi. Só que eu não tenho ferramental pra limpar isso, aqui só faço bijuterias.

Mas Chiquito sabe quem pode fazer o serviço. Abrem as outras trouxas da mala, outras trouxas surgem das mochilas e aí, olhando o lote todo no assoalho, calcula dois dias de trabalho do ourives. Mariane diz que então, pagando bem, será trabalho para um dia só, Chiquito concorda, o dinheiro manda.

– Mas eu quero que ele faça o serviço aqui – Mariane envesga – Come aqui, dorme aqui até acabar, tá?

– Claro – Chiquito já levanta elétrico – Vamos fazer uma janta antes, que eu ia jantar sozinho, sopa de ovas de peixe, dizem que é afrodisíaco, sabiam? Agora vou fazer, como dizia seu pai, uma re-fei-ção com-ple-ta!

Mariane põe todas as pedras na mala, tirando as roupas e socando nas mochilas, e fecha a mala com cadeado. O cheiro de alho fritando enche a casa, depois arroz chia no óleo quente. Ele levanta gemendo do sofá, a coluna dói brava, e diz bem, bom que tudo deu certo, vou indo. Estende a mão para receber as chaves do carro, mas Portuguesa fala não, você não vai a lugar algum. Mariane suspira, pegando pelo braço e levando para fora.

Preciso falar com você, ela começa, mas ele diz nós não temos mais nada a falar, temos, isso sim, um trato, chegar em Porto Velho, você devolve os filmes, eu vou devolver o carro, acabou. E, como é claro que elas não terão endereço certo, precisa de autorização assinada de Pintinha para usar as fotos e conta bancária para mandar pagamento.

– Agora vou pra um hotel, me dê as chaves por favor.

Mariane fala vamos andar um pouco, indo para a rua. Lua cheia nascente, amarela e inchada, clareia a rua coalhada de poças. Passando pelo carro, ele tenta a maçaneta, o carro ficou aberto e então tira a mochila, a coluna fisgando, e vai reto pisando nas poças, na direção contrária dela. Anda cego de raiva, atravessando uma favela, mas quando passa por trilhos de trem estranha – uma ferrovia ali? Olha em volta, e um monstro negro parece sair do capinzal. Mariane para ali o carro e, na luz dos faróis, ele vê que o monstro é uma locomotiva enferrujando, meio coberta de mato e trepadeiras. Mariane sai do carro.

– É o que sobrou da Ferrovia Madeira-Mamoré.

Ele era rapazola quando leu sobre a Ferrovia da Morte.

– Foi fechada – ela continua – e deixaram tudo aí enferrujando.

Locomotivas, vagões, estações, ela conta, ficou tudo enferrujando até que o batalhão da Engenharia, que tomava conta de tudo, começou a vender os trilhos como ferro-velho para construtoras. Depois, foram desmontando as locomotivas e vagões, com engenharia e disciplina militar, para vender a fundições no Sul. Um dia, um caminhoneiro foi orgulhoso a um jornal de São Paulo, querendo uma reportagem, afinal tinha transportado uma ferrovia aos pedaços, merecia virar notícia. Aí foi escândalo nacional, patrimônio histórico estava sendo fundido a preço de banana, os responsáveis seriam investigados por um "rigoroso inquérito" que nunca, claro, chegou ao fim.

– Isso aí é o que sobrou – ela acaricia a velha locomotiva – Meu pai me trazia aqui pra brincar, menina ainda, pegava um teco-teco lá no Jari e vinha passar o fim de semana aqui pra minha mãe se distrair...

Um dia, o coronel tinha levado as duas a passear pelos trilhos abandonados, contando a história da ferrovia onde morreram milhares e milhares de homens na construção, durante décadas, para depois ser abandonada e enferrujar. E ali, naquele dia, andando no mato ao anoitecer, sua mãe tinha pegado a malária que lhe apressaria a morte.

— Mas acho que ela morreu mesmo foi de desgosto — Mariane está no lugar do maquinista — Desgosto de viver na Amazônia, vendo tudo apodrecer ou enferrujar, tanta miséria e brutalidade, derrubada de mata, queimadas, ela vivia tossindo com a fumaceira.

Ele diz que sente muito, mas só quer as chaves do carro. Ela pega suas mãos, erguendo diante do peito e apertando; no ar, cheiro de capim e fumaça de folhas secas, mas ela fala doce:

— Vai para São Paulo com a gente.

— Salvo-conduto *Playboy*?

Ela ri e ele diz quem diria, eu não sabia que você sabe rir, ela ri mais dizendo que ele é um menino, viu naquele banho de chuva, um menino impulsivo — e muito machista, pelo jeito como trata Chiquito. Aí larga suas mãos e, muito séria, conta que vão esperar a limpeza das pedras para poderem vender e dividir o dinheiro no Sul. Continuarão a levar as esmeraldas em duas malas, de avião ela levará uma, com Portuguesa e Pintinha, outra Dita levará por terra com Donana e Cida, e se encontrarão num hotel em São Paulo.

— Divididas em duas turmas não daremos muito na vista, e perderemos só metade da carga se algo der errado no caminho, meu caro.

Ele estende novamente a mão aberta:

— Plano brilhante, tenente, mas só quero minhas chaves. Podem até ficar com os filmes, só quero ir embora, quero distância de você e da sua turma, "minha cara"!

Mas ela continua a contar os planos calmamente: vão alugar um avião de quatro lugares, coisa fácil para uma equipe da *Playboy*, com parada só em Campo Grande para abastecer, depois São Paulo é um mundo e lá estarão seguras. Sorri com os olhos brilhando:

— E você ganha uma pedra! Sabe o valor duma esmeralda daquela qualidade, com aquela tonalidade e do tamanho de ovo de codorna? Depois de lapidada, sabe o valor?

Ele fala que nem quer saber, mas ela diz assim mesmo e ele pede para ela repetir, ela repete e ele assobia. Ficam ouvindo os grilos, até ele falar que então, diante da humanidade dos argumentos, está tudo bem, vai ser babá de garimpeiras.

Ela vai para o carro, ele fica ainda um tempo ali no comando da locomotiva, olhando a escuridão, tentando ver um sinal, uma estrela cadente, um pirilampo passante, algo que sinalize sim, é isso que tua alma pede, vai em frente. Mas a escuridão continua só escura, até ela piscar os faróis. Ele vai para o carro, entra gemendo de dor; ela diz que vai lhe fazer bem dormir no chão na casa de Chiquito, mas ele diz que vai para hotel.

– Não, é perigoso – ela lhe aperta a coxa, a mão firme de enfermeira ou garimpeira – Confia em mim.

A coxa deve comandar diretamente o cérebro, ele concorda em conhecer o chão da casa de Chiquito.

Na casa enfumaçada de bife frito, come arroz-feijão melhor ainda que o de Donana ou da vó, couve com muito alho e torresmo que lambuza lindamente os lábios de Mariane. Depois toma banho num chuveiro pinga-pinga, renasce vestindo roupas limpas mas arquejando de dor. Mariane manda se pendurar na porta, ele se pendura com a humildade dos sofredores, a coluna estrala e a dor parece aliviar mas logo volta. Ela estende a mão aberta com duas pílulas de analgésico, manda tomar, ele engole com leite em pó. Ela manda deitar: – Vou te fazer massagem. Ele deita sobre o cobertor no chão, a roupa suja embolada como travesseiro, e dorme com ela lhe massageando as costas, o rádio tocando músicas sertanejas de desgraças e paixão.

Acorda com galo cantando e uma galinha ali bem diante dos olhos. É um assoalho limpo, apesar das tábuas roídas de velhice, e a galinha olha para ele com galinácea curiosidade. Mariane dorme ao lado, ele fica olhando como é bonita. De repente Chiquito aparece pegando a galinha – Vem cá, minha Chica! – e Mariane abre os olhos. Nossa primeira noite juntos, ele fala, e ela levanta já calçando as botinas, lavando o rosto com dois tapas de água no tanque de lavar roupa, penteando os cabelos com os dedos; e mesmo assim, continua bonita como só. Acorda as outras, mandando Pintinha ao mercado comprar comida, Portuguesa, vá com Chiquito buscar o ourives com as ferramentas, depois volte a guardar o carro nos fundos da casa.

— E eu? — ele está alegre, a coluna não dói, faz muito tempo não dorme tão bem — Nenhuma ordem do dia para mim?

— Você — ela lança um rápido olhar — se não atrapalhar já ajuda bastante.

Molha a cabeça enfiando debaixo da torneira do tanque e, com os cabelos pingando pela roupa, começa a cavoucar com pá no quintal. Faz uma pequena cova rasa, sem responder quando ele pergunta quem ela vai enterrar ali, e depois vai calada tomar café. Chiquito frita ovos em toucinho picado — A Méri adora — e a casa enfumaça de novo, os bibelôs têm uma crosta de poeira defumada. A galinha olha da porta e ele pergunta se são dela os ovos que estão comendo.

— Meu Deus! — Chiquito bota a mão no coração — Você acha que eu seria capaz de fazer uma coisa dessas?! Fritar os ovos duma galinha na frente dela! Você tem filhos?!

Ele engasga comendo. Lacrimejando do engasgo, conta que sim, tem uma filha na Alemanha, só conhece de foto. Mariane fica olhando com talvez espanto, talvez piedade. Depois diz bom, vamos trabalhar. Manda Pintinha escovar os dentes. Pintinha vai escovar os dentes, a bundinha arrebitada mexendo conforme mexe a escova na boca, piscando para ele. Mariane suspira forte, a frieza se foi dos olhos azuis, que agora faíscam. Ele pergunta onde é o Rio Madeira, quer tomar um banho de rio. Chiquito acha melhor não:

— Tem centenas de dragas rio acima, querido, a água chega aqui cheia de mercúrio.

Além disso, lembra Mariane, é perigoso.

— Eu nado bem.

— Não por isso, você é perigoso por dar muito na vista.

Por isso também não deve ir com Pintinha ao mercado, e ela mesma, loira, não deve nem sair dali. Pintinha pega a sacola e a lista de compras, ele pede duas garrafas de vinho tinto, repete, tinto se-co fi-no. O ourives mora perto, Portuguesa sai com Chiquito e voltam com o homem, a tenente manda guardar o carro atrás da casa coberto com redes de dormir, não quer qualquer pista à vista. O ourives é baixinho, com grande mala de ferramentas, e logo a oficina vira fonte de pancadas, estralos e zunidos. No fundo do quintal, uma rede pende dos galhos duma mangueira, e quando Pintinha chega com as compras, Portuguesa deita lá com garrafa de uísque. Vai beber até cair – Mariane avisa Chiquito – deixa cair. Pintinha diz que o mercado não tem vinho seco, mas outro que disseram melhor, então comprou logo três garrafas. É o mesmo rosado doce de Alta Mata, ele dá de presente a Chiquito pela inesquecível hospitalidade, Chiquito agradece de olhos úmidos. Na rede lá na mangueira, Portuguesa bebe uísque no gargalo. Chiquito limpa os peixes com ligeireza de admirar, ele diz que nem sua avó limpava peixe tão ligeiro assim.

– Você não viu nada, meu bem, já limpei cutia, capivara, anta e até muitos garimpeiros, só que esses limpei de dinheiro. Joga pôquer? Não? Que pena. E – piscando para Mariane – não tem vontade de ter mais filho?

Ele não responde, vai ver o buraco cavado por Mariane no quintal: que vai ela enterrar ali? Mas não importa, é cova pequena para um repórter. Então ela tira dois peixes da sacola de compras, pega uma faca, afia numa chaira com rapidez profissional, corta duas folhas de bananeira, deita em cada folha um peixe, salga e espreme limão, embrulha nas folhas e deita os embrulhos na cova. Cobre de terra com a pá, soca um pouco com os pés e joga por cima um caixote velho e galhos secos. Com folhas secas acende fogueira, diz a Chiquito para botar no fogo as tranqueiras do quintal, só servem pra juntar rato.

– Ai, essa mulher adora me ver trabalhar! – Chiquito vai catar caixotes e galhos secos até nos terrenos vizinhos, cantarolando, e ela fala esse aí é uma pessoa feliz.

– E você, é feliz? – ele pergunta e ela encara, tão bonita assim sorrindo, responde com outra pergunta:

– Ainda quer conhecer o rio? Conheço um caminho quase deserto.

Vão contornando a cidade por estradinhas e trilhas de pastos, varando mato entre as vilas espalhadas, até que dão com o Madeira, grande rio rolando grosso e marrom.

— Não era dessa cor — ela perde o olhar na água. — Isso é terra que vem dos garimpos.

Ele lembra que, nos Estados Unidos, os garimpeiros e colonos mataram milhões de búfalos, não? Sem falar nos índios. Ela sorri:

— Eu sei, mas não vivi naquele tempo.

Ele fica olhando ela olhando o rio, e tem tanta vontade de abraçar essa mulher que — sente como uma faca conhecida entrando — só pode estar se apaixonando. A mãe:

— Você vai ver, quando se enrabichar de novo você sossega! Se era pra virar um bêbado, era melhor ter ficado com a alemã!

Mariane diz que era um lindo rio antes dos garimpos, lembra de menina, do barranco viam peixes na beirada, tão limpa era a água na estação seca. Ele pergunta o que ela vai fazer com o dinheiro das esmeraldas, enriquecer e daí? Ela ri, tão linda rindo, diz que não sabe, ainda nem pensou nisso:

— Só sei que vou comprar uma casa na praia, na Califórnia, e trabalhar, eu gosto de trabalhar. Vamos nadar?

Ela aponta: estão acima das balsas de garimpo, no começo de uma grande curva do rio, podem ir levados pela correnteza até lá na outra ponta da curva, depois voltando para casa por outro caminho. Manda ele tirar o cinto, pede a carteira, embrulha num saquinho plástico que tira do bolso, exatamente como ele faria, e com o cinto lhe amarra a carteira no alto da cabeça. Desce o barranco, acostumada, e na beira da água ele pergunta do mercúrio, não tem mesmo perigo? Fazer o que? — ela ri, amarrando as botinas no pescoço com os próprios cadarços e entrando de roupa na correnteza:

— É o Brasil!

Vão boiando levados pela correnteza forte, os pés para diante, a cabeça fora da água entre milhares de pequenas ondas que, com a cabeça quase ao nível do rio, só agora ele vê. De vez em quando, some a cabeça dela, volta, vai rindo feito menina, mais linda ainda. Passam por chatas e barcaças, lanchas ancoradas em trapiches de bares beira-rio, moleques pescando, lavadeiras batendo roupa em tábuas, o som chegando um segundo atrasado. Até que ela grita que é hora de sair, saem onde o rio termina sua curva de quilômetros, imensidão de água. Ela já sobe pela escada escavada no barranco, ele atrás lembrando da mãe – Você precisa duma mulher pra andar do teu lado, nem atrás nem na frente – e então corre pela escada em ziguezague no barranco, passa por ela, chega antes ao alto, coração bombando. Vão por trilhas de mato e agora ela ri por qualquer coisa, um passarinho, um tropeção; e o coração dele continua aos pulos atrás dela.

Já entrevistou um bioquímico sobre a paixão, a paixão lança no sangue zilhões de hormônios, alterando a pessoa a ponto de embobecer, mas talvez depois dos trinta isso não aconteça mais, nem teria qualquer sentido se apaixonar por uma fulana que vai se mandar para outro país! Mas, ouvindo sua respiração, sente o sangue pulsar pelo corpo todo, sente seu cheiro entre tantos cheiros de capim, de mato, de bosta de boi, varando pastos, ela erguendo arames farpados para ele passar e perguntando se a coluna melhorou. Ele diz que nunca esteve melhor:

– Estou em tratamento hormonal.

Lembra da mãe:

– Quando você se apaixonou pela primeira vez, no colégio ainda, meu filho, passou quase semana só comendo maçã! Eu até te chamei de Adão!

As roupas já estão secas quando aparecem ruas de Porto Velho, ela diz que é o bairro de Chiquito, ele pergunta como ela achou o caminho e ela apenas aponta o sol; claro, coisa de militar. Ele compra maçãs num mercadinho, pequenas e quase murchas mas gostosas, vão comendo pela rua onde crianças brincam entre as poças. Chiquito ajuda o ourives, Portuguesa ronca na rede, Pintinha está trepada na mangueira, o chão coalhado de cascas e caroços de manga.

– Come uma manga, chefinha! Quer, preibói?

Mariane diz que primeiro é melhor almoçar, e com a pá afasta brasas e cinzas sobre a cova no quintal. Raspa a terra com a pá, depois varre, vai varrendo firme a terra arenosa de Rondônia até aparecerem os rolos de folha de bananeira com os peixes chiando dentro. Chiquito fez arroz-feijão, e os peixes enchem a casa de cheiro quando as folhas de bananeira são abertas na mesa. Ele pergunta do mercúrio, os peixes não têm mercúrio, se vêm do rio?

— Dizem os pescadores que pescam acima dos garimpos — Chiquito fala cantarolando — e a gente acredita porque eles também comem os mesmos peixes...

Mariane sorri de boca cheia olhando sua gente. O ourives come e diz que precisa descansar um pouco, Mariane vai acordar Portuguesa para o homem usar a rede. Portuguesa come carrancuda, Mariane sobe na mangueira. Joga uma manga, ele morde e a fruta esguicha caldo, ela ri trepada lá no alto. Assim começou tudo, diz Chiquito, só que em vez de manga era maçã... Portuguesa olha mastigando ódio.

Depois ele passa a tarde anotando, Mariane com o ourives na oficina, Portuguesa cochilando no sofá diante da tevê chuvisquenta, Pintinha a dormitar no sofá, e decerto se preparando para muito chão pela frente. Tardezinha o ourives termina o trabalho, "o grosso pelo menos", dizendo que ainda dá para tirar esmeraldas miúdas do quartzo e do manganês. Mariane paga o serviço com notas novinhas e dá gorjeta, o homem diz que preferia levar as sobras das pedras. Ela só dá mais gorjeta, o homem junta as ferramentas e se vai, ela pega o saco de sobras e enterra onde estavam os peixes, antes cavando mais fundo e depois cobrindo com terra e socando com os pés, dizendo a Chiquito para só desenterrar quando souber que elas estão bem; ela mandará carta.

— Ela é paranoica — ele murmura e Pintinha sussurra:
— É que você não conhece o delegado...

Mariane dá a Chiquito esmeralda do tamanho duma ameixa. Chiquito beija a pedra, beija-lhe a testa, beija Pintinha, beija até Portuguesa, e ele estende a mão para aperto mas também ganha na testa um beijo de lábios úmidos. Mariane embrulha as esmeraldas em camisetas, novamente enchendo a mala com roupas por cima, e as outras também pegam suas mochilas. Ele pergunta para onde vão, Pintinha diz São Paulo, claro. Mas porque a pressa?

Não respondem, vão para o carro. Mariane já aguarda na rua com a porta do carro aberta, Chiquito pergunta que é que ele está esperando. Ele pega a mochila e entra no carro. Do carro, Mariane manda Chiquito tomar cuidado com a pedra, não mostrar logo a ninguém, e Chiquito pisca:

– Pode deixar, querida, se for preciso eu até engulo...

O sol morre borrando o céu de vermelho, laranja e amarelo, Pintinha diz olha que lindo, Portuguesa diz bela bosta, Mariane diz toca para Ariquemes. Ele geme: já passaram por Ariquemes vindo para Porto Velho, que é que vão fazer lá?!

– Não vão voltar praquela estrada, vão?

Mariane diz fria que não podem é pegar avião em Porto Velho, é arriscado. Na estrada, ele sente a coluna voltando a doer. Anoitece, e Portuguesa passa reto pelos buracos, cada chacoalhão de bater a cabeça na capota. Chegam a Ariquemes dez da noite; de longe as luzes deram alívio, de perto é mais uma cidade escura e buraquenta, as casas entre capinzais, um rio correndo escuro. Mariane pega o volante, vai por uma rua que vira estrada, estradinha, até parar numa casa ao lado de galpão.

– Fazenda de um amigo de meu pai. O caseiro foi avisado de que um dia eu ia chegar.

Então ela tem mesmo um plano que nem as outras sabem, decerto tramado no Hotel Ouro Fino onde podia telefonar e usar correio. Deve ter usado a caderneta de endereços do pai, ele viu uma velha caderneta entre as roupas reviradas da mala de esmeraldas. O caseiro aparece, ela se apresenta já perguntando se a pista de pouso está funcionando e já deixando dinheiro na mão do homem, "pelo transtorno". Pega a mala e vão para a casa onde a família acende luzes. Tomam uma sopa que a mulher faz muda de espanto, depois dormem todos no chão da sala em colchonetes, ele entre Mariane e os pés duma mesa. Fica muito tempo acordado vendo seus olhos na escuridão, estapeando pernilongos enquanto todas dormem, e só dorme com os galos.

Acorda com cócegas, estapeando os ouvidos, Pintinha ri com uma pena de galinha na mão.

– Vamos, o avião já taí!

Engole café com pão, vendo que ainda amanhece, fica sabendo que o caseiro foi ainda de noite a Ariquemes, alugou avião que já espera na pista de terra da fazenda, só falta ele.

– A chefinha quis que você dormisse mais – Pintinha suspira triste. – Tá gamado nela, né?

Ele pega a mochila, saindo vê o caseiro mostrar à mulher mais notas novinhas que ganhou. Vai com Pintinha por estradinha cascalhada, ela diz que a chefinha sabe mostrar gratidão.

– Você vai ganhar uma pedra maior que a do Chiquito, vai ver.

O avião parece grande pato cansado na pista de cascalho, e não é preciso entender de aviões para ver que é um monomotor bem velho.

E é moço o piloto típico de garimpo: óculos escuros, boné preto, joias de ouro, pulseira, anel, no pescoço corrente grossa e no cinto fivela dourada. O motor está ligado, Mariane, Pintinha e Portuguesa já no avião. O piloto dá aperto de mão firme e sorridente, os cabelos voando no vento da hélice:

– Obrigado pela revista!

No avião ele procura a última *Playboy* na mochila, sumiu. O motor ronca ranheta e Mariane fala alto:

– Depois te compro uma dúzia!...

O piloto enfia a cabeça na cabine para dizer que é muito peso com toda essa bagagem. Mariane joga pela porta uma mochila, Pintinha reclama:

– Tem roupa minha ali também!

– Você vai poder comprar muita roupa.

Só depois que o aviãozinho sobe, ele lembra que esqueceu de pedir ao caseiro para avisar a locadora do carro em Alta Mata. Ela como que adivinha:

– Mandei o caseiro avisar do carro. Semana que vem.

– Sabe quanto vai custar uma semana de aluguel?

– Fica por conta das fotos.

O piloto diz que o tempo está ótimo, deve continuar assim até Cuiabá. Ele está no banco ao lado do piloto, Mariane e Portuguesa nos bancos de trás, com a mala de esmeraldas sobre o colo das duas, Pintinha sentada no chão, espremida entre as pernas delas. A cabine é tão apertada que ele precisa fazer alguma ginástica para olhar Mariane, quando ela fala ao piloto que não vão para Cuiabá e sim para Marabá.

O piloto diz moça, aí o preço é outro; e ela pergunta quanto, diz que está bem, como quem compra uma banana. O piloto abre mapa, mostra que é sair duma ponta da Amazônia quase até a outra, mil e oitocentos quilômetros e sete horas de viagem, vão ter de abastecer em Jacareacanga e terá de avisar Ariquemes.

– Não – ela faz voz confidente – Nós temos de despistar os olheiros da revista concorrente, entende?

O piloto sorri herói; garante que pode, claro, ir até Marabá sem usar o rádio, e em Jacareacanga a pista não é controlada, pode pousar lá de olhos fechados.

– Melhor de olhos bem abertos.

O piloto muda de rumo, sorriso grudado no rosto, mas ele está indignado:

– Marabá, no Pará?! Porque?! Porque é mais perto dos Estados Unidos?

Torto de olhar para ela, a coluna inflige uma fisgada forte, enquanto ela sorri com seus dentes pérolas e seu límpido olhar, ele murmura que merda, estou ficando romântico, o piloto pergunta o que, ele fica sentindo a raiva a esquentar o sangue, borbulhando a mistura de italiano e espanhol. E os meus filmes, ele pergunta, a voz tão doída que ela estica a mão para o bagageiro do fundo, enfia a mão numa sacola e, com precisão militar, tira o rolo de filmes, entrega a ele com um muito, muito obrigada talvez até sincero. Ele enfia na bolsa; pelo menos isso. O avião ronca no céu azul, o piloto ainda com o mesmo sorriso, suas joias de ouro faiscando ao sol. Ele avisa, com a voz mais militar que consegue, que quer deixar bem claro, pigarreia mais alto que o motor, em Marabá vai pegar o pri-mei-ro avião para São Paulo, e Pintinha simplesmente pede calma, da vida nada se leva, então aproveite!

– Quando foi que você viajou com mulher-esmeralda, preibói? É, mulheres cheias de brilho! Até aí a Portuguesa, se você olhar bem – cantarolando docemente – é uma mulher e tanto pra quem gosta desse tipo de mulher!

Portuguesa quase sorri, Pintinha se ergue para lhe falar no ouvido:

– Para de pensar só em trabalho, menino, vive a vida!

Ele aponta o dedo sobre o ombro para a mala de esmeraldas:

– E isso aí também não veio de trabalho?

Como moleque recebe, nem sabe de quem, tapa na cabeça.

O sol ainda está bem baixo, e lá embaixo só veem floresta, rio de vez em quando. A região, diz o piloto, mais deserta do Brasil e do mundo, vão voar horas sobre floresta e só floresta, um deserto verde. Mariane:

— Não tem índios?

— Mas índio não conta, né.

O silêncio fica roncando até Pintinha falar que tem sangue índio, e o piloto então, se desculpando, diz que até tem também um avô meio índio, aí Mariane fala bem fria escuta, nós temos de descansar, não podemos conversar. Só o motor continua no silêncio; o piloto só vai abrir a boca muito tempo depois, avisando de abastecer em Jacareacanga.

O aviãozinho pousa e, quando o piloto sai na pista, ele diz que vai tomar café, Mariane acha melhor não.

— Pra não conversar, pra não deixar pistas, né? — sua pergunta fica no ar, espetada por olhar de ódio da Portuguesa.

Ele diz que então vai só esticar as pernas, e na pista faz alongamentos, a coluna estrala. Pintinha também estica braços e pernas.

— Não fica bravo, ela sabe o que faz.

— Sempre?

— Sempre, preibói. Assim como você é adivinho, ela é comandante.

Mariane também sai do avião, ficam olhando o mormaço frigir a pista. Ele conta que ali em Jacareacanga aconteceu uma revolta da Aeronáutica, no tempo do presidente Juscelino. Mariane fala olhando o mecânico que abastece o avião, bermudas sujas e sandalinha de dedo:

— É preciso muita revolta pra dar jeito no Brasil.

A raiva volta a borbulhar no sangue catabrês, como dizia a vó, mistura de catalão e calabrês. Mas procura falar frio:

— Se você quer varar o Brasil sem deixar pista, não devia falar com o piloto daquele jeito.

— Perdi — ela morde os lábios — perdi a calma.

E as outras três? Donana, Cida e Dita, se o tal delegado é assim tão perdigueiro, já deve ter botado a mão nelas, não?

— Não. Donana é índia, então no começo elas vão a pé só por estradas rurais, ou por trilhas de mato, difícil rastrear; depois, nas rodovias, vão de carona em caminhões, Dita foi caminhoneira.

Faz sentido, uma coisa é vigiar rodoviárias e aeroportos, outra coisa são as estradas e os caminhões do Brasil.

– Dita dirige bem, preibói – Pintinha se alonga – Tô toda torta, chefinha!

– Vai no colo dele! – Mariane volta para o avião e Pintinha fica de boca aberta:

– Ela tá com ciúme! – e fala triste para si mesma: – Ela também gamou no preibói...

O piloto chama, entram no avião e voltam para um céu já não tão azul. O piloto pergunta se não queriam comer nada, não era tão ruim a comida no aeroporto, mas Mariane nem responde e continuam com fome sobre a floresta sem fim. Cochilam. Mariane cantarola baixinho *it's dedicated to the one I love...* O avião ganha dois motores quando Portuguesa começa a roncar. Lá pelas três da tarde o piloto fala que precisa reabastecer em Carajás. Mariane reclama, ele tinha falado só de Jacareacanga.

– Desculpa, dona, me enganei. Vocês aproveitam pra ver a Mina de Carajás.

Veem que é buracão imenso, enfiado numa serra baixa coberta de floresta. Do avião se vê bem que os pneus dos caminhões de caçamba são bem mais altos que os homens. É a maior mina do mundo, diz ele, e Mariane emenda que tudo no Brasil é grande, inclusive...

– Inclusive o quê?

– Nada.

Ih, diz Pintinha, estão de briguinha, e cantarola:

– Chegou o amor!...

O piloto fala com a torre, sobrevoando a mina formigada de caminhões e espetada de guindastes; sobrevoa os alojamentos, os conjuntos de casas iguais em ruas com árvores novas, e em volta de tudo fica a floresta até os horizontes. Pousam e, enquanto o avião abastece, Pintinha vai comprar qualquer coisa de comer, volta com pastéis e chocolates que derretem no calor. Mariane diz que tanta porcaria pode dar disenteria, Pintinha se lambuza de chocolate.

– Relaxa, chefinha, quem muito reclama, desgraça chama.

O céu já está coberto de nuvens escuras, algumas com o azul arroxeado de chuva já-já. O piloto acha melhor esperar a chuva,

Mariane diz que é melhor continuar e logo. Ele está com sede faz tempo, mas voltam ao avião, a coluna dolorida de quase gemer, e o piloto diz seja o que Deus quiser. Os pastéis e o chocolate deram mais sede. Portuguesa continua roncando. Mal sobem, a torre avisa que vem tempestade brava, mas o piloto ajeita o boné e diz com Deus a gente acha um buraco. Exibição para o pessoal da *Playboy*, talvez pirraça com Mariane, ou talvez queira só meter medo neles, enquanto ela apenas cantarola.

Indiferentes à confiança do piloto, as nuvens crescem e escurecem, Pintinha pergunta se não dá pra desviar. O piloto ri – Marabá é pra lá, moça, temos de ir pra lá – e diz que o tempo pode até melhorar, mas no mesmo instante começa a chover e relampear, com trovões que sacodem o avião. Depois de muitos chacoalhões, numa pausa entre trovões Pintinha diz puxa, como é forte a mão de Deus. Portuguesa acorda perguntando que que aconteceu, ninguém responde, o piloto se agarrando no manche. Na metralhagem da chuva na fuselagem, ergue-se a voz de Pintinha:

– Vamos rezar um pouquinho?

Ele se vira para trás dolorosamente, Mariane olha o céu relampeando, olha para ele com sorriso torto e um olhar pesaroso. Portuguesa com a boca apertada. O piloto fala para Pintinha não se preocupar:

– Este avião tem mais tempo de voo que você tem de idade, menina.

– Esta – diz Mariane – é uma das coisas que me preocupa.

O avião parece que vai se espedaçar, então Pintinha passa a rezar em voz alta, assim na terra como no céu, amém, e Mariane fala chega, Deus já ouviu. Na tempestade nem se escuta mais o motor, os *flashes* dos relâmpagos se emendando, parece até dia brilhante de eletricidade.

– O Brasil é uma potência mesmo – o piloto declama automático – O maior garimpo do mundo, a maior floresta do mundo, o maior rio do mundo...

Ele fica esperando o maior estádio do mundo, a maior usina do mundo, a maior festa do mundo, mas antes disso a mãozona pega o avião e chacoalha tão forte que a mala sacoleja, Pintinha agarra:

– Se morrer, morro rica.

Sem assento nem cinto de segurança, Pintinha é jogada para cima e para baixo, para os lados, e o piloto diz que avisou, é avião para quatro, é da lei.

– Mas eu paguei bem e você esqueceu a lei – Mariane fria – Então vê se sai logo dessa tempestade!

O piloto continua sorrindo, agora sorriso duro de nervoso, os braços rijos no manche. E toda aquela água lá fora dá mais sede ainda. Pintinha sangra, bateu a boca. O piloto fala que é melhor ela ir no colo no banco da frente e Pintinha passa pelo vão alto e estreito entre os bancos, macaquinha ligeira, senta no colo dele. Ele abraça e ela se encaixa, o piloto solta uivo baixinho:

– Aí, preibói!...

Ele chega a ouvir o suspiro de Mariane lá atrás, quase uma bufada entre trovões. A grande mão vai dando trancos e mais trancos no avião, e o piloto diz que, para falar a verdade, nunca enfrentou uma tempestade assim. Pintinha volta a rezar baixinho, e a cada Pai-nosso Portuguesa solta uns palavrões. Quando parece que o avião vai se desmanchar em pleno ar, começa a melhorar. A chuva raleia num silêncio aliviado, depois passa. Veem pedaço azul de céu lá na frente. Minha reza é forte, diz Pintinha. Com ela no colo ele tem ereção, ela percebe, lhe dá dois tapinhas na coxa e volta para trás. Ele olha, Mariane lê a *Playboy* do piloto com a revista diante da cabeça, tapume de indiferença, e Portuguesa dorme de novo de boca aberta.

– Deve ser um tesão trabalhar na *Playboy*, hem, mano? – o piloto está de novo radiante como o céu – Todas são modelos, é?

– Não. Aquela é segurança. Modelo é só a que estava no meu colo. A loira é secretária de viagem, só cuida das despesas, notas fiscais, essas coisas.

Mariane bufa. O piloto aponta lá adiante um grande rio com cidade se espalhando pelas beiradas – o Tocantins e Marabá.

O avião manobra e, assim que estaciona diante de hangar, Mariane paga o piloto, manda contar o dinheiro. É mais do que combinaram:

– Pra esperar aqui até amanhã, aí vamos pra Campo Grande.

O piloto abre a boca para falar, ela emenda que em Campo Grande pagará o dobro, ele fecha a boca devagar. Ela dá mais algumas notas, "para as despesas de pernoite", e o piloto diz sim-senhora. Portuguesa desce com a mala. Mariane pergunta se não tem saída do aeroporto sem passar pelo salão – No Brasil sempre tem saída, né – e o piloto vai mostrar. Enquanto andam pela pista, ele estende a mão para Mariane:

– Boa sorte. Ela envesga:

– Onde você vai?

– Para um hotel decente, com chuveiro, cama limpa, um bom vinho tinto seco e descansado.

– Você deve continuar dormindo no chão, faz bem para sua coluna nessa crise. E tome um bom analgésico. Nós também vamos para um hotel, aproveite o táxi.

Parece que viajaram dias, mas ainda é fim de tarde. Saem pelo portão do hangar, Pintinha de braço com o piloto, que faz questão de ir com eles até o ponto de táxi, onde troca umas palavras com o taxista. No hotel, o taxista fala com o porteiro, e na recepção já são recebidos como "o pessoal da *Playboy*". O gerente aparece arrumando a gravata, junta as mãos dizendo que é uma honra, uma grande honra, parece até que vai fazer discurso mas Mariane corta:

– Que hora tem voo pra São Paulo amanhã?

– Só duas vezes por semana, minha querida. Hoje foi dia, agora só depois de amanhã.

Ela morde os lábios, Portuguesa resmunga palavrões.

– Mas Marabá tinha avião todo dia – Mariane envesga com olhar perdido – Não tinha?

– Tinha, quando aqui corria dinheiro – risadinha – Agora, dizem que o dinheiro corre daqui...

Um dia ela contará que o plano era deixar o piloto pernoitando ali, para não voltar no mesmo dia e virar pista para o delegado, e, no dia seguinte, pegar ali em Marabá o mesmo avião de quando ia menina passar férias com o pai e a mãe em São Paulo ou no Rio. Sempre saíam numa quinta ou sexta-feira para voltar na segunda, e ela guardou a certeza infantil de que os aviões estariam ali decolando todo dia, cheios de garimpeiros bamburrados ou fazendeiros de bois e comerciantes de castanhas-do-pará. Mas acabou o ouro, o gerente explica com mãos e bocas, e a castanha quase vai acabando por causa das queimadas:

— A fumaça acaba com as abelhas, aí as flores não fecundam, e boi só deixa dinheiro na mão de fazendeiro e frigorífico. Isto aqui virou terra de gente bruta – o gerente fala pegando a mala de esmeraldas para levar ao elevador, Portuguesa retoma com safanão.

O gerente fica chocado, Mariane fala que é equipamento muito delicado. No elevador fica mordendo os lábios, a mente militar estrategiando. Pintinha diz que ele está triste. Ele se olha no espelho do elevador: está com olheiras, ou, como diz Maurílio, abatido por fora e batido por dentro.

As três ficam num quarto com duas camas e colchonete para Pintinha, ele num quarto de casal. Deixa a porta aberta, a mochila na cama, pega lata na geladeirinha, o chiado da lata pede silêncio e tudo faz um inacreditável silêncio sem qualquer ronco, e ele vai para a janela, abre, enche o peito respirando fundo mas continua se sentindo vazio. No céu, na rua, nas luzes ao longe, em tudo vê olhos azuis. Quando vira, dá com ela amarfanhada, suada e cansada e tão linda ali, emoldurada pela porta ainda aberta, olhando as paredes.

— Já fiquei neste quarto muito tempo atrás, sabia?

Ela ajoelha tocando a cama de casal.

— Aí dormiam meus pais. Botavam mais uma cama pra mim aqui do lado – e de repente se levanta, dando a mão – Adeus então, obrigada por tudo.

Apertam as mãos e ele sente um caroço na palma, é uma esmeralda.

— É sua – ela sorri triste – É uma das melhores, semilapidada ainda, mas bem lapidada pode pagar por tudo.

Ele enfia a pedra no bolsinho da calça. Ela ainda fica sorrindo um tempo, envesgandinha, como se fosse dizer alguma coisa, mas vai saindo; volta da porta:

— Vai jantar? Já comeu tucunaré?

— Só se for com pimenta e pinga com mel.

Combinam de se encontrar em meia hora, e ele vai se sentindo mais cheio a cada peça de roupa que tira do corpo, e toma banho cantarolando, apesar de mal conseguir se ensaboar.

É noitinha; Portuguesa quer ficar no hotel; Pintinha diz que queria ir com eles mas acha melhor ficar – Eu sei perder, né – e Mariane, inacreditavelmente, cora. Portuguesa diz que vai pedir comida no quarto, deitada com a mala de esmeraldas ao lado da cama. Mariane lança um olhar a Pintinha, que inventa um bocejo e diz que também vai ficar no quarto... Liga a tevê e já vira criança diante de desenho animado.

Ele sai com Mariane, ela de bermudas e sandálias, na rua são raros os homens que não olham. Ela vai contando que existem a Marabá Velha, a Marabá Nova e Marabá, três cidades numa só. Andam algumas quadras, entre velhas casas de janelas na calçada e sobrados de janelões, velhas ruas previsíveis; mas de repente, virando esquina, dão com cais de pedra, comprido de mal se ver a outra ponta, beirando o maior rio que ele já viu, luzes tremelicando muito longe na margem de lá. O Tocantins em Marabá, diz ela, é muito maior que o Madeira em Porto Velho – E você ainda não viu nada.

Conta que o Tocantins tem trechos de navegar horas pensando ser lá outra margem, de repente vê que era ilha. E o Amazonas é muito maior, ela suspira:

— Vocês têm tanta riqueza e...

— ...e esse povinho?

— Eu não disse isso.

— Mas pensou.

Ela morde os lábios. É a primeira vez que ele vê seus pés, em sandálias de palha, e até evita olhar nos olhos, para que ela não veja dentro dele o ridículo de se apaixonar aos trinta e cinco. Maurílio:

— Homem apaixonado é o bicho mais besta que existe, e paixão é coleira que a gente mesmo coloca.

Ela compra numa barraca um chapéu também de palha, completa o figurino de turista. Ele quer bater foto.

— Não, por favor.

— Não é para a revista, é para mim.

O olhar frio dela também deve ter sido treinado no Exército, de tão eficiente, e repete devagar:

— Não, por favor.

Ele fecha a máquina e, sem se falarem mais, andam pelo cais de esparsos postes, absorvendo a paz das grandes barcaças ancoradas. Meninos nadam de um leme para outro, se agarrando em correntes de âncora na correnteza, rindo nas últimas brincadeiras do dia. Aqui e ali o cais tem degraus de pedra até a água, onde mulheres ainda lavam roupa, outras limpam peixes. Adiante homens pescam com linhas de mão, enroladas em latas ou garrafas. Ela entra no quiosque duma dona que vem de braços abertos:

– Quanto tempo, menina, você cresceu mais que capoeira!

– Pensei que não fosse me reconhecer – Mariane está encantada – Eu era mocinha!

A mulher diz esses olhos ninguém esquece.

– E tua mãe?

– Morreu.

– E teu pai?

– Morreu.

– Ah, mas tudo é de Deus, né, filha.

Mariane fica engolindo silêncio com olhos úmidos, depois, enxugando os olhos nos dedos, pede tucunaré frito em óleo de coco e duas pingas com mel. A mulher comanda a um rapazinho de olhos vivos: – Vai já ver tucunaré, menino! – e ele vai correndo pelo cais, pega um peixe de um pescador, outro de outro, volta correndo com um peixe em cada mão. São peixes de três palmos, Mariane diz que um só dá para eles dois, mas a mulher diz que vai fritar um, outro vai cozinhar em leite de castanha; se sobrar, os bebuns do cais vão agradecer. Enquanto isso, eles podem ir nadar.

– Você não gosta mais de nadar, menina? Não saía do rio, parecia até que ia virar sereia!

Mariane tira as bermudas e a camisa, mostrando o biquíni e o corpo tão *Playboy* que ele murmura Deus existe. Vamos? – ela chama com nova voz, doce e casual, e vão pelo cais vendo como os pescadores todos viram a cabeça depois que ela passa. Na beira do cais, ela tira as sandálias e pula na água entre duas barcaças, feliz feito menina mesmo. Ele senta nos degraus de pedra, e a sereia aflora dizendo vem, a água está muito gostosa, e ele diz que só vai ficar olhando a obra de Deus.

Ela mergulha sorrindo, parece outra Mariane, ou talvez toda mulher seja no mínimo duas.

A pinga com mel chama e ele volta para o quiosque, a mulher limpa os tucunarés cantarolando, ele senta com a coluna doendo, diz que a vida é complicada, ela ri:

— Nada, filho, a gente é que complica. Vai nadar com ela!

Ele diz que não tem maiô, ela comanda: — Menino, vê calção pro homem!

O ligeirinho sai correndo, logo volta com calções de amarrar, ele pergunta onde pode se trocar, a mulher diz aí mesmo, acha que vou ficar olhando? Ele se despe e veste os calções com o menino ao lado lendo um gibi, a mulher cantarolando. Depois vai descalço pelo cais, as pedras ainda quentes do dia de sol. Na beira do cais vê que ela ri lá embaixo na água, agarrada no leme duma barcaça, e ele pula no rio esquecido da coluna. A correnteza é tão forte que, quando aflora, já está passando da barcaça dela, agarra na grossa corrente duma âncora providencial. Agarrado assim, a correnteza lhe deita o corpo à flor da água, correnteza tal que... Como é que voltará para o cais? Então ela passa na correnteza, gritando para ele soltar o corpo — Confia! — e, sem poder perguntar se será confiança nela ou em Deus, ele se solta e vai pela correnteza entre as grandes barcaças e a parede escura do cais, só os pés e a cabeça flutuando. O rio não puxa, não suga nem bate, o rio apenas leva; então se tranquiliza o bastante para pensar que, em apenas três dias, é a segunda vez que desce um rio atrás dessa mulher, isso deve querer dizer alguma coisa.

Quando ela nada para o cais gritando vem, ele resolve continuar mais um pouco, logo descobrindo que foi um erro, passam os últimos degraus por onde ela sobe, e o cais acaba em matagal escuro. Só consegue sair do rio num barranco lamacento, tendo de andar de volta por trilha escura, guiado pelas luzes lá do cais. Soldado abandonado pela comandante. Ou ela cuida da tropa só durante o expediente? Certo é que, no quiosque, ela tranquilamente beberica sua pinga com mel, e basta um sorriso seu e o olhar azul para ele baixar os olhos indefesos. Lava num balde os pés embarreados, apertando os lábios para não gemer. Mas o cheiro de peixe frito quase faz esquecer a coluna, e toma a pinga com mel sabendo que ceva mais dor. Mariane ri por isso e por aquilo, e comem com as mãos, lambuzando as latas de cerveja, olhando a lua subir.

— Incrível, não é?

Incrível é você, ele engole e, em vez disso, fala baixo:

— Incrível é o que está acontecendo comigo.

— O que?

Ele volta a engolir. Passam meninos vindos do rio, ela chama, dá pedaços do peixe frito, eles pegam com olhares gratos e se vão descalços e luzidios.

— Você nunca teve filhos, não é?

— Nem fui casada.

— E aposto que é virgem.

— Quer apostar o que?

— Como vou saber se é ou não?

Ela ri e encara:

— Você não conhece o Corpo Médico do Tio Sam...

Ele fica olhando o rio; as luzinhas lá longe na margem que, no entanto, pode ser uma ilha; como pode estar se apaixonando pela imagem duma chefe de garimpo, uma paranoica com corpo de modelo e cara de anjo; mas da verdadeira Mariane, conforme for conhecendo, decerto acabará se cansando, como de tantas. Desde que voltou da Alemanha, faltam dedos para contar quantas deixou assim que apaixonadas. Porque agora seria diferente? E parece que agora ela se interessa muito mais pelo tucunaré, e além disso pode ser apaixonada só por dinheiro, ou ser gilete, começando talvez no próprio garimpo, depois de enjoar de tanto homem do Tio Sam, porque não? Já viu tipos machões, que tiveram filhos e até assaltaram bancos no Brasil, e que no exílio acabaram giletes ou bichas mesmo, tão naturalmente como amadurecem as frutas.

Ele pergunta se ela usou camisinha para transar com o tal Corpo Médico. Ela desmonta o sorriso, fica olhando o rio com olhar longe, até encarar, fria:

— Está com ciúme?

Ele pede desculpas, era brincadeira. Perde a fome, enquanto ela continua a comer até a cabeça do peixe, lambendo reentrâncias, mais sensual impossível; ouvindo ele contar a própria vida de repente, como fazem as putas, como se ela tivesse, com uma só palavra-chave, aberto um cofre de lembranças esquecidas. Começa dizendo que não tem mais o direito de sentir ciúme, tanto sentiu pela primeira mulher. Conta em poucas palavras o que levou anos para concluir: que Marga tinha paixão por líderes, mesmo se apenas de grupelhos de esquerda exilados, vendo neles futuros chefes de revolução e de governo, como se todas suas sonhadas guerrilhas fossem cubanamente triunfar. Mestre em Economia Política e criança mental, Marga tinha a persistência dos alemães na perseguição de sua visão: aqueles brasileiros eram História viva, líderes que, como Trotsky ou Lênin, voltariam para o tropical país natal comandando as massas para a Revolução – embora fossem, na realidade, partidinhos tão pequenos que alguns só tinham lideranças. Enquanto isso, o inverno continuava europeu, Marga era o que Maurílio chamava de potranca germânica, de modo que, entre reuniões estratégicas devidamente defumadas por cigarros, freudianos cachimbos e fedorentos charutos em reverência a Cuba, ele morava com Marga quando ficou grávida, mesmo não se sentindo casada com ele, como disse com também germânica franqueza.

Graças ao mestrado sobre política latino-americana, Marga acessava reuniões de todos os partidinhos brasucas, voltando sempre com cheiro de cigarro nos cabelos, e mesmo no último mês de gravidez era comum passar dois dias fora de casa. Algum amigo contava que ela tinha dormido com sicrano ou beltrano, algum líder ou dissidente na ordem do dia, e ele apenas dizia bom que apenas dormiram. Chegou a brigar com Maurílio por dizer que ela investigava profundamente a Revolução. E já sabia, então, que a mulher grávida exala um feromônio repulsivo para o macho, mas com Marga foi o contrário: quanto mais grávida, mais ele foi se apaixonando, emagrecendo enquanto ela engordava.

Sabia também que todos apostavam quem seria o pai do nenê – mas, quando nasceu, ninguém mais teve dúvida: a menina era a cara dele, o nariz grande, o queixo quadrado, os olhos e até o jeito de olhar, e falaria papai antes de mamãe. Então Marga achou melhor não se verem mais, ia mudar de Berlim e ele que não fosse atrás; queria continuar solteira, criaria a menina como cidadã do mundo. Ainda consegue ouvir o sotaque de Marga:

— Acredito eu que *serrá* melhor assim. *Combinadou?*

Ele era redator na *Deutsch Welle* e também fazia traduções, ganhavam bem até para o que Marga chamava de padrão alemão. Mas nele a Revolução tinha se desmontado na cabeça e a chama apagado no coração. Não queria voltar ao Brasil para, como os outros, viver política ou, pior, viver de política; talvez nem quisesse mesmo voltar, mas voltou para não morrer de amargura, além do desgosto de não poder ver mais a filha.

Mariane pergunta o nome da menina.

— Você não vai acreditar. Marga queria homenagear seu revolucionário mais querido e...

— Ernesta? — Mariane arrisca e ele corrige: — Ernestina; aí ficam rindo até encher os olhos, e ele parece que vê, também nela, o mesmo olhar de paixão com que deve estar olhando para ela.

Meu Deus, fala baixinho, e ela pergunta se acredita em Deus. Ele pergunta qual Deus. Quando saiu do Brasil, ainda comunista — mas já desconfiando que política é para a esquerda, como para a direita, uma religião — ninguém ao menos falava em Deus. Para que, se tinham a Revolução? Tinham Marx, barbudo como Moisés, e os outros profetas e santos, de Lênin a Ho Chi Minh, e em vez de incenso tinham a fumaça dos cigarros, em vez do Livro Santo tinham muitos livros de cabeceira e de fé. Lembra de exilados que mudavam de endereço, no México ou no Chile, levando só mochila de roupa mas caixas e caixas de livros, alguns nunca lidos mas guardados como pergaminhos. E depois, quando voltaram todos para o Brasil com os primeiros cabelos brancos, alguns já descrentes da Revolução, outros até esquecidos dela, uns começavam a falar de horóscopo, runas e tarô, outros consultavam o I Ching, enquanto outros ainda descobriam a Democracia, uma nova religião na qual as profecias eram feitas pelas pesquisas eleitorais e os santos eram eleitos nas urnas, altares da vontade do Povo. Mas muitos continuavam com as penitências, as reuniões enfumaçadas e o "trabalho de base", a gastar saliva nos sindicatos e associações, como o padre na missa gasta latim. E sempre surgiam novos apóstolos, as "lideranças de base", que logo seriam também dirigentes sindicais, daí candidatos a vereador ou deputado, quando, mesmo perdendo eleição, seriam consolados com empregos de assessores ou funcionários do mesmo Estado que antes queriam destruir para chegar ao Paraíso comunista da sociedade sem classes.

– Se há um Deus que planeja tudo isso, então acredito em Deus.

Ela ri, e ele tem pontadas no peito quando ela ri. Talvez seja porque nunca teve namoradas normalmente como todo mundo, apaixonado pela política já desde o colégio; então talvez o adolescente tardio ficou congelado pelos dez anos de exílio, ou talvez não tenha gastado com Marga todos os hormônios da paixão que se tem de gastar na vida. Ou talvez deva procurar um psicólogo. O certo é que Mariane ri e ele sente que está tão apaixonado como alguém sente que está com febre, a sensação tomando o corpo inteiro.

– E você, acredita em Deus?

– Claro! – ela envesga – Você conhece o Tao?

(Maurílio:

– Mulheres, cara, são como um zoológico, só que sem lógica. Uma é pomba, outra é onça, outra cadela, e cada uma te vê ou te quer do jeito dela. Uma queria até que eu acreditasse em anjo da guarda!)

– Você acredita também em anjo da guarda?

Já tomaram várias cervejas, bebendo e suando, e ela ri solto; mas é de novo com o olhar perdido no rio escuro que conta de quando, no estágio de Enfermagem num hospital público, um médico lhe emprestou o *Tao Te King*, o Livro do Tao, porque ela duvidava se existia Deus diante de tanta desgraça.

– Então aprendi que Deus é só um nome que inventamos para o mistério e o absurdo da vida... Você sabe porque existimos? Para que tudo isso? – envesgando – A única coisa certa é que nenhuma religião pode provar o que diz, seja para antes ou depois desta vida, e assim o certo é só que vivemos enquanto estamos vivos, e já não é bastante?

Ela se entusiasma, agitando os cabelos curtos ao balançar a cabeça:

– Nós não nos conformamos com a morte, então inventamos Deus, o céu depois desta vida, ou o carma de vidas passadas, todas as religiões apostando numa vida eterna!...

Ela bebe o resto da cerveja e amassa a lata nas mãos, como homens costumam fazer; quem sabe ele tenha se apaixonado por uma sapatona mesmo. Lá fora alguém amassa latas batendo com pedra no chão, ela aponta:

– Ele vai vender essas latas para reciclagem, elas vão virar outra coisa, mesmo que seja outra lata. Tudo gira, tudo muda, sim, mas não por causa de um deus que criou tudo ou que fica regulando tudo! Tudo muda porque tudo é Deus.

Mas e o tal do Tao, ele pergunta, não será também mais um deus? Ela lhe pega no braço para dizer que o Tao também é só mais uma palavra, significando porém o tudo e o nada, o Universo e o átomo, tudo infinitamente grandioso como infinitamente pequenino, tudo devidamente dentro da Eternidade.

– O Tao é o que é, o que foi e o que vem. É o que importa realmente na vida da gente: o imprevisto, a coincidência, o acaso, a mudança, a sorte e o azar, o milagre e o desastre, o fim e o recomeço, tudo é Tao, entende?

Ele diz que entende, claro, tão claro como a morte, e ela suspira:

– Na verdade, acho que a gente não entende quando quer, mas quando acontece de entender. Se você não fosse fazer uma reportagem sobre garimpo, e se meu pai não fosse um maluco abridor de garimpo, e se tanta coisa não tivesse acontecido, a gente não estaria aqui agora. É o Tao.

É, tudo muda tanto que ela mesma é outra depois de tantos copos, falante de longas falas, nada mais da tenente de frases curtas e olhar frio. Conseguiu montar sua fuga em etapas despistantes, apagando rastros, dizendo ir para lá e vindo para cá, e enfim aqui relaxou, virou esta outra. Fala que fala do Tao, que muitos milhões no mundo pensam assim, seguindo o Tao, que em Chinês é "caminho", mas nem por isso se dizem taoístas ou formam religião.

– Então – ele brinda – ao Tao!

Bebe e, diante da mesa já cheia demais, abaixa para deixar a lata no chão antes de pedir outra e, nesse desavisado gesto, tão de repente quanto doídamente, sente a fisgada nas costas e larga a lata no ar. Mal consegue se levantar, punhal trespassando o corpo e lancetando cada movimento. Ela pergunta se é a coluna, ele diz que não, é o Tao, com voz tão dolorida que ela apenas solta um longo iiiiih e, profissionalmente, completa: injeção analgésica.

Ele vai apoiado em seu ombro, andando duro, ela levando suas roupas, até farmácia onde diz que é enfermeira, pode ela mesma aplicar a injeção, e enche a seringa tão rapidinho que o farmacêutico pergunta onde ela trabalha. Ela manda baixar o calção, ele diz que a injeção pode ser no braço.

– Ora – ela lhe desamarra o calção – Como dizia minha avó, não tem nada aí que eu não conheça.

O farmacêutico ri:

– Minha patroa também é assim, tudo tem de ser do jeito dela.

Como sempre, a dor vai piorando antes da injeção fazer efeito, e, na rua, eles param em cada árvore para ele respirar e gemer baixinho. O hotel, logo ali na outra quadra, parece muito longe, miragem de luzes. Ela vai fazendo perguntas clínicas, se ele já trabalhou carregando peso, ou se já sofreu pancada na coluna, e ele vai gemendo que não, não, já consultou médicos, um deles achou que isso foi de fazer ginástica demais. Entre gemidos conta que fazia abdominais segurando no peito uma mochila de pedras.

– Pra que?

– Pra endurecer a barriga, pra que mais?

– Mas porque? Você foi atleta?

– Não – ele geme – Fiz treinamento pra guerrilha.

Ela fica olhando para ele, até que acredita e começa a rir; ri lindamente, ri maravilhosamente, ri menina e deusa, com o poder de brincar com sua dor e sua paixão. Com voz doída, entre passos dolorosos, ele conta que o grande medo dos candidatos a guerrilheiros, no começo do exílio, era ficar barrigudos com tanta boa cerveja alemã barata, e então faziam exercícios e caminhadas para estar em forma na volta ao Brasil, para a guerrilha. Ela continua a rir, então ele tira sua mão do ombro e avança sozinho, para ir mancando até o hotel, pela rua entre carrinhos de cachorro-quente tocando música alta. Ela emparelha com ele, suas roupas nos braços, pede desculpas. Ele fala que ela não tem culpa de nada, teve a sorte – ou o Tao, não é? – de não viver numa ditadura, não pode saber o que era, não pode entender – pode? – se nunca passou por censura, prisão, tortura, Congresso fechado, Constituição emendada à força mas com o apoio, claro, da grande Terra da Democracia onde ela nasceu e viveu em liberdade.

Ela lhe joga as roupas no ombro e vai para o hotel, homens vão parando de mastigar seus sanduíches para olhar a loira embravecida. Ele anda penosamente até o hotel, como nos últimos quilômetros das longas caminhadas na Alemanha, quando mais se arrastavam que andavam, movidos tanto por aquela mistura de fé e esperança quanto pela disputa de egos e, também, pelo medo de afrouxar e, como numa tribo antiga, perder o prestígio, a liderança e as mulheres. Talvez temessem ainda perder o status de exilados políticos e, assim, também as bolsas de estudo alemãs, que no começo pareciam inacreditáveis e, depois, se revelariam o caminho de todos para, conforme Maurílio, o traiçoeirentíssimo aburguesamento.

Entra no hotel, o gerente acode cheio de mãos e dedos. Ele pede só que estendam um lençol no piso do quarto, e deita em movimentos lentos, cada um seguido de seu gemido. Mais dores e gemidos para tirar os calções úmidos e esticar o braço até a mochila, puxar uma camiseta e dolorosamente vestir. Puxar um lençol da cama e se cobrir. Daí fica ali vendo o quarto escurecer e ainda ouvindo a voz da mulher dos peixes:

– Tudo é de Deus.

Quando até cochila, começam os pernilongos. Alcança penosamente o telefone, pede para falar com o quarto delas; Portuguesa atende, ele pede Pintinha, ouve um palavrão da Portuguesa antes da voz doce:

– Oi, preibói.

– Pode me dar uma mão aqui? Não posso nem me mexer.

– Não é melhor a chefinha? Ela entende disso.

– Você, por favor.

Aparecem as duas. Mariane pergunta se a dor está passando, e de repente ele percebe que já quase passou mesmo. É o analgésico, diz Mariane, falei que leva algum tempo. Fecha a tela da janela, pede ao hotel um repelente e enfia na tomada, deixa duas garrafas de água no piso a seu lado, lhe bota travesseiro debaixo da cabeça, diz boa noite profissional e sai. Pintinha ajoelha ao lado.

– Se a chefinha não tivesse gamado em você...

Fica fazendo cafuné até ele adormecer, dormer, dor, me, cer.

Acorda com a televisão em desenho animado, Pintinha dormindo descoberta e pelada na cama, boneca mulata. Toma água, levanta com cuidado, quase não dói mais. O dia já vai nascendo na janela, dormiu a noite inteira! Cobre Pintinha e se veste, toma xícara de café no refeitório, volta ao quarto para tirar a roupa e vestir os calções, vai descalço para o rio. A água ainda está escura, o sol mal levantou. Desce os degraus de pedra, entra na água, deixa a correnteza levar até a última escada do cais, daí vai andando lento por todo o longo cais até o quiosque, onde a mulher já faz café. Ela diz que ele, com aquele achaque de repente, nem provou o tucunaré cozido, não quer agora?

Ao primeiro sol do dia prateando o rio, ele come peixe ao molho de castanha-do-pará com farinha, tomando café com rapadura, enquanto sobe o sol no horizonte floresta. Olha só quem está aqui, diz a mulher soprando brasas, e Mariane está ali – de cabelos pretos. Agacha entre suas pernas, pegando nas coxas, e pede desculpas, diz que elas vão pegar outro táxi aéreo, melhor não ficar ali dois dias esperando voo.

– Vem junto. Confia em mim.

Só então ela percebe que ele está molhado.

– Você nadou? Você é louco!

Ele diz que deve ser mesmo:

– Acho que vou com vocês.

Vão com Deus, diz a mulher.

Se não com Deus, ao menos com enfermeira: no caminho para o hotel, ela compra mais seringas e injeções. Ele nada fala dos cabelos pintados, até ela perguntar se não notou nada diferente. Ele diz que não:

– Continua a mesma paranoica de sempre.

Ela volta a ser a chefe, dizendo que o importante é sair logo de Marabá mas sem pegar avião de carreira. Mas, ele especula, o tal delegado pode nem ter descoberto ainda o garimpo abandonado.

– Você não conhece ele.

E em terra de garimpo, ela fala com nojo, tem olheiro por todo lado, todos espiando os outros para ver quem achou ouro, um inferno de binóculos, intriga e fofoca. Mas ele acha difícil acreditar que um simples delegado, duma cidade nos confins da mata, tenha poder de rastrear gente pelo país todo:

– A nossa polícia não é como a dos Estados Unidos, pode crer. Impressão digital aqui só serve pra tirar carteira de identidade.

– Eu acho – ela olha o céu – que devemos aproveitar o tempo bom. Ele já deve saber que deixamos o garimpo e pegamos avião em Ariquemes. Mas acho também que vai demorar mais um dia investigando Cuiabá, Campo Grande, São Paulo e Campinas. Deve estar passando o dia no rádio da polícia e no telefone, e está começando em Alta Mata a tal discagem direta a distância.

Ele diz que ela devia ter continuado no Exército, com tanto talento estratégico podia chegar a general.

– No Corpo Médico só se chega a coronel – ela fala séria e continua contando que o plano ainda é o mesmo, ir de avião até uma cidade paulista, daí prosseguir de ônibus para evitar o aeroporto de São Paulo. Ele diz que então podem descer antes da rodoviária, pegar um trem de subúrbio e ainda fazer o último trecho a pé, para ficar uma viagem completa, só faltando bicicleta.

– Não seja cínico – ela endurece a voz – E não sou paranoica. Você sabe quanto tem naquela mala? Sabe o que são dois anos de garimpo todo dia?! Já viu como polícia fica esperta quando é para perseguir dinheiro ou joias?

Ela levanta entre suas pernas, estendendo a mão e dizendo vem, e ele se vê indo de mãos dadas pelo cais, pelas ruas, até ela lhe largar a mão diante do hotel. Entre Portuguesa e Pintinha, a mala já espera no saguão. O gerente aparece de cabelos molhados espalhando perfume, anunciando de mãos juntas que o hotel vai cobrar só metade das diárias para uma equipe tão talentosa da *Playboy*, e Mariane pede nota de apenas um pernoite mas no dobro do valor. Claro, claro, agiliza-se o gerente, imediatamente. Ele vai buscar a mochila no quarto. Quando volta, ela lhe entrega a nota:

– Para suas despesas...

Ele rasga a nota e Pintinha ri, Portuguesa pergunta do que, parece riso de hiena, e Pintinha diz que ri porque é engraçado, ué, começo de namoro não parece coisa de criança? Mariane pega a mala emburrada, vai para o táxi, o gerente atrás perguntando porque não ficam mais dois dias curtindo Marabá, podem alugar uma lancha e...

– A modelo menstruou – ele explica – Temos de trocar por outra.
O gerente fica estatelado: – Que horror!

As três entram atrás no táxi. Pintinha chama vem, preibói. Ele continua na calçada com a mochila, os filmes ali, pode passar esses dois dias em Marabá até ter avião de carreira, viu cabarés que à noite devem ferver, fonte de histórias para a primeira reportagem, e também viu bons vinhos no bar do hotel. Mas Mariane, com seus olhos azuis em leve vesguice, suspira fechando os olhos, abre os olhos falando vem, já com resignada voz, pela primeira vez admitindo perder, e então ele também suspira com o poder de conceder e vai, entra no táxi. A caminho do aeroporto, passam por grande ponte sobre o grande rio; ponte, símbolo de passagem, de mudança. Maurílio:

– Casamento é prisão de bunda-mole, meu chapa, eu quero é acordar jogando os pés pra qualquer lado da cama e passar a vida fazendo só o que quiser, não o que me mandam.

(O apartamento inundado, os discos, os livros, o romance inacabado e ainda nem recomeçado; os planos virando sonhos, os sonhos virando aquele vazio dos domingos em São Paulo; os amigos do peito, de chorar juntos nas bebedeiras do exílio, agora cumprimentando de longe nas assembleias do sindicato, onde ele é o desgarrado, o livre atirador, o companheiro de lutas que virou "repórter da *Playboy*, quem diria".)

– Pensando em mim? – Pintinha cutuca.

– Pensando em Carlos Drummond de Andrade, conhece?

Mariane então recita inacreditavelmente:

– O primeiro amor passou, o segundo amor passou, o terceiro amor passou. Mas o coração continua.

Os versos preferidos de seu poeta predileto! Ele sente aperto bem no coração, mesmo sabendo que o coração só bombeia sangue, nada de sentimentos e paixões, mas parece que é ali que dói. Mariane começa a cantarolar "Let it be" e ele fecha os olhos, sentindo a dor na coluna como adormecida, mas na verdade armando o próximo bote, ele conhece. Não é mais menino, como diz a mãe. Já tem os primeiros cabelos brancos depois da barba tão embranquecida: terá envelhecido como a ideologia? E vai engordando um quilo por ano. Queria morar na praia, comer mais peixe, correr na areia, nadar no mar, escrever em janela com horizonte. Nem precisava mulher alguma, mas...

Quando abre os olhos, estão em rodovia de mão dupla; pergunta se ainda falta muito para o aeroporto de Marabá. Mariane diz que vão pegar avião em Tucumã, e ele fala que desiste:

– Por mim, pode ir por onde quiser, desde que acabe em São Paulo.

– Ótimo – profissionalmente fria – E a coluna, melhorou?

Ele não responde, fecha os olhos, e a coluna vai começando aos poucos a doer. No meio da manhã saem do asfalto, pegam estrada de terra. Mais uma hora, hora e meia, diz o motorista, e Portuguesa solta palavrões, todos referentes ao baixo abdômen, mas Pintinha diz que está adorando:

– Fiz meia dúzia de viagens na vida, agora três numa semana!

A estrada vai apresentando seus buracos e, na chacoalhação, ele se ajeita no banco de um jeito, de outro, não tem jeito, a coluna dói que dói. Quando começa a gemer, Mariane manda parar o carro, tira seringa do bolso da camisa, prepara a injeção e manda ele descer a calça. Ele ergue a manga da camiseta, ela dá de ombros, espeta e ele sente que devia ter descido a calça. Doeu, ela diz tirando a agulha, porque você ficou tenso.

– Aliás, está tenso o tempo todo – sorri profissional – Relaxe.

Ele diz que pimenta no fiofó dos outros é refresco, Portuguesa solta o que parece ser uma risada e ele fecha os olhos, vai sentindo cheiros de pasto e de queimadas. Quando chegam ao aeroporto da tal Tucumã, que ele nem olha, esperam no táxi enquanto Mariane vai tratar do avião. Depois, levando a dor da coluna e a dor da injeção, vai pela pista esquentando a cabeça no sol forte, sem ânimo de sequer pegar o boné na mochila que vai com Pintinha. Mas ao menos é um bimotor, e agora Portuguesa vai no assento ao lado do piloto, ele mal se ajeita num dos bancos de trás mas com Mariane ao lado, Pintinha no último banco. Decolam e ele fecha os olhos, de vez em quando geme. Pintinha fala faz cafuné nele, chefinha.

Passa tempo até que alguém começa a lhe fazer cafuné, ele continua de olhos fechados, menino gozando os dedos da vó, os dedos da mãe, os dedos de Mariane, até que abre os olhos, meio cochilando, a dor passando, e vê que é Pintinha lhe fazendo cafuné, então dorme mesmo, dor, me.

Acorda cutucado por Pintinha, o avião no chão. Sai zonzo, continua zonzo pela pista, Mariane pega pelo braço:

– Não é nada, só misturei relaxante com o analgésico.

Tomando decisões por ele! – mas ele nem consegue sentir raiva. Fica largado em poltrona velha de salão de espera, vendo lá fora terra arenosa, e o ar é seco, devem estar no Planalto Central mas nem pergunta, seja o que Deus quiser. Toma suco que Pintinha traz, come devagar maçã descascada, com a paciência dos doentes, Portuguesa olhando com deboche. Pintinha volta a lhe fazer cafuné, cochila, ca, fu, né.

Pintinha cutuca, Mariane comanda, vamos, e vão para outro avião. Ele pergunta ao piloto para onde vão, Sorocaba. Deve ser o tal do Tao com suas coincidências: ele foi criado em Sorocaba, depois da separação dos pais no Paraná. E será a primeira vez que chega de avião a Sorocaba, onde o vô foi um dos últimos tropeiros. Pintinha:

– Pensando em mim agora?

– Pensando num tal de Tao – ele geme.

O piloto pergunta se ele tem problema de coluna.

– E de cabeça, de coração...

O homem olha espantado, depois sorri, piloto tão calmo quanto veterano. Ele volta a fechar os olhos, mas não consegue mais dormir. De olhos fechados conta que, apenas cinquenta anos atrás, o avô buscava burradas no Paraná para vender em Sorocaba, levando mês de viagem, e agora ele voa de alto a baixo do país em dois dias, em aviões que nem são a jato, imagina se fossem.

– O Brasil progrediu muito – diz o piloto, e Mariane morde os lábios.

Mas ainda é um país muito bobo, ele emenda, um país sugado por multinacionais e estrangeiros. Ah, isso é verdade, o homem concorda. Mariane remorde os lábios. Ele continua falando da rapinagem estrangeira sobre os povos da América Latina, os conquistadores espanhóis e portugueses, os massacres, os franceses no Nordeste e no Rio de Janeiro, os holandeses, depois a Inglaterra dominando o Império Brasileiro, os Estados Unidos dominando a República, sustentando a ditadura até alguns anos atrás.

– E agora? – a voz fria de Mariane – O que é que segura o Brasil?

Ao lado dessa Mariane de cabelos escuros, ele sente saudade da Mariane loira, mulher dupla como já mostraram os olhos envesgando, cada um olhando para um ponto. A mulher e a chefe. Ele anota, talvez para o romance, que nunca conheceu de perto uma mulher líder. No exílio, elas nada faziam sem consultar os homens, mesmo que fosse só "por companheirismo". Mas Mariane vai fazendo tudo que lhe vem na cabeça. Apaixonante e assustador, ele anota. Pintinha:

— Escrevendo de mim, será?

— Não, escrevendo sobre meu avô.

O avô, contava a vó, partia para o Paraná numa semana de um certo mês e até num mês diferente a cada ano; dependia do tempo. Quando começava a chegar a época, mais tempo passava olhando o tempo, o vento, as plantas, todo dia, prestando atenção nas chuvas mesmo à noite, e só partia depois duma temporada chuvosa, para daí em diante pegar temporada seca:

— A hora não é antes nem depois da hora – dizia. – A hora é na hora.

A coluna dói. Talvez seja hora de mudar de vida, arranjar emprego numa redação, como fizeram tantos, pegar cargo de chefia para ganhar bem, aguentar patrão, controlar despesas do pessoal, decidir se um repórter deve ir de carro ou de metrô cobrir mais uma enchente no Tietê.

— Aquela nuvem não parece um pinto? – diz Pintinha. – Pinto filho da galinha, gente! – e ri, aponta mais nuvens e cidades, pergunta o nome de cada rio. Mariane verifica o cadeado da mala a seus pés, bota o chapéu nos olhos e dorme. Ele anota outro ditado do vô:

— Na verdade, diz-que só acha a felicidade quem se acha feliz.

No aeroporto de Sorocaba pegam táxi até a cidade, vão comer sanduíches num bar. O chapeiro cumprimenta, foram colegas de ginásio. Mariane desconfiada:

— Como você conhece?...

— Morei aqui.

— Desculpe.

Ele senta duro no tamborete, a dor volta forte. Mariane vai para o sanitário e volta com outra injeção pronta. Ele diz que agora prefere na nádega, e vão para o sanitário masculino, ele baixa a calça, ergue uma banda da cueca e ela agacha para espetar a seringa; quando entra o dono do bar:

– Que pouca-vergonha é essa?! – da porta o homem não vê a seringa, mas entrando vê e pede desculpa.

– Pensou que a gente – ela tira a agulha – ia fazer o que neste mictório imundo?!

O homem conhece ele de menino, torna a pedir desculpa e ele fala que não foi nada:

– É gringa.

Ela sai bufando, os cabelos curtos a voar.

Mariane e Portuguesa já entram noutro táxi quando ele sai para a rua com Pintinha. Fala que elas devem ter muito dinheiro para tanto avião e táxi, Pintinha fala que não é que sejam ricas:

– Garimpeiro é que é besta de gastar tudo que ganha, ou, como a chefinha diz, a palavra "bamburrado" já tem burro no meio, né? – baixando a voz – E também a chefinha não deixava gastar quase nadinha nesses dois anos, e só o ouro já deu um bom dinheiro.

– E por isso vocês obedecem tanto ela, pelo dinheiro?

– Não – Pintinha fica séria – Porque ela sempre sabe o que faz, já te falei, e sempre faz o certo.

Quando o táxi começa a entrar em São Paulo, Mariane manda parar, paga e descem numa avenida marginal. Ela espera o táxi partir e acena para outro, pergunta se é dali do bairro. É, então ela dispensa e acena para outro, não é do bairro, ela entra. Sentam juntos e ele fala baixinho que, para ela não deixar mesmo pista nenhuma, era melhor ter enterrado todo o cocô que fizeram pelo caminho.

– Ou – ela sussurra – enfiar na tua boca.

Portuguesa ri gostosamente, e não falam mais nada até o centro velho de São Paulo. Ela manda parar debaixo do Minhocão, no meio do inferno que é o trânsito ali, motor roncando furioso por todo lado, gente correndo pela rua que nem galinhas assustadas, as calçadas cheias de lixo, entulhos, mendigos. Uma perua com alto-falante passa tocando música natalina. Ele abre a porta falando:

– Até um dia – e sai do táxi enquanto ela ainda está pagando, ouve Pintinha gritar ei, preibói, vai aonde? Ele vai, vira uma esquina, entra num bar. A dor passou de novo. Pede uma cerveja. Faz anotações. Liga do orelhão da calçada para a *Playboy*, pede o editor, atende o sub.

– Oi, querido, tudo bem? – a voz torcida de aflição – Eu já estava bem aflito com você!

Ele conta do carro deixado no aeroporto de Ariquemes, é preciso avisar a locadora em Alta Mata.

– Mas porque você não devolveu, querido?

– Fui sequestrado por umas garimpeiras.

O sub sussurra meu Deus, o editor entra na conversa e vai direto: quando entrega o texto?

– Quando Deus quiser, o texto e as fotos.

– Tá, mas fotos boas, hem? Não é melhor ilustração?

É a visão *Playboy* do mundo: se a realidade é feia, jogue as fotos no lixo e use belas ilustrações. Ele desliga sem responder, sente um toque no ombro. É uma Mariane abatida com voz rendida:

– Precisamos de você.

Ele volta ao bar, pede outra cerveja, ela toma um copo em três goladas e, como quem lê um relatório, conta que Dita chegou bem com Cida e Donana, estão num hotelzinho virando a esquina conforme combinado.

– Mas tem um imprevisto – ela morde os lábios – Dita não conseguiu alugar casa por... primeiro, por falta de homem! É, a imobiliária diz que não aluga só para mulheres, por incrível que pareça, receiam que possa virar "casa de mulheres"! E depois, mesmo Dita propondo pagar três meses à vista, é preciso fiador!

Ele ri:

– Vocês tocaram garimpo na Amazônia e não conseguem alugar casa em São Paulo?

– E você – ela encara com olhos pedintes – quer ajudar ou não?

Ele não responde, diz é que não acredita: como é que as outras três, vindo por terra, podem ter chegado antes?

– Elas viajaram o tempo todo – Mariane fala e Dita entra no bar. – Acredita agora?

A mulatona lhe dá um tapão nas costas:
— E aí, preibói, vou sair na capa? – e ri de gente olhar. Donana entra com Cida e, como são mais claras, dá para ver as olheiras de viajar tresnoitadas, fantasmas na noitinha de São Paulo. Donana lhe dá um beijo na testa:
— Deus lhe pague, meu filho, por cuidar da nossa menina.
— Ela que cuidou de mim.

Cida sorri olhando para ele, olhos de jabuticaba, sorriso de adoção. Dita lhe dá um abraço: – Faço questão de te pagar uma – e pede quatro cervejas, enche os copos – Pra comemorar, chefe.

Mariane concorda balançando a cabeça, Dita brinda:
— Ao preibói!

Bebem, Dita torna a encher os copos, menos o de Cida ainda cheio, e brinda de novo:
— Ao Mister pai da Méri!

Bebem, Mariane com olhos úmidos. Dita enche de novo os copos, com mais espuma que cerveja, e abraça Mariane:
— À nossa menina!

Bebem, depois Dita diz a Cida para levar as duas garrafas cheias para Portuguesa e Pintinha no hotel; uma lá vigiando a outra e as duas vigiando a mala. Mariane morde os lábios, a planejadora perdida de repente:
— Nunca pensei que precisasse de avalista pagando à vista – e solta seu suspiro-Brasil.

Com bigode de espuma de cerveja, Dita diz que, conforme a imobiliária, é porque o imóvel pode sofrer estragos, e pisca com seu sorrisão:
— Na verdade, acho que é porque, além de ser mulher, né, eu não sou branca...

— Ele vai ajudar a gente – Donana verte confiança – Não vai?

Mariane também olha para ele, agora sem vesguice nenhuma, só o azul tão claro que ele diz sim, claro que vai ajudar, claro, onde é a imobiliária?

— Então vamos – Mariane vai saindo mas ele bebe devagar o resto da cerveja, murmurando que não é cachorro de coleira, ela esperando na porta. Cida oferece seu copo intacto, ele bebe em goles demorados, Mariane esperando a morder os lábios.

Na calçada, ele vê Donana e Cida já caminhando para o hotel. Eles caminham para a imobiliária ali pertinho, e lá ele começa a encher um formulário, resolve mostrar a carteira da *Playboy* e pronto, dispensam o formulário se vai pagar à vista. Ele assina contrato. Mariane bufa, pede para usar telefone e liga para o hotel, chama Dita e manda pagar a diária e pegarem outro táxi até a casa, diz o endereço. Na rua, ele consegue outro táxi, diz que a casa delas é caminho de seu apartamento, então oferece carona. Ela concorda sem falar nada, só abre a boca para dar o endereço da casa ao taxista, sentando ela na frente e ele atrás. E vão cada qual com seu silêncio.

A casa é um sobradão com jardim e grades altas, devem ter pago um bom dinheiro por três meses de aluguel. Respeitável, diz Mariane, e tem geladeira, chuveiro e fogão prontos para uso, é o que importa. Chega outro táxi com as outras. Ele desceu do táxi para passar para o assento da frente, e diz então adeus, e se curva para reentrar no carro, aí a coluna fisga e ajoelha gemendo. Tenta levantar, não consegue. Mariane pega por um braço, Dita pelo outro, levanta gemendo de parar gente. Traz pra dentro, comanda Donana, mas o portão só abre depois de várias chaves, ele ali gemendo. Vai com passos medidos até a casa, como o pai andava de bengala depois do derrame. A cada passo, pensa no Tao, Tao, Tao.

– Estou – geme – ficando velho.

Mas fruta madura é que é gostosa, diz Pintinha, não é mesmo, chefinha? – mas Mariane não cora, apenas bufa. E passo a passo ele entra na casa, mal consegue deitar no carpê, na grande sala com lustre e teto de gesso com relevos. Em cada canto do teto, um Cupido lança flecha, ele ri e a risada dói. Donana lhe tira os sapatos, um gemido para cada um.

– A gente vai cuidar de você, meu filho.

Meu filho! E Pintinha lhe afrouxa o cinto.

– Tá rindo do que, preibói? Gosta de dor, é?

– Só falta – murmura Mariane – ser daqueles que cultivam doença.

Pintinha faz que não ouviu e continua doce:

– Conheci um garimpeiro que gostava de bater em mulher na cama, que só assim tinha tesão. Aí eu falei que então também queria bater, e comecei pelo saco, ele não gostou...

Ele ri, dói. Portuguesa passa com a mala quase pisando nele. Abrem janelas no casarão escuro, só a sala tem luz, duas lâmpadas no candelabro. Pintinha grita descobrindo cada quarto, cada armário. Tem mais um banheiro aqui, gente, tem quintal! Mariane diz que ele deve continuar no chão para melhorar a coluna, mostra a Donana e Cida como estender lençol por baixo, fazendo ele rolar para cá e para lá, e enrolam a jaqueta como travesseiro; depois comprarão cobertor para dobrar como esteira.

Dita e Portuguesa saem, voltam com sacos de supermercado, um só de lâmpadas, e a casa se enche de luz e de barulhos, gavetas e portas batendo, a geladeira começando a roncar, chuveiro chovendo, tempero chiando em panela. Ele dorme, dor...

Acorda com a sala bem clara, o lustre cheio de lâmpadas, elas sentadas no chão ou em mochilas, Mariane sobre a mala. Comem de marmitex, parecendo pelotão em descanso de marcha, falando baixo para ele não acordar, até Pintinha ver que acordou.

— Boa noite, nenê, dorme que nem nenê. E não tem vinho de açaí mas tem esse aí.

É um do Porto; Dita diz que não sabia qual comprar, comprou o mais caro. Mariane profissional:

— Não deve tomar álcool quem tomou analgésico.

Ainda deitado no piso, agradecendo por vinho do Porto não precisar de saca-rolha, ele abre a garrafa gemendo, brinda a Maurílio e bebe despejando do gargalo na boca. Dita admira:

— Profissional, hem?

Todas, menos Mariane, bebem do vinho em copo de papel. Que delícia, diz Dita. Parece licor, diz Donana. Parece é bebida de cabaré, diz Pintinha. Cida nada diz, só sorri degustando o gole. Portuguesa dá seu gole, diz meu pai tomava esta porqueira, e cospe pela janela. Mariane agacha para dobrar mais a jaqueta travesseiro, depois vai para a cozinha, usa o liquidificador, volta com prato fundo e comunica que ele vai tomar sopa. Afasta a garrafa com o pé, com outro pé empurra para perto a mala e dá o prato a Pintinha, dizendo sentaí, dá sopa a ele.

– Dá você, chefinha.

Mariane dá o prato a Donana, que recusa:

– Dá você, minha filha.

Ela olha Cida, que sorri de olhos baixos, Dita rindo de boca cheia, Portuguesa de olhar ausente. Então senta na mala, soltando um grande suspiro e começa a lhe dar colheradas na boca.

– Você fez especialmente para mim?

– É o que estamos comendo, só que batido no liquidificador.

Elas estão comendo arroz-feijão com picadinho e legumes, e a sopa está deliciosa. A vó fazia sua sopa-surpresa com este mesmo gosto: seria então de sobras do almoço?

– Porque comida caseira é tão gostosa?

Donana:

– Porque é feita com amor.

Mariane olha às vezes com raiva, às vezes com olhar que as mães dão aos filhos, outras vezes o olhar que os namorados se dão, ou ainda o olhar de quem também se pergunta porque.

– Quando você era enfermeira, dava comida assim aos doentes?

– Só em berçário e UTI.

Ele ri, dói. Mariane também começa a rir, todas riem, a Portuguesa por último, batendo os pés que nem ele menino nos filmes do Zorro, e ele quer parar de rir mas não consegue, como também não para de doer. Choram de tanto rir, ele de dor também, até que Donana diz graças a Deus deu tudo certo, batendo leve a mão na mala em que está sentada. Agora estão juntas as duas malas de esmeraldas, e ele pergunta quanto acham que vale. Portuguesa:

– Corta esse papo.

Mariane dá a sopa até a última colherada, ajoelha e abre a mala onde estava sentada. Tira debaixo das roupas um dos sacos de lona do tamanho de coco, desamarra o nó com rapidez militar, tira um punhado de pedras verdes, algumas ainda incrustadas em quartzo. Diz que são menores que as da outra mala.

– Mas são mais fáceis de vender.

– Corta esse papo – Portuguesa amassa o marmitex vazio: – Vamos dividir isso logo e pronto. Cada um vende sua parte como quiser.

Mariane levanta de costas para ele, tem pistola atrás no cinto. Fala fria: está resolvido já desde o garimpo, não vão dividir as pedras, vão vender tudo e dividir o dinheiro, e Portuguesa sabe melhor que ninguém que, quando uma pedra aparecer à venda, vai ser aquela fofoca:

— E de nós você é quem mais tem a perder, Isabel. Calma. Garimpamos dois anos, lembra? Dois anos! Não pode esperar mais uns dias?

Portuguesa vai para a cozinha, passa de volta com uma garrafa e o revólver enfiado no cinto na barriga, pega mochila, sobe a escada a patadas e bate, ou melhor, espanca uma porta. As outras acabam de comer em silêncio de velório. Pintinha:

— Eu tenho medo dela, chefinha.

Dita larga o prato ainda com comida.

— Essa mulher não pode sair sozinha desta casa, hem. Basta ela achar um telefone e...

Mariane anda pela sala, distribuindo suspiros, olha a rua pelo janelão.

— Então você não desgruda dela, Dita.

— Então me dá tua arma, chefe.

Mariane dá a pistola. Dita tira o pente, torna a enfiar, verifica a trava e enfia a arma no cinto. Cida faz o sinal da cruz.

— Deus olha sempre – diz Donana – Mas o que tiver de acontecer, acontece.

— Então pra que serve Deus? – Pintinha abre os braços.

— Pra gente aprender a não depender de Deus – Donana fala e Cida sorri como se fosse a única a entender tudo.

Quando acaba a garrafa do Porto, zonzo, ele pega a escova de dentes na mochila, pede um copo com água e outro vazio, Pintinha traz dois copos de papel. Parece cadeia, preibói, não tem vidro. Ele escova os dentes apoiado num cotovelo, enxágua a boca com água de um copo, cospe no outro. Dita diz que misturar cerveja com vinho deu um sono de derrubar, Mariane manda dormir no pé da porta, única saída além da garagem trancada, e os janelões todos tem grades, alguém para sair teria de tirar Dita dali. Dita deita sobre roupas espalhadas, roupa embolada como travesseiro, e logo está ressonando. Mariane é a última a dar boa noite, quando ainda se ouve prefixo de novela nalguma casa vizinha, não deve ser nem dez da noite. Mas logo o sobrado está quieto e escuro, todas dormem. Ele dorme tão quietinho, para não mexer na dor, que nem sabe se continua doendo.

Acorda no meio da noite com a bexiga cheia. Tenta levantar sozinho, não consegue. Mariane deixou ali do lado uma colher para bater se precisar. Bate a colher no rodapé. Alguém desce a escada no escuro; e ainda é lua cheia, o luar clareia os janelões envidraçados. O vulto agacha, é Mariane. Ele pede ajuda para levantar, precisa urinar, ela diz que deve continuar deitado. Vai para a cozinha, volta com a garrafa do Porto vazia. Profissionalmente lhe dá a garrafa e fala urina aqui, saindo de perto como fazem as enfermeiras.

Ele geme até conseguir deitar de lado, penosamente verificando como é difícil urinar no mesmo gargalo onde bebeu. Deixa a garrafa, gemendo agarra a mala e bota em pé, para se apoiar e ajoelhar, aí urina quase enchendo a garrafa. Chama por ela, ela vem e leva a garrafa, dá descarga na privada, depois volta e deita do lado.

– Quer tirar a roupa? Eu trago um lençol.

Sobe a escada, volta fantasma vestindo lençol e agacha, tira-lhe as calças, a cueca, e diz meu Deus diante da ereção. Então despe o lençol e ele vê que está pelada. Ela lhe beija o peito, e vai descendo a boca até ele soltar outro tipo de gemido.

– Tá doendo?

Agacha a cavaleiro sobre ele deitado, um pé de cada lado de seu quadril, e está úmida, e geme também, baixinho e compridamente. Dita ressona ali na porta.

– Tá doendo?

– Deixa doer – ele geme, e só se beijam quando gozam juntos. Gozarão mais duas vezes nessa noite, abraçados debaixo do lençol, dormindo e acordando, acordando e dormindo, cada um descobrindo fundo o cheiro do outro, e a dor da coluna passando.

Depois da primeira vez, ela conta baixinho que, na verdade, elas eram cinco. O garimpo de ouro era no riacho; as esmeraldas vinham de poço cavado perto na grota. Era um buraco quase vertical até o veio verde, poucos metros de fundura, de onde cavavam para os lados, arrebentando as mãos nas ferramentas até chegarem boas luvas dos Estados Unidos; no Brasil só achavam luvas ruins e de tamanho masculino. O veio estava ali no meio duma grande rocha de quartzo, cofre mineral com suas joias, que, para arrancar sem quebrar com picareta ou explosão, elas davam duro desde cedinho até noitinha, com marteletes e cunhas abrindo o veio palmo a palmo. Tiravam turnos, duas no barranco do riacho, duas no poço de esmeraldas, Donana e Cida na cozinha e limpeza.

Todo dia cobriam o poço com galhos, espalhavam a terra pela mata, pelo riacho as pedras. Depois, com a, digamos, morte do garimpeiro que quis pegar Pintinha, tiveram de fazer acordo com o delegado. Ele não prendia Pintinha mas se associava no ouro, Portuguesa morando no garimpo como "proteção", na verdade olheira da garimpagem. Então, antes de Portuguesa chegar, elas fecharam com tábuas e terra a boca do poço das esmeraldas.

Passaram semanas tocando só o garimpo de ouro, até que, garrafa a garrafa, fizeram Portuguesa falar. Em São Paulo, tinha sido investigadora da furtos e roubos, salário suado mas menor do que ganhava qualquer gravatinha livrador de bandido. Portuguesa tinha se vingado virando receptadora de muamba, tanto roubada quanto contrabandeada, assim comprando duas casas, uma para morar, outra só para guardar e vender a muamba. Um dia, discutiu com ladrões como os ladrões discutem, armados, e acabou ferida na casa cheia de eletrodomésticos, relógios, joias, ouro, dólares e até armas. Quando a polícia chegou, chamada pelos vizinhos, um dos ladrões estava morto a seu lado. Ela saiu do hospital para a cadeia, de onde acabou fugindo com ajuda de ex-colegas, mas para desaparecer.

Filha de portugueses do Maranhão, primeiro foi para lá, depois acabou em Rondônia com nova identidade, fez concurso em Porto Velho e virou polícia de novo. Um dia, foi a serviço a Alta Mata, onde o delegado era sócio compulsório de vários garimpos, até de um garimpo de mulheres. Todo sábado ele mandava alguém correr os garimpos para vistoriar a abertura das peneiras – e ela pediu transferência para lá, para ser a visitadora ganhando porcentagem, com abono de faltas no serviço e com vantagem de ser mulher com quem garimpeiro nenhum ia se meter. Bastaram poucas semanas de garimpagem para também pegar a febre do ouro, começando a dormir no garimpo delas, batendo bateia, dia sim e dia não, até se mudar para lá.

– Ouro – Mariane fala com a cabeça em seu peito – depois da gente tirar da terra e ter dinheiro na mão, apaixona.

Quando viram que Portuguesa não saía mais do garimpo e não podiam tocar o poço das esmeraldas, abriram o jogo:

– Mostramos que com a gente ela podia ganhar mais, mas nunca confiamos nela.

– E agora?

– Agora – ela suspira no seu mamilo – continuamos desconfiando.

– Porque está me contando tudo isso?

– Porque confio em você – e começa a montar nele outra vez.

Depois da segunda vez, ela conta que já no fim do primeiro ano começou a pensar num plano de fuga.

– Quando você apareceu, vi que era a hora.

– O Tao?

– Alguém para alugar um carro, e no Norte é bom mulher viajar com homem.

Tinham de ser rápidas e imprevisíveis. Como Rommel, ele brinca, e ela concorda, como Rommel, tomar os caminhos menos prováveis. Mas, ele cutuca, passar por Ariquemes e Marabá já não seria mesmo paranoia?

– Você não conhece o delegado – ela repete com voz mole de sono, e logo está ressonando.

Ele nunca dormiu com mulher assim abraçada, Marga nem tinha cama de casal, então não se mexe para não mexer com ela, mesmo que assim volte a doer a coluna.

Quando acordam, começa a amanhecer e ele consegue deitar de lado, a coluna já bem melhor. Abraça por trás, acabam gemendo juntos baixinho, mas o cachorro do vizinho late até para cada suspiro. Riem, o cachorro para de latir. Ela conta que o plano é vender as esmeraldas parte em São Paulo, parte no Rio, já semilapidadas e direto aos importadores, ganhando bem mais do que em geral os garimpeiros. Mas é negócio complicado e demorado, em dólar, vão precisar de ajuda:

– Do Major, amigo de meu pai. Você vai gostar dele.

– Passei a fazer parte da turma?

Falei por falar, sussurra Mariane, mas, por falar em turma, é bom que ele saiba:

– Vamos dividir em seis, quinze por cento para cada uma, vinte e cinco por cento para mim. Num garimpo de homem, seria metade para o patrão, a outra metade para o pessoal.

– Não precisa me explicar. Depois do fracasso do socialismo, é o feminismo que vai salvar o mundo, não é?

Ela sorri para o amanhecer, fala com voz distante; no Hotel Ouro Fino, leu de um mascate um livro de pedras preciosas.

– A esmeralda, na Alquimia, é símbolo de amor e esperança. É a pedra de Vênus, "favorece os desejos amorosos".

É uma Mariane doce e suave que lhe declama no ouvido:

– "Também cura vários males, como a melancolia e a zanga de namorados" – ri baixinho – Está escrito lá.

Ali diante da porta, Dita se mexe resmungando, Mariane levanta. Quando Donana desce para fazer o café, já encontra a Mariane chefe. Ele consegue se levantar, ela manda se alongar na mangueira lá no quintal. Ele se pendura num galho com os braços esticados e a velha coluna estala. Volta melhor para a casa, começa um dia azul em São Paulo e tomam café adoçado com mel, comem bolinhos-de-chuva de Donana, ele numa ponta da mesa da cozinha, ela na outra. Pintinha desce de bermudas e camiseta, dá um beijo nela – Parabéns, chefinha – e outro nele:

– Que fôlego, hem! – piscando – Tenho sono leve de passarinho, escuto tudinho!

Mariane faz que não ouviu. Donana diz que é véspera de Natal. Ele esqueceu, precisa ligar para a mãe.

– Senão ela é capaz de chamar o Exército pra me achar na Amazônia.

Mariane morde os lábios:

– Também esqueci do Natal.

Mas a grande planejadora logo já está de novo no comando: vai sair para telefonar, comprar colchonetes e roupas de cama. Se é Natal, não vai chamar o Major – mas vai telefonar para ele, enquanto Donana irá com Cida comprar mais comida, tem supermercado no quarteirão, nem precisam atravessar rua.

– Dita e Isabel ficam aqui, Pintinha vai comigo.

Ele diz que tem dois colchonetes em seu apartamento, e dois sacos de dormir, travesseiros e roupas de cama, panelas. Portuguesa aparece sem dar bom dia, senta e come com fome de ressaca. Continua com o revólver na cinta, levanta quando eles vão sair:

– Esse cara vai junto porque? Ele nem devia sair da casa, é jornalista!

Ele pergunta que é que tem ser jornalista, Portuguesa fala como se ele fedesse:

– Só trouxa confia em jornalista!

Mariane, fria:

– Ele vai comigo até para ser vigiado – e para ele: – Você vai ligar só pra tua mãe, tá? – com a voz doce, então ele concorda.

Pega a mochila, Mariane pergunta para que, não vá mexer com os filmes agora:

– É véspera de Natal.

Pintinha grita que tem uma ideia:

– Vamos fazer uma ceia!

Pode ser, Mariane fala como quem dá licença à tropa e todas se alegram, ela dá mais dinheiro a Donana, comanda vamos e Pintinha estapeia a bunda dele, e vão, a coluna já não reclama. Seguem pela rua bem transitada até uma avenida engarrafada, Pintinha admirada: parece, preibói, uma boiada de lata. Mariane retarda o passo para Pintinha ir tropeçando a olhar os prédios. Mariane pega táxi, ele consegue entrar sem gemer, até por isso feliz. Ou, conforme Maurílio, felicidade é miudezas.

– Só acha a felicidade quem se acha feliz.

– O que?

– Nada, às vezes falo sozinho.

– Mas já tá suspirando menos – Pintinha cantarola – Você também, chefinha.

Ele aponta seu prédio ao taxista, mas Mariane manda tocar ainda uma quadra. Depois a pé, na calçada defronte do prédio, pede para ele mostrar sua janela na fachada.

– Você vai lá e, se estiver tudo bem, acena da janela.

Parece tanta paranoia que ele resolve não discutir, vai para o apartamento. Quando abre a porta, até recua. Está tudo tão limpo como se uma superfaxineira acabasse de sair. O carpê está perfeito. Os discos têm nas capas a marca da água, mas estão secos e limpos, bem enfileirados nos rodapés. A pia limpa. E, embora vazia, limpíssima a geladeira.

Deixa os filmes sobre a mesa. Acena da janela da sala, Mariane e Pintinha cruzam a rua olhando para todo lado. Pintinha entra, liga a tevê e se maravilha. No hotel de Marabá a televisão chuviscava, as cores eram todas meio cinzentas, agora ela vê tevê realmente pela primeira vez, enquanto ele telefona e Mariane olha tudo, principalmente as fotos, com as mãos nas costas como em visita a museu. A mãe atende o telefone, ele diz que está bem e agradece pela limpeza.

– Não fui eu. Quando vi aquele animal roncando bêbado no sofá, fui embora, meu filho.

– Então quem limpou?

Só Maurílio tem outra chave. Mas a mãe responde com outra pergunta:

– Você vem para a nossa ceia, não é, filho?

A mãe, os três gatos, duas vizinhas também viúvas, o retrato do pai na parede.

– Vou, mãe, mas não espere por mim.

– Que nem no ano passado, né? – a dolorosa voz.

– Mãe, já falei que acho Natal um dia muito triste, eu prefiro...

– Pode deixar, meu filho, Deus queira que um dia você tenha família.

– Feliz Natal, mãe.

Desliga. Mariane folheia Jung.

– "O homem é um animal obcecado por comida, sexo, segurança e poder."

– E diversão – ele aponta Pintinha ajoelhada em adoração à tevê.

Ele mostra o controle remoto, Pintinha mais se maravilha. Ajoelhada dá pulinho a cada mudança de canal. Mariane liga para o Major.

Ele vai olhar o resto do apartamento, ouvindo uma palavra ou outra da conversa, pois é, faz tempo, diz Mariane, continuou sim no Brasil depois da morte do pai, e tocou um garimpo, sim, sim – e está rindo quando ele volta para a sala:

– Deu certo, sim! Por isso preciso falar com o senhor. Aí ou aqui, eu preferia aqui. O senhor vai ver como deu certo.

Ela dá o endereço, desliga e diz que o homem vem no dia seguinte mesmo.

– Porque vocês não falam em inglês?

– Não sei – Mariane agora até ri à toa – Talvez porque meu pai com ele sempre falava em português, treinando a língua. E eu até acho melhor, pra não pensarem que escondo qualquer coisa.

Pergunta dos colchonetes, ele diz que estão no quarto de empregada, um cubículo que fica ainda menor com os colchonetes pendurados nas paredes. No começo, ele conta, o apartamento asilou exilados recém- chegados, chegaram a ocupar o sofá, as camas e esses colchonetes. Ela cheira a lona mofada, faz careta. E agora, pergunta baixinho, cadê aquela gente toda? Agora, ele fala baixinho, estou sozinho.

Na área de serviço, ela olha as pilhas de garrafas de vinho empilhadas. Na sala, o balaio cheio de rolhas.

– Você bebe todo dia? – pergunta a enfermeira, o paciente não responde.

Enchem sacola com panelas e talheres, enquanto Pintinha bate e enrola os colchonetes, pegam também os dois sacos de dormir, e Pintinha quer porque quer levar também a televisão. Mariane tem pressa:

– Se ligam você com a gente, podem campanar aqui.

Mas ela mesma continua a olhar as fotos do exílio nas paredes, ele e os amigos de outrora, ele com Marga, e, nas fotos de reportagens, com índios e com fazendeiros, jangadeiros de Pernambuco, pescadores paranaenses, mineiros de Santa Catarina, gaúchos pilchados, lavradores menonitas, a seleção feminina de futebol, lixeiros de São Paulo, meninas putas de Salvador, meninos de rua sabe Deus daonde. Ela olha ainda os vasos, as flores secas – Quem viaja muito não pode ter planta de verdade, ele explica – e as mil lembranças de viagem cobrindo os móveis ou penduradas nas paredes.

— Você é organizado, apesar de tantas garrafas.

Ela olha tudo ainda um tempo.

— E é bem feminino, deve ser por isso que detesta homossexual — em tom de diagnóstico: — Tem medo de ficar mais feminino ainda.

Ele tira da mochila a roupa suja e pega roupa limpa no quarto, outra pasta de dente no banheiro, olha no espelho; cada vez mais fios brancos na barba sem cortar há uma semana. Cadê os traços femininos?

Mariane entra sem bater: ele tem preservativos?

— Você pensa em tudo sempre?

— Principalmente nos detalhes.

Ele pega na gaveta, apresentando: — Meu criado, tão discreto que é mudo.

— Muito engraçado — ela suspira olhando pela janela — Vamos?

Ele vai saindo com a mochila nas costas e nas mãos duas garrafas de tinto francês, toca o telefone. É Maurílio.

— E aí, meu chapa, gostou da arrumação?

— Foi você? Você mesmo?!

— Eu e minha cara-metade. É! Lembra daquela jornalista que me entrevistou? Ela voltou no dia seguinte pra corrigir umas coisas na entrevista... Aí jantamos, né, depois juntamos, ela está abrindo um escritório com uma sócia, assessoria de imprensa pra políticos e governos, cara, uma teta, falei deixa comigo que eu conheço meio mundo na política. Virei con-ta-to, camarada, arranjei dois clientes numa semana, virei sócio também. E você vai trabalhar com a gente!

— Maurílio, você bebeu?

— Parei faz uma semana, meu chapa! Ela conseguiu até me levar em médico, e não era cirrose que eu tinha, sabia? Eram gases, acredita?

— Ultimamente acredito em qualquer coisa e Tao.

— Então, meu amigo, já que eu não ia morrer, resolvi parar de me matar, não é? E você, comeu tucunaré com pimenta e bebeu pinga com mel? Não deu tesão?

Na porta, Mariane emite uma tossidinha.

— Obrigado pela limpeza, Maurílio.

— De nada, cara. Ela chamou uma empresa, limparam tudo num dia.

— Você pagou?

— Ela pagou, né, você sabe que eu não lido com dinheiro. Vem passar o Natal com a gente!

— Obrigado, Maurílio, tenho de passar com minha mãe.

— Pois é, ela até apareceu aí, fingi que estava dormindo. Então feliz Natal, meu amigo! Anota meu telefone.

Mariane morde os lábios – Vamos! – e ele anota bem devagar no caderno, chega de paranoia.

— Eu estou morando aqui, meu chapa! – Maurílio quase grita – Casei, cara, ca-sei! Ela diz que se eu largar dela, me corta o pinto com faca de pão! Aí gamei na mulher, amigo!

Ele desliga. Dá uma última olhada no apartamento, os filmes do garimpo ali na mesa. Mal fecha a porta, Mariane puxa corredor afora:

— Estou com mau pressentimento.

Pintinha já desceu e táxi já espera. O taxista fala que é muita tralha para levar, mas Mariane já dá gorjeta e o homem ajuda a enfiar os colchonetes no porta-malas, os sacos de dormir vão atrás com Pintinha, a televisão no colo, entre sacolas de toalhas, lençóis, panelas e assadeiras. Mariane vai na frente espremida entre ele e o taxista, e ele fica com tesão só de novamente sentir seu cheiro. Nas calçadas, gente com pacotes e sacolas. Pintinha aponta e grita cada vez que vê Papai Noel em *outdoor* ou cartaz de loja, várias vezes se perguntando de onde sai tanto carro.

Chegam ao sobrado quando Donana e Cida também voltam com suas compras. Na cozinha, desembrulhando as coisas, Pintinha dá pulinhos, Dita não para de rir. Portuguesa pega garrafa de uísque e revistinhas de palavras cruzadas, sobe para o quarto.

— Perdi Cida no supermercado – Donana conta – e, quando achei a danada, ela nem sabia que tinha se perdido olhando tudo aquilo. Deus do Céu, tem gente que precisa de tanta coisa?

Colocam os colchonetes no sol, enchem a geladeira, toca a campainha; é a perua de entrega com mais caixas e caixotes de compras. Mariane manda os entregadores deixarem o gelo e os engradados ao lado do tanque de lavar roupa, onde elas deitam garrafas e latas com gelo picado. Pintinha se admira do gelo vendido em sacos plásticos, toma vários copos de água luxenta, como diz, água gelada.

Cida limpa e Donana tempera frangos, Dita e Pintinha descascam legumes, e ele pega o caderno, começa a anotar sentado na escada. Abre um vinho. Mariane senta ao lado, pergunta o que tanto ele anota; e ele fala que também escreve "umas coisas" além de reportagens.

– Que coisas?

– Coisas.

– E não têm nome essas coisas?

Então ele confessa que escreve literatura. Começou com uma crônica para um jornalzinho de exilados, na Alemanha, depois outra, que escreveu mesmo sem ninguém pedir; depois um conto escrito num sábado no Zoológico de Berlim, bebendo um *chardonnay* entre mesas vazias; e só quando terminou o conto percebeu que o Zoo tinha enchido, crianças pulavam em volta. Desde então vem escrevendo sempre, tem dois livros de contos inéditos, tenta escrever um romance. Pintinha também ouve sentada na escada:

– Quando eu bati o olho em você, preibói, pensei comigo esse aí é artista!

Ele senta duro e reto, ressabiado da coluna, Mariane diz que ele precisa de mesa para escrever. São só umas anotações, ele desconversa, mas Pintinha viu despensa grande cheia de tranqueiras, e as duas vão achar lá uma velha cadeira, e só com seu canivete Dita consegue arrancar a porta. Empilham engradados achados na garagem, a porta por cima virando mesa, e Pintinha lhe apresenta sua nova escrivaninha.

– Mas não esquece de mim no seu romance, hem!

Sua primeira anotação, na escrivaninha, é que Pintinha deu com rato na garagem, chutou tão forte que o rato bateu na parede e caiu morto.

– Nunca vi mulher chutar rato.

Você ainda não viu nada, Mariane fala e ele anota *Mariane tem orgulho de suas mulheres*, agora com letra firme graças à escrivaninha. Dita acha o fio da antena, liga a televisão sobre engradados na sala, Pintinha deita diante em colchonete. Mariane e Dita vão tomar banho lá em cima, o silêncio com seus ruídos domésticos, e ele anota e bebe até sentir cheiro de comida. Portuguesa desce direto para a cozinha, enche um prato fundo e volta para o quarto. Mariane e Dita descem de roupas amassadas mas limpas, põem pratos na mesa e trazem da garagem velhas cadeiras bambas. Ele anota que almoçam macarrão com frango, Donana se desculpando pela comidinha fraca devido à ceia depois. Mariane aponta a garrafa vazia de vinho:

– Bebendo assim de manhã, você nunca vai escrever um romance.

Depois ele sobe a escada para os quartos pela primeira vez, e quando pergunta onde pode escovar os dentes, Mariane mostra um quarto com banheiro e seus velhos colchonetes agora sem mofo. Quando ele volta ao quarto, ela está deitada de calcinhas e pergunta se a coluna melhorou. Está boa, ele fala conseguindo sentar no colchonete, e ela:

– Muito bem. Então vem cá, tente vir por cima de mim.

(A mãe: – Um dia você vai achar uma que vai mandar em você, quem sabe aí você vai crescer, é, crescer por dentro, por fora é fácil!)

Depois cochilam e, quando ele desperta, Mariane cochicha com Dita na porta. Sino de igreja bate cinco vezes, o cachorro vizinho late para cada badalada. Ela deita de novo, está tudo bem, Portuguesa ainda dorme, de pileque. Cheiro de assado sobe pelo sobrado, como na casa da vó; no Natal a família toda se juntando, dias seguidos de comilança e bebedeira, presentes e correria de crianças. Quando enfim era hora da ceia, meia-noite em ponto, as crianças cabeceando, no quintal o forno de barro ainda continuava morno, depois de, desde o começo da tarde até tarde da noite, ter assado leitoa, frangos, pães, tortas e empadões e, por fim, as grandes assadeiras de suspiros.

Mariane pergunta o que são suspiros, ele explica, bolachinhas de clara de ovo batida com açúcar, ela diz a palavra em inglês. Ele anota, dizendo que nem sabia serem os suspiros um doce universal, e ela murmura que o Natal é universal, o amor é universal... Depois pega a caneta e escreve *Feliz Natal*, mas nem chega a terminar a última letra, arrepia com o beijo na nuca e vai trancar a porta de novo, e de novo acabam gemendo de gozo, baixinho, mas, mesmo assim, só depois que param o cachorro para de latir.

Voltam a cochilar, levantam com as seis badaladas, vão tomar banho juntos. O sabonete cai, ela agacha para pegar e, mesmo molhados, acabam voltando para os colchonetes.

Depois ele diz que nunca sentiu tanto tesão, e ela diz que bom, seria triste sentir sozinha; aí cochilam de novo com a janela anoitecendo, até Pintinha bater na porta:

— Tem de comer, chefinha, senão definha!

Ela fala que está com fome de garimpo. A mesa está com toalha de renas e Pintinha acende vela na garrafa vazia de vinho. Donana acha que a mesa sobre caixotes não vai aguentar as assadeiras, melhor se servirem na cozinha. As assadeiras estão no mármore da pia, frango e peru dourado, e arroz, legumes cozidos, verduras, salada de frutas com molho branco, ele anota, manjar de coco com creme de ameixa como o da vó. Os assados, Donana avisa, têm recheio de farofa (também como os da vó!). Portuguesa desce pisoteando a escada, enche prato e vasilha, volta para o quarto. Pintinha bate palminhas:

— Natal feliz!

Ele lamenta ter só mais uma garrafa — mas, quando o vinho francês acaba, Dita apresenta um nacional, trouxe meia dúzia no supermercado, e ele prova, é melhor que o francês. Cervejas e champanhe saem geladas do tanque, bebem em canecas de lata saídas das mochilas, nenhuma quis se separar da sua caneca de garimpo. Para ele, Pintinha achou na despensa um velho copo ainda com rótulo de massa de tomate. Cada assado tem tempero e recheio diferente; Mariane diz que Donana é *chef* sem nem saber o que é isso e, comprovando, Donana diz chefe é você. E então ali, na mesa mambembe, o cachorro vizinho latindo por minuto feito relógio vivo, música natalina tocando longe, cada uma conta sua história de vida, como se para isso tivessem marcado encontro.

Donana era cozinheira desde menina, filha de índia e árabe, acompanhando o pai mascate pelo mundo e aprendendo a cozinhar nas casas de pouso, daí saber fazer comida de todo tipo, árabe, mineira, baiana, italiana. Dita só para de rir quando fala do marido morto como se ainda vivo, seu jeito de fazer isso, de fazer aquilo, aí engasga e lacrimeja. Pintinha lembra de cabarés e garimpos, até esmola pediu depois que a mãe morreu, até um homem falar que era bonitinha demais pra esmolar.

— E você, Cida, de onde veio?

Cida baixa os olhos, fala tão baixinho que mal se ouve e, quando se ouve, são só duas palavras que Pintinha traduz:

– *Não sei*, essa aí é a Cida Não Sei.

Quando Cida vai dormir, tonta de um copo de cerveja, Mariane conta que ela veio de alguma vila de Minas, de onde só lembrava o nome, fora de todo mapa onde procuraram. Tinha aparecido perdida na rodoviária de Alta Mata, sem saber para onde ia e com quem, nem como tinha ido parar ali. Pintinha explica:

– Ela é pobre da cabeça, preibói.

Só sabia que era de Minas, nome Aparecida, sobrenome esquecido, e da família só dizia "não sei", que traduziam por "não quero lembrar". Acabou na delegacia varrendo chão, dormindo em banco duro e passando fome, até ser achada por Mariane quando foi levar ouro do delegado, que logo concordou da bobinha ir para o garimpo, adoção extraoficial.

Ele está bebinho, anotando com letra torta, mas pergunta o que uma pessoa assim bobinha, conforme o delegado, vai fazer com sua grana do garimpo. Nós vamos cuidar dela, diz Donana, ela não tinha família, agora tem. Todas também já devem estar bêbadas, ele anota, riem muito, e a última anotação é Pintinha perguntando:

– É o seu romance, meu escritor?

– Não, é o nosso romance.

Não lembrará de como vai para a cama, mas acordará sem qualquer dor na coluna, Mariane ao lado e, desenhado a batom na porta, decerto por Pintinha, um coração trespassado por flecha de penas compridas, como as dos índios da Amazônia.

O AMOR

— BOM DIA. Você andou com muitas mulheres ultimamente?

Mariane está sentada no colchonete com as costas na parede, debaixo da janela com jornal no colo, os cabelos enegrecidos faiscando sol.

— Porque pergunta?

— Perguntei primeiro.

Bem, ele enrola, nem sim, nem não; *andar,* andou pouco com mulheres ultimamente, mas desconfia que ela não está falando realmente de apenas andar... e uma boa resposta depende de quantas serão *muitas mulheres.*

— Não importa — ela envesga de leve — Basta uma para passar Aids.

É, ele concorda, muita gente ainda pensa que a coisa só passa de homem para homem... Conta do sargento do Tiro de Guerra, quando as doenças eram curáveis e até folclóricas como a gonorreia, o sargento bradando:

— Usem camisinha sempre, nem se for pra transar com a prima!

O sargento passava, num veterano telão, filme do exército americano ainda da Segunda Guerra, mostrando como e porque usar camisinha. Um soldado usava, outro não. Um continuava saudável e pronto a morrer pela pátria. O outro passava por um calvário de dores e sofrimentos para curar a doença. A turma fazia um grande pampeiro, batendo palmas e pés e gritando quando aparecia em close um pênis purgando pus e em seguida fotos de doenças venéreas, uma mais feia que a outra. A turma ria, mas um pegaria mesmo um cancro que levou meses para sarar — e desde então ele usava camisinha sempre.

— Você não me respondeu — Mariane olha através dele — Fica contando história para não responder.

Ele encara:

— Uso camisinha desde os dezoito.

— Com todas?

(Com todas as putas, sim; mas não com as mulheres dos amigos e as amizades coloridas, como virou moda dizer; e não usa simplesmente porque elas não gostam. E como poderão elas ter Aids transando só com ex-guerrilheiros machos como Fidel e Guevara? E são mulheres que não injetam drogas, todas de mangas curtas.) Mariane insiste com voz doce mas olhar duro:

– Hem, com todas?

– Com todas – ele sustenta o olhar, ela sorri descrente:

– É mesmo? E porque não usou comigo?

Ela continua encarando e ele pega o jornal. Depois diz que precisa cuidar da vida, ir à *Playboy*, revelar as fotos, escrever a reportagem. Ela lhe pega a cabeça pelas orelhas:

– Não apareça na *Playboy*, nem no seu apartamento, nem na casa da sua mãe, por favor! É pe-ri-go-so!

Está completamente vesga.

– Ou seja: você quer que eu não saia desta casa, só isso.

– Ainda bem que você entende – e no ouvido, sussurra: – É só por mais uns dias.

Ele diz tudo bem, nem tem mesmo pressa na reportagem, mas curiosidade de revelar as fotos, e ela pergunta se não está curioso de conhecer o Major.

– Pensava que jornalista era curioso. E pode ser a última vez que a gente se vê – ela lhe beija o pescoço, ele todo se arrepia. Logo estão de novo rolando nos colchonetes e, quando ele vai penetrar, ela pergunta cadê a camisinha. Ele estica a mão e tira da mochila, ela solta assobiozinho:

– Que prática, hem...

– Não é o que você está pensando.

– Eu não quero pensar nada – e beija tanto que ele quase sufoca.

O cachorro late quando ela goza, volta a latir quando ele goza; depois riem se olhando nos olhos, e, nessa distância, ela não tem vesguice alguma. Depois, com a boca na orelha, respirando fundo seu cheiro, ele quase fala, mas se prometeu, desde a Alemanha, nunca mais na vida falar *eu te amo*.

O Major chega em carro alugado, ao volante um negro forte e tão alto que quase tem de abaixar para entrar. É João, o Major apresenta, seu braço direito. O Major tem cabelos todos brancos, barba também branca bem aparada, sotaque forte de gringo – mas bronzeado e vestido como carioca, bermudas e tênis, camiseta cavada mostrando pelos brancos também no peito. Mariane apresenta:

– Um amigo, Major.

O aperto de mão é militar. É no meio do dia, acabaram de comer restos da ceia, o Major diz que comeu no avião. Quer ver logo as pedras. Abrem as duas malas sobre a mesa bamba, o homem fica olhando, pega algumas pedras, olha contra a luz, fala baixinho:

– É o melhor lote de esmeraldas que já vi.

Calcula uns cinquenta quilos de pedras limpas; também é o maior lote que já viu, mas está até assustado:

– Não vai ser fácil vender bem tanta pedra.

Portuguesa pergunta quanto deve valer tudo, o Major explica que lida mais é com ouro, terá de sondar os compradores, mas os grandes não são mais que meia dúzia. De qualquer jeito, demorará dias, vender com pressa é bobagem, e qualquer comprador pede tempo para examinar amostras, consultar matriz, arranjar dinheiro.

– Quanto? – Portuguesa insiste; o Major ergue os braços, como vai saber?

– Nunca vi tanta esmeralda, moça.

– Não sou moça nem criança – Portuguesa fecha as malas – Vocês não vão deixar o cara levar tudo pra vender sem saber como nem onde nem por quanto, não é? E que garantia vai deixar?

– A minha palavra de honra, senhora – o Major se inclina. – Além disso, só vou levar amostras.

Não, diz Mariane:

– Leve uma das malas, para não complicar. Quanto menos tempo a gente passar aqui, melhor. Se precisar baixar preço, Major, baixe, mas venda logo.

Portuguesa ri, pergunta se ela está louca:

– Tá dando carta branca pra um cara que mal conhece!

– Era o melhor amigo de meu pai, e tudo isso vem do garimpo de meu pai.

– Chega de enguiço, Portuguesa! – Dita cresce – Nós vamos confiar no homem, fim de papo!

Portuguesa sorri:

– Que gracinha, conheceram agora mas já confiam...

A gente, sussurra Pintinha, confia é na chefe que a gente escolheu.

– Que linda – resmunga Portuguesa – a democracia.

O Major diz que também não vai fazer favor algum, cobrará comissão de corretagem. Mariane chaveia as malas. Entrega a mala das esmeraldas miúdas, dizendo que não podem demorar mas também não devem ter pressa, então ele venda primeiro as miúdas, sentindo o mercado e anunciando que tem pedras maiores. O Major passa a mala a João.

– E boa sorte, Major. Ligo de dois em dois dias.

O Major encara Portuguesa com olhos também azuis:

– Já ouviu falar da Guerra da Coreia? O pai dessa moça me salvou a vida lá, mais de uma vez. Se eu fosse começar a trair alguém, não ia ser a filha dele.

Portuguesa vira as costas, o Major sai com João e Mariane. Ele sobe para o quarto, e da janela vê o negrão enfiar a mala no porta-malas, olhando em volta como fazem os seguranças. Quando Mariane volta, ele pergunta se o Major também era da Engenharia, como seu pai.

– Não, era da Inteligência.

– Parecia vestido pra praia. E disse que veio de avião mas estava de carro com chapa do Rio.

– Inteligente, não?

– Ou mentiroso.

Pergunta se ela conhece a história de Fernão Dias, o caçador de esmeraldas. Ela ri:

– Nossas esmeraldas não são berilo, que enganou o bandeirante, conheço essa história.

Ela há mais de ano mandou amostras para o Major. Muito bem, ele admite, ela pensa em tudo, menos numa coisa:

– Tanta esmeralda de repente na praça, a polícia também vai saber.

– Você não conhece o Major...

– ...nem conheço o delegado, conforme você.

Tira a segunda mala de esmeraldas de cima da mesa para continuar a escrever, Pintinha lhe traz o copo com água, Donana fecha a porta da cozinha para lhe fazer silêncio. Tolstói escrevia assim, só papel, caneta e silêncio; e o cachorro discorda, mas ele escreve como há tempos não escrevia.

No fim da tarde, Portuguesa desce, joga no lixo revistinhas de palavras cruzadas, dizendo não aguento mais ficar na casa, vou para um bar. Dita fala que então vai junto, Pintinha também. Mariane pega a arma de Dita e estende a mão aberta para Portuguesa. Portuguesa fica piscando os olhos negros, fundos na cara branca, os cabelos pretos escorridos; *é a cara da Maga Patalógica*, ele anota. Portuguesa deixa seu revólver na mão de Mariane. Dita pega dinheiro na mochila, todas devem ter maços de dinheiro novo, Dita repara que ele olha:

— Dois anos de garimpo, moço, ouro pra despesa a gente tirou — e sai rindo com Pintinha, Portuguesa enfezada atrás.

Ele volta a escrever, Mariane zanza ao redor, olha o relógio, não sabe ficar parada. Ele lembra:

— Tem um cinema aqui perto. Vamos?

— Cinema de tarde? — ela envesga lembrando — Nossa, desde menina!

No caminho falam de filmes e ele fica feliz por ela também gostar de cinema, depois triste de pensar que ela vai embora do Brasil. Ela nota:

— Triste porque?

— Por nada.

— Quem nada é peixe, não é assim que falam no Brasil?

— Você às vezes parece criança.

— É que estou feliz — ela ri, mas logo fica triste também.

É a vez dele perguntar porque, ela diz por nada, e ele sabe que ela deve estar pensando a mesma coisa. Resolvem os dois então fingir alegria, e no cinema compram pipocas, balas e chicletes, mas se beijam tanto no escuro que ainda têm balas quando acaba o filme. Depois comem pizza com vinho numa cantina, vendo o entardecer sem poente de São Paulo, as muralhas de prédios.

— Você gosta de viver aqui?

– Não. Mas tenho de viver aqui. Sou repórter, lembra?
– Para o resto da vida?
– Diz que o futuro a Deus pertence, não é?
E ela, o que vai fazer da vida com o dinheiro das esmeraldas?
– Não sei, só sei que quero voltar pra casa.

Voltam ao sobrado por esburacadas calçadas paulistanas, sem falar, apenas de vez em quando ela morde os lábios. O cachorro vizinho late tristemente. Ele vê tevê na sala com Cida e Donana, ela vai para o quarto. As outras chegam depois da última novela, Portuguesa trombando na porta, Dita rindo tanto que o cachorro endoida, Pintinha apaixonada pelo guarda de trânsito:

– Sou tarada por homem de farda! Aquele Major mesmo, de farda, até que ainda não era de se jogar fora, hem?

Portuguesa vai para o quarto, ele fica com as quatro mulheres, deitadas no chão com a cabeça nas mochilas, e ri das risadas delas vendo Chaplin em *A Corrida do Ouro*, ele anota a coincidência. *Parece uma família*, anota também. Quando vai para o quarto, Mariane ressona. Deita ao lado e ela abraça dormindo, resmunga abraçando forte, depois vai afrouxando os braços e, quando tem certeza de que ela dorme, ele diz bem baixinho *eu te amo*.

Acorda antes dela, o céu ainda cinza na janela. Levanta com cuidado e em silêncio se veste; sai da casa mal abrindo a porta da sala: Dita ainda dorme ali no pé da porta, num de seus sacos de dormir, o cano do revólver saindo do casaco embolado de travesseiro. O portão pode ranger, então ele pula a grade do jardim, o cachorro late; ouve Dita falar alto lá dentro, então vai quase correndo pela calçada. Guarda-noturno de mansão enfia mão na jaqueta, desconfiado com pé atrás. Só falta ele ser confundido com ladrão, levar tiro à toa. Na esquina, vê que foi bobagem correr:

– Devo estar pegando a paranoia dela...

Na avenida, pega táxi. Leva no bolso as notas de despesas. O plano é ir até a *Playboy*, acertar as contas da viagem e escrever a reportagem lá mesmo na redação, enquanto um *boy* vai pegar os filmes no apartamento e levar ao laboratório. Com a reportagem escrita até o fim da tarde, à noite voltará para o sobrado; as fotos, legendará depois por telefone, e então poderá ficar todo o tempo tranquilo com Mariane.

Mas ainda é muito cedo, a redação deve estar fechada. Talvez melhor passar antes no apartamento e pegar ele mesmo os filmes, chega a dizer o endereço ao taxista, mas muda de ideia de novo. Os dedos coçam de vontade de escrever, e a cantina abre cedo, pode tomar um bom café da manhã enquanto a redação não abre, afinal vai escrever e reescrever o dia inteiro. Manda tocar para a *Playboy*.

O táxi para na esquina. Ele pega a rua do prédio de vidro já faiscando ao primeiro sol, bom agouro. De um fusca, parado antes da portaria, sai sujeito que dá bom dia, diz que espera abrir o prédio, ele sabe a que hora? Mas ele nem sabia que fechavam, já trabalhou ali até de madrugada, portaria sempre aberta.

— Agora fecham, a situação tá brava. Muito ladrão.

O sujeito deve ser motorista, simpático, careca bem morena e os braços bem peludos, forte e sacudido como dizem no Norte. Talvez seja um pouco mulato, ou está muito queimado de sol, ele até olha se um braço não está mais queimado que o outro, como acontece com os motoristas, mas não. O homem já diz que é novo motorista da *Playboy*, cobrindo férias de outro, então chegou cedo de curioso, nunca trabalhou numa revista, quanto mais numa "revista de mulher". O velho porteiro olha lá da portaria.

— Eu trabalho pra *Playboy*.

— Eu sei – o homem sorri – Vi foto sua na revista.

Sujeito esperto, e caiu do céu:

— Eu precisava dar um pulo em casa. O carro é seu?

— E posso lhe levar onde quiser.

Deve ser o Tao, agora na forma de imprevisto. Porque não?

— Então vamos?

— Entraí – o homem abre a porta para ele, rodeia o carro e senta ao volante já ligando o fusquinha, parece o mais prestativo dos motoristas, terá futuro na revista.

O sujeito vira a esquina, roda uma quadra e estaciona na frente de padaria. Saem dois sujeitos, um já falando ao motorista:

– Ganhei a aposta! Não falei que campana funciona?

O outro contorna o fusca e abre a porta do seu lado, agacha tirando um revólver, ele vira para o motorista e vê outro revólver. O motorista fala baixinho vai lá pra trás; e ele vê que a arma está engatilhada.

– Cuidado com isso.

– Tome cuidado você: pra trás já!

Ele passa para o banco de trás, um sujeito entra e senta junto, o outro na frente. O fusca arranca. O revólver vai espetando as costelas, engatilhado, e o fusca chacoalha nos buracos.

– Isso pode disparar, hem!

– Não se perde nada.

– Você fala só quando eu mandar, palhaço – o do volante fala em tom de chefe – Cadê aquelas putas?

O sotaque nortista, como ele não percebeu? Só pode ser o delegado de Alta Mata.

– Hem, cadê aquelas putas?

O delegado para num semáforo, desce do carro e o outro da frente passa para o volante, o de trás vai para a frente. O sinal abre e carros passam buzinando dos dois lados. O delegado manda todos à merda e senta atrás com ele, automática na mão.

– Vou perguntar pela terceira vez – soletra: – Ca-dê-a-que-las pu-tas?

– Que putas? Que que...?

Leva um soco no ouvido e bate a cabeça. Os dois riem lá na frente, longe; está zonzo, o homem tem pata de cavalo. Quando ele escrever a história, daqui por diante chamará de Delegado com maiúscula.

– Ele é engraçadinho – fala um – Mas é melhor se abrir logo, palhaço – fala o outro – O homem aí é fera, hem!

Para confirmar, o Delegado lhe dá outro soco no ouvido e agora ele está esperando o golpe com o pescoço duro, a pancada bate seca, zonzeia ainda mais. Ouve as vozes longe, fala que é jornalista e...

Outro soco; parece uma marreta. Cobre a cabeça com as mãos, falando que o porteiro deve ter anotado a placa do carro, e eles riem, um diz ele é esperto, puxa, outro diz ah, ele é muito esperto...

Na ditadura, os companheiros eram presos por polícias que chegavam sempre de repente, e já iam batendo no caminho para quartel ou delegacia; mas agora já tem anistia, a ditadura acabando, o Brasil vai ter o primeiro presidente civil, ainda eleito pelo Congresso mas civil:

— A ditadura acabou — descobre a cabeça — Considero isto um sequestro.

Os dois riem bastante, e o Delegado tem olhos negros, miúdos e muito vivos, como quem fala a uma criança:

— Você não só está sequestrado, esperto, como só Deus sabe se sai vivo. Depende de você. Cadê elas?

Ele fala que não sabe do que estão falando e cobre a cabeça, mas o Delegado não bate mais, acende um cigarro. Lembra o exílio, cheiro de *Gauloises*.

— Segui a pista até Sorocaba, esperto, falei com o piloto. Cadê elas?

Ele resolve não abrir mais a boca, onde leva mais um soco e sangra. O do volante fala que acabou de trocar o estofamento, não quer sangue.

— Então vamos pra tal chácara — resolve o Delegado.

— Lá ele se abre — diz um, e o outro:

— Antes do meio-dia, quer apostar?

— Um bosta desse eu abro em cinco minutos — o Delegado lhe joga fumaça na cara.

Quem sabe estejam blefando, só podem estar blefando, a ditadura acabou, tortura nunca mais. Na momentânea normalidade, o Delegado vai fumando quieto, os outros falando de futebol. Param num orelhão, o do volante telefona, depois pegam rodovia, entram para o Embu. Param diante de terrenos baldios. Provável manchete: *Cadáver de repórter achado em matagal*. Mas eles não fazem nada, só ficam ali, falando de futebol, fumando, até que o do volante olha o relógio e fala vamos.

Tocam para o Embu. Num sítio, o caseiro abre o portão alto de cabeça baixa, homenzinho murcho, depois pega de novo a enxada e continua capinando. O fusca para ao lado de casa com varanda, toda fechada, e eles dão a volta levando ele aos trancos. Atrás a casa tem barracão com ferramentas, pneus, bicicleta pendurada, lâmpada na viga do telhado à vista.

— Cadê a pimentinha?

— Quem guardou foi você.

Procuram, é um caixote de madeira envernizada, com manivela e regulador de voltagem. Botam em mesa manchada de graxa, com morsa e ferramentas espalhadas, e ligam na tomada. Tira os tênis, o Delegado manda mas ele não se mexe. Leva um soco tão forte que cai de costas, o nariz sangra, sangue nas mãos, na camiseta. O Delegado agacha ao lado:

— Escuta, cretino, eu só estou querendo o que é meu. Se quiser ser herói, azar teu. Não vou machucar aquelas putas, só quero o que é meu, entendeu? – e outro soco.

Zonzeia tanto que, quando vê, já lhe tiraram os tênis e as meias. É levantado e sentado numa saca de milho, inerte como se fosse outra saca. Um agacha, amarra um fio no dedão de um pé, outro no dedão do outro pé.

— Melhor falar logo, amigo – o segundo sujeito começa a fazer o papel de bondoso, e ele fala de novo que não sabe o que querem:

— Estão me confundindo com outro, um repórter da *Playboy* parece muito comigo!

Eles riem bastante, dizem que ele devia trabalhar em circo. Mas o Delegado não ri; sai, bate a porta do carro lá fora, volta com uma *Playboy*, mostra sua foto, na página com ponta dobrada como ele costuma fazer.

— Você mesmo deixou com o piloto – o Delegado sorri esperto – E agora, palhaço, vai falar ou não vai?

Os companheiros torturados e mortos foram os que nunca falaram nada, mas ele continua de boca fechada. O Delegado não insiste: liga uma chave na maquininha, e ele sente um choque leve nos dedos, como de aparelho de massagem. O Delegado vai girando a manivela e o choque vai aumentando, as pernas tremendo e endurecendo, a manivela girando mais depressa, o corpo inteiro sacudindo, dor vindo de todo lado, de dentro, de fora, os dentes rangendo, até que desmaia.

Acorda, um deles fala que o certo é assim mesmo, uma descarga forte no começo:

— Pra conscientizar o cidadão.

Agora ele está com a cara no chão de cimento, numa poeira com cheiro de inseticida, e o Delegado continua sorrindo:

— E aí, herói, pronto pra outra?

Até meio-dia, quando eles ficam com fome, leva tantos choques que perde a conta. Para não pensar no choque seguinte, contou certa vez um trotskista, o truque é imaginar coisas, lembrar de gente. Lawrence da Arábia sendo torturado. Chaplin comendo a botina no Alasca. Ou aquela exilada que pirou, conforme os exilados, deixando de crer na Revolução para viver falando em zen-budismo, na bolsa sempre um livro todo anotado.

– O zen ensina a encarar até a dor com alegria.

O pai morrendo de câncer:

– Com o tempo, você acostuma com a dor – a voz dolorida – E, quando estiver bem acostumado, morre.

Quando começa a achar que até pode mesmo se acostumar com os choques, babando ali no chão e cheirando inseticida, o Delegado tira o fio da tomada, estica os braços como trabalhador acabando trabalho, fala que faz dois dias não come direito.

– Aqui no Embu – fala um – tem feijoada de primeira.

O outro prefere churrasco, o Delegado decide:

– Churrasco. Feijoada dá muito sono, e à tarde a gente tem de terminar o serviço.

Um vai tirar dele os fios, o Delegado se adianta – Deixa comigo – e ele vê que o homem gosta disso, quer cuidar de tudo. (Mariane: – Você não conhece ele...) Desamarrando os fios dos dedões, cada um com seu anel de queimadura, o Delegado diz que até já se vê diante duma cerva gelada.

– Não está com sede, herói?

Enfia a mão num saco, com a outra lhe aperta o queixo para abrir a boca, jogando um punhado de sal grosso. Ele cospe o que pode enquanto é levado para fora, e o dia desacinzentou, o céu brilha azul. É jogado num sanitário tipo casinha no quintal, não mais que dois metros por dois, ao lado de churrasqueira vista de relance. Ali se vê diante duma pia sem torneira e uma privada turca, o buraco no piso e as duas sapatas para os pés. Fedor tal que uma faísca pode explodir. Batem a porta grossa e passam tranca, se afastam rindo, o Delegado dizendo que vai querer picanha malpassada com cerveja bem gelada.

A lâmpada fica acesa e ele vê que a casinha é prisão em miniatura: pia de cimento grosso, quase no chão, decerto para lavar pés ou ferramentas, quando ainda tinha torneira; e o branco da privada está marronzinho, até porque a caixa de descarga também sumiu da parede, ficou a marca. O telhado é de telhas à vista, mas em lugar de forro tem gradeado de ferro, e nenhuma janela, nenhuma fresta, prisãozinha irônica para quem não conheceu cadeia na ditadura...

A boca está tão salgada que nem consegue cuspir, acaba engolindo e aumenta a sede. A casinha esquenta, forno ao sol. Sua tanto que o fedor do ar parece grudar no corpo. Tiraram-lhe cinto, tênis, carteira, mas a chave do apartamento e a esmeralda continuam no bolsinho da calça.

A língua descobre dentes quebrados. Nos dedões dos pés, ardem os anéis das queimaduras. Se eles são profissionais e deixam marcas, não pode ser por descuido. Você vai ser morto, fala baixinho. Então reza, reza a seu modo, sem palavras, apenas prometendo que, se sair disso, vai obedecer Mariane sempre, ajoelhar diante dela e dizer você tinha razão, você tem sempre razão, você é e será sempre minha chefe, daqui pra frente sempre te obedecerei, meu amor. Reza também prometendo que vai visitar a mãe ao menos uma vez por semana, e em Finados irá com ela lavar o túmulo do pai. Reza prometendo mudar de vida, arranjar um emprego num jornal ou revista, sentar a bunda e passar seis horas por dia numa escrivaninha ganhando salário e fazendo carreira.

Aí ouve alguma coisa batendo por perto. Plem. Ruído conhecido. Plem. Enxada capinando em terreno empedrado, plem. Deve ser aquele caseiro visto de relance. Plem. Se é caseiro da chácara usada por eles, é homem deles. Mas a sede é demais e resolve humanamente gritar por água, água, água por favor.

— Pelo amor de Deus!

A enxada agora capina depressa, batendo na terra seca, e vai se afastando. Ele continua pedindo água pelo amor de Deus. (A mãe: — Quando a gente precisa mesmo, pede por Deus, você vai ver.) A enxada para.

Uma mangueira de jardim, com biqueira de metal, aparece no vão entre o telhado e a parede, atravessa o gradeado como uma cobra.

— Pegou? — a voz fanhosinha do caseiro.

— Peguei.

— Então bota na boca.

Ele coloca na boca a ponta da mangueira seca, que começa a soltar um fio de água que ele bebe, bebe, até voltar a secar e o caseiro puxar de volta:

— Desculpe, viu, mas se o sinhô se molhar eles vão saber que eu dei água... — e vai capinar de novo, plem, plem. Ele grita que é repórter da revista *Veja* (o homem pode nem conhecer a *Playboy*), a maior revista do Brasil, e foi sequestrado! Mas o homenzinho nem responde nem capina. Então ele grita que, mesmo que seja morto, isso não vai ficar assim:

— O senhor pode acabar na cadeia como cúmplice! Cúmplice de assassinato! — os esses chiando no buraco do dente.

A enxada volta a carpir, volta a parar, depois o homem de novo fala ali na porta:

— Escute, moço, eu não sô bandido não, viu?

É um sotaque meio caipira, meio mineiro.

— Eu só cuido daqui, mais nada.

(Só cumprindo ordens, como os nazistas em Nuremberg, como os torturadores da ditadura.) Então ele fala frio e firme como Mariane:

— O senhor escute bem. Eu sou repórter e estou aqui sequestrado por policiais, por causa duma reportagem, mas não vão conseguir sumir comigo assim sem mais nem menos. Cadáver de jornalista é difícil de esconder. E o senhor também vai acabar na Justiça, porque quem acoita crime também é criminoso! E além disso — agora é a mãe a falar pela sua boca — Deus está vendo!

O homem quieto. Ele fala que, se quiser comprovar que é jornalista, lá no barracão está sua carteira com identidade e revista *Playboy* com sua foto logo nas primeiras páginas.

— Mas o senhor falou que era duma outra revista, não falou?

— Trabalho para várias revistas. Vai lá ver!

O homem resmunga que é velho de idade mas é novo no serviço ali, não imaginava coisa assim, e se afasta resmungando. Demora um tempão, volta resmungando: devia já ter saído dessa chácara maldita, viu já na primeira semana, é só encrenca, não tem terra nem pra criar galinha, mas encrenca tem demais.

— Então me tira logo daqui e evita mais uma encrenca!

O homem volta a capinar, mas logo torna a encostar a enxada na porta.

— E se eles me matam caso eu soltar o senhor?

— O senhor vai estar tão morto quanto eu se continuar aqui. E não precisa continuar aqui, vai junto comigo pra polícia e pronto!

— Que pronto, que nada, eu não sô pão pra ficar pronto! Sou da roça mas não sou besta!

Pois se eles são da polícia, o homem fala devagar pensando, e ele quer ir pra polícia... Mas ele diz que há policiais e policiais.

— Pode confiar. Saindo daqui, ligo pra revista e a gente tem cobertura.

— Quem tem cobertura é paiol...

— Cobertura, mestre, quer dizer que, saindo daqui, o senhor vai ter onde ficar, casa desconhecida e comida garantida, além de advogado, isso é cobertura, lhe garanto.

O homem folheia a revista do outro lado da porta, cada página virada a tapa, depois a tranca desliza e a porta abre. O céu continua descaradamente azul.

— Então, seu moço, é melhor ir logo, né.

É um tipo miudinho de botinas e calças baratas xadrez Príncipe de Gales, boné de inseticida e camiseta velha de eleição, o político sorrindo no peito.

— O moço vai me complicar a vida, hem.

O homenzinho coça a cabeça, resmunga. Ele pega no barracão a carteira, ainda com os documentos e o dinheiro, e calça as meias gemendo, o homem se achega: machucaram o senhor? Não se preocupe, ele pega pelo braço, vamos é sair logo daqui, eles podem voltar a qualquer momento.

O homenzinho resmunga meu Santo Pai do Céu, que será de mim, mas vai com ele para o portão, cruzando campinho de futebol, rocinha de mandioca. Empurra o portão abrindo fresta, espia. Empurram o portão, ele não vê rua mas estradinha de terra entre pastos e plantações, casas lá e acolá. Pergunta onde podem achar um táxi, ônibus, qualquer coisa, e o homenzinho fala não sei, até hoje só saí daqui pra ir na venda.

Vão pela estradinha entre chácaras, outros caseiros dão bom dia ou boa tarde, o sol está a pino. Crianças pulam numa piscina. Mangueiras com frutas maduras. O menino passava tardes inteiras na mangueira, todos os dentes com fiapos, agora na boca o dente quebrado. A estradinha vai virando rua, casa aqui e ali, velhos telhados do Embu, calçadas com crianças pulando amarelinha, e os dedões dos pés doendo de mancar, manqueira dupla parecendo Mazzaropi. O caseiro tira o boné e coça a cabeça resmungando, ele diz que não precisa ficar preocupado.

– Tô preocupado não, tô é com medo mesmo.

Finalmente, uma venda com telefone público. O vendeiro se espanta com ele, que vai se olhar num sanitário surpreendente de limpinho, espelho oval onde se vê de boca inchada, olho quase fechado, camiseta ensanguentada.

– Caí em cima do cortador de grama.

Pede uma ficha telefônica, mas o caseiro diz que é melhor não perder tempo, soprando no ouvido:

– Essa gente é mesmo capaz até de matar, viu? Vambora logo, doutor!

O dente quebrado lembra que o homenzinho tem razão. Pergunta de táxi, tem só no Embu. Vão quase correndo pela estradinha, ele pisando dores, o parceiro resmungando.

– Fique tranquilo, mestre, arranjo outro emprego pro senhor.

– Eu queria mesmo era uma terrinha...

Estão já numa rua de paralelepípedos, casas com capim crescendo nos telhados. Pegam táxi e ele diz o endereço do sobrado. O taxista olha sua cara, ele diz que se acidentou. Tira os tênis, deita no banco de trás, fecha os olhos e vai revendo tudo: Alta Mata, o garimpo, vinho de açaí, Marabá, tucunaré com pimenta, estradas e aviões se embaralhando, pinga com mel, Mariane rindo, cabelos negros tingidos mas na nuca pelinhos louros, e sua melhor ceia de Natal.

O táxi para e, mal ele paga, Dita sai do sobrado, olha a cara dele e volta correndo. Mariane vem até a calçada, olha fria, pergunta quem é o homem. O homenzinho diz não sou ninguém, não, dona, só quis ajudar e já tô indo, mas Portuguesa agarra pelo colarinho e arrasta portão adentro, no jardim o homenzinho tentando se safar, Dita também agarrando e empurrando para dentro da casa. Ei, ele protesta, é só um caseiro, mas Mariane empurra ele também para dentro. Na sala, o caseiro não protesta, cabeça baixa igual bandido em programa policial.

Ele senta numa mochila, conta tudo rapidinho, Mariane mordendo os lábios.

– Alguém seguiu vocês?

Portuguesa pega a mão do caseiro:

– Mão lisinha, caseiro coisa nenhuma, é o truque mais antigo da polícia!

Ele não comeu nada desde manhã e, enquanto elas trancam na despensa o sujeito agora caladamente profissional, ele bebe três copos de água e, de tanta fome, com colher passa manteiga em pão, come enquanto elas nos janelões olham a rua. Mariane perguntou três vezes, enquanto ele tomava cada copo de água, se o homem não falou com ninguém, se não deu nenhum telefonema, se vieram direto da tal chácara. Ele já repetiu que não, não, não, e agora ela pergunta de novo. Ele engasga com o pão, Dita lhe dá tapões nas costas. Esse merda tem sorte, diz Portuguesa:

– A polícia deve ter perdido o táxi no trânsito. Ou combinaram do cagueta fugir daqui e telefonar dando o endereço. Ou já estão lá fora e entram daqui a pouco...

Mariane diz que agora é sair dali, em duas turmas de novo:

– Pintinha e Isabel comigo. Deposito o dinheiro na sua conta, Dita, você divide com Donana e Cida. Vocês sabem pra onde ir.

– Negativo – Portuguesa aponta a automática para Mariane e estende a mão para Dita – Passa o 38.

A mala de esmeraldas continua ali na sala, grande mala pobre e parda, puro disfarce, amarrada por um cinto. Dita olha para Mariane, pronta para seja o que for, mas Portuguesa atira para o teto, o cachorro para de latir e ela aponta a arma para Dita enquanto do teto caem pedaços de gesso. Com a outra mão ainda estendida, a Maga Patalógica repete com voz cavernosa: passa o 38. Entrega a arma, sussurra Mariane. Dita enfia a mão por baixo da blusa, tira o 38, vai entregando quando Pintinha pula. Portuguesa tira o corpo e estica o pé, Pintinha tropeça e cai rolando, Portuguesa atira nela e já roda o braço com a arma:

– Mato quem se mexer! Passa essa merda já!

Dita passa a arma, Portuguesa enfia na cinta. Tudo parece se passar bem devagar. Pintinha senta de costas para a parede, perna sangrando.

O cachorro volta a latir adoidado. Portuguesa pega a mala quando Cida vem da cozinha, com a frigideira que ele ganhou da mãe no último Natal, erguendo o braço. Portuguesa ainda tenta olhar de lado, mas Cida lhe bate atrás na cabeça, pancada que faz tóin de desenho animado e, de novo, o cachorro silencia. Portuguesa desaba, e Cida já agacha para afagar a cabeça onde bateu. Não fica triste, menina, diz Donana, você fez certinho. Dita pega as armas, Mariane acode Pintinha: a bala trespassou a barriga da perna.

— Sorte, não pegou osso.

Pintinha chora de dor e raiva:

— Não tinha uma cicatriz até hoje!

Ele ainda está com o pão mordido esquecido na mão, Mariane manda pegar toalha limpa. Portuguesa acorda resmungando, Dita pega a frigideira.

— Eu sempre tive vontade – tóin! – de bater nessa infeliz! Prende ela, chefe, eu vou pegar um táxi – e sai enquanto Donana e Cida pegam malas e sacolas; já estavam de prontidão.

Mariane pega toalha, com as iniciais dele bordadas pela mãe, e com faca corta em tiras, mais rasgando que cortando, enfaixa a perna de Pintinha.

— Porque você não come esse pão duma vez? – Mariane fala dura mas, olhando o estrago na cara dele, passa-lhe a mão na cabeça.

— Depois cuido de você. Troca essa camiseta. Pode alugar mais um carro?

Ele mal consegue andar.

— Que é que tem nos pés?

— Nada – ele veste camiseta limpa e sai, deixando a mochila, nem levaria peso com os pés assim.

Tem locadora na esquina e não é difícil alugar carro com a carteirinha da *Playboy*, apesar da cara toda machucada; diz que caiu na escadaria do prédio, vai passar no pronto-socorro antes de ir para a revista e, como sempre, o sangue tem o poder de agilizar a burocracia. Volta com o carro e Portuguesa já não está na sala, nem Dita, Donana e Cida. Mariane agacha, abre a mala dizendo que Portuguesa está na despensa com o colega. Pega um dos sacos de pedras e deixa no piso. Pintinha geme:

— Não devia deixar nada pra essa piranha, chefinha.

— Vamos — Mariane comanda e, mancando, ele ajuda a levar Pintinha também mancando até o carro, Mariane torta de carregar mala e mochilas; vizinho espiando verá um bando de estropiados. Mariane joga a mala e as mochilas no porta-malas, Pintinha entra no carro gemendo.

— Vão pra onde? — Ele pergunta quando Mariane senta ao volante.

— Vamos pro Rio — ela estende a mão com outra esmeralda — Pra você.

Ele não pega, ela lhe enfia no bolsinho da calça, agora estufadinho com duas esmeraldas. O cachorro late, na rua vizinho lavando carro está com mangueira escorrendo à toa na mão, decerto ouviu os tiros, alguém pode até estar chamando a polícia. Pintinha geme no banco de trás, ele manda — manda — Mariane sair do volante.

— Você não conhece São Paulo, pode rodar hora até achar a rodovia. Vou com vocês até o Rio.

Mariane sorri, senta do lado, suspira e fala com naturalidade muito bem, então vamos. Vão atentos, olhando todo fusca, todo carro, até saírem do trânsito feroz da cidade, só voltando a falar na rodovia:

— Desculpe. Eu devia ter ouvido você. Me pegaram na porta da *Playboy*.

— Te bateram muito?

Os dedões doem toda vez que pisa no breque ou desembreia, ela manda parar no acostamento.

— Deixa ver teus pés.

Ele tira os tênis e as meias, as queimaduras grudando no pano, anéis arroxeados nos dedões. Vou passar para o volante, diz ela, e melhor para ele será ir descalço. Pintinha geme, Mariane suspira: o pior é que está com carteira de motorista vencida. Ele ri, Pintinha pergunta do que. Mariane manda passar o cinto de segurança, ele ri mais ainda.

— Parece mesmo hiena, preibói.

Ele desata a rir, até Mariane falar que está histérico. Ele ri, ela diz quebraram teu dente, é? Ele ri. Placa de polícia rodoviária à frente, ela manda Pintinha sentar direito lá atrás.

— E você pare de rir.

Ele engole o riso. Passam pelo posto da polícia, os guardas mal olham e Mariane diz obrigada, Brasil.

Quando Mariane entra numa cidade, Pintinha parece dormir deitada atrás, as ataduras avermelhando.
– Ela precisa ser medicada – Mariane fala baixinho e Pintinha geme:
– Me deixa aí em qualquer canto, chefinha, eu me viro.
– Fique quieta – Mariane dirige devagar por ruas quietas – Você já fez sua besteira de hoje.
Ele lembra, médico tem de comunicar à polícia todo ferimento à bala, não tem?
– Quieto você também, também já fez muita besteira.
Cirurgião geral e obstetra: placa no jardim de sobrado elegante. É este aqui, diz Mariane. Levam Pintinha, casal muletas, ele mancando também, e a sala de espera está vazia. Mariane bate sineta no balcão, secretária gordinha aparece mastigando, diz que o doutor está no hospital. Mariane diz que é urgência. A gordinha vê Pintinha gemendo em poltrona, pega o telefone e discando recita:
– Aqui no consultório é preço de consulta particular.
Mariane com sorriso de desdém:
– Pagamento adiantado?
A gordinha se faz de ofendida, disca olhando os pés dele descalços com seus anéis roxos. Fala com o médico, tapa o fone:
– Que tipo de urgência?
Mariane pega o fone:
– Doutor, se o senhor não vier já, vamos procurar outro.
E desliga. A gordinha vai indignada para os fundos, Mariane olha o relógio no pulso; vamos dar dez minutos, sussurra, e sorri dizendo que é herança do pai. Logo o doutor chega, gordo e peludo, jaleco branco suado. No consultório, deitando na cama de consulta, Pintinha sussurra: parece açougueiro. O médico tira a toalha, olha o buraco de bala:
– 22 ou 32?
– Automática. Caiu e disparou.
Mesmo assim, o médico avisa, terá de comunicar a polícia depois de medicar. Mariane fala doce:

– Doutor, nós temos de ir. Vamos deixar esta moça para o senhor cuidar, voltamos depois para pegar. Quero que ela fique aqui, não em hospital, e que o senhor não avise a polícia.

O médico vai falar, ela enfia a mão no bolso.

– Vou já deixar uma coisa para o senhor.

Deixa na escrivaninha um maço de notas novas.

– Na volta, dou outro tanto. Certo?

O médico examinava a perna de Pintinha e, com sangue nas luvas, pega o dinheiro, conta as notas, deixa numa gaveta. Tira as luvas, volta para Pintinha.

– Ela vai ter de tomar uma bateria de remédios.

– Doutor – Mariane envesga – ali tem muito dinheiro. Por enquanto, chega.

Pintinha com voz dolorida:

– Me leva com vocês, chefinha, me leva.

Mariane lhe passa os dedos nos cabelos encaracolados:

– Você vai ficar bem. É o certo, você sabe.

– Eu sei – olhar sorrindo, boca entortando de dor – Vão com Deus.

O doutor está de costas para eles, Mariane pega a automática debaixo da blusa e enfia na sacola de Pintinha. Dá beijo na testa, Pintinha pisca para ele.

– Cuida dela direitinho, preibói.

Mariane olha o relógio e comanda – Vamos – e ele vai. No carro, pergunta como ela teve tanta certeza do médico aceitar o negócio.

– Se é cirurgião geral e obstetra – ela arranca – deve gostar muito de dinheiro.

Além disso, a clínica tinha duas entradas, uma para o povo da Previdência, decerto pela manhã, outra para os clientes particulares – ele não notou?

– Acho que estou meio tonto, apanhei na cabeça.

– É bom pra aprender.

– Você tinha razão, eu não conhecia o Delegado.

Ela olha bem a cara dele, o olho agora fechado.

– Bateram mesmo, hem, desculpe.

– Você não tem culpa de nada.

Deve ser coisa do tal Tao, na verdade também tão indiferente e cruel como o velho Deus de barbas brancas, que mandou Abraão matar o filho, ou que mandou um filho para sofrer e morrer em dor na Terra. Ela lhe põe a mão na coxa:

— Diz-que perguntar o que alguém está pensando é um jeito de querer prender, né...

— Eu estava pensando em você.

Ela morde os lábios.

— Nós viramos sua vida do avesso, não foi?

— Não faz mal – ele olha as alianças roxas nos pés – É o Tao.

— Como sempre. Mas você consegue calçar os tênis? Nós vamos ficar num hotel no Rio, isso aí chama muita atenção.

Ela suspira fundo, soltando o ar com os lábios em bico, morde os lábios, como sempre primeiro o de cima, depois o de baixo, tão bonita que parece irreal. Diz que tudo só dá certo por linhas tortas, não existe linha reta na natureza. Na escola no Jari, era a única menina que gostava de dissecar sapos, os meninos admiravam. Depois, nos Estados Unidos, não passou nos exames para Medicina, foi para Enfermagem. Formada, trabalhou dois anos para o governo, no Hospital dos Veteranos, conhecendo todo tipo de dor, física, psíquica, política. Depois, mais um ano em UTI pediátrica:

— Todo dia com crianças à beira da morte. Mas se tivesse entrado em Medicina, não estaria aqui hoje.

Ele deixa o silêncio falar um bom tempo até perguntar o que ela vai fazer de volta nos Estados Unidos. E, se conseguirem mesmo vender as pedras, como vai levar tanto dinheiro? Ela ri:

— Tá brincando? Dinheiro sair daqui não é problema, entrar lá é que será!

E não tem qualquer ideia do que vai fazer da vida:

— Por enquanto, vou fazendo o que o destino manda.

O pai lhe ensinou que gente é o único bicho do planeta com vontade própria, podendo escolher e mudar a vida, mas agora ela meio que discorda:

— Metade mandamos na vida, metade somos mandados. Está com fome?

Entra no pátio de posto com restaurante, estaciona entre caminhões na sombra de grande árvore. Sobe a mão pela coxa e lhe pega no meio das pernas:

— Machucaram aqui também?

É a outra Mariane de repente. Manda esperar no carro, vai para o restaurante e volta com garrafas de água e duas marmitex.

— Melhor comer no carro. E joguei no mato o 38.

Ele não discute mais, obedece. Comem arroz-feijão com frango e salada, trocando olhares parceiros, lambuzando as mãos. Depois escovam os dentes nos respectivos sanitários e, quando ele sai, ela já está esperando.

— Achou que eu podia fugir?

Ela responde lhe dando beijo na boca, sente com a língua o dente quebrado, abraça forte e fala no ouvido:

— Eu amo você.

E ele quase diz eu te amo também, quase. Beija-lhe os olhos, deita no banco de trás e tenta dormir, se entregando. Será o que Tao quiser.

É noite quando chegam ao Rio e ela deixa o carro em estacionamento, dando gorjeta para ligarem à locadora. Pegam táxi e ela manda tocar para o Hotel Serrador, mochila nas costas, a mala numa das mãos, mochila dele na outra.

— Eu ficava nesse hotel com meus pais quando vinham ao Rio. Cada dia o Major levava a gente a um restaurante diferente.

Quase toda noite iam a teatro, a mãe gostava muito e ela, desde menina, entrava nas peças para adultos.

— Vi peças de Nelson Rodrigues com catorze anos. E quis ver de novo, só pra contar quantas vezes falavam buceta, perdi a conta.

Ele calça os tênis no táxi, e no hotel ela enche as fichas como casal, com nomes falsos, pede apartamento com banheira. Chama atendente, bota dinheiro na mão, manda comprar um quilo de sal integral e trazer balde com gelo.

No quarto, ele deita na cama de casal e ela lhe tira os tênis, as meias, examina os dedões, o olho inchado. A cabeceira espelhada mostra que agora o olho está no meio de grande mancha roxa. Ela lhe tira as roupas, começa a lhe beijar o corpo.

– Aqui não machucou?

Quando batem na porta, está trepada nele e grita gozando:

– Volta depoooooiiis!

Depois deita sobre ele.

– Eu te amo – fala baixinho.

– Eu também – ele fala mais baixinho ainda, lembrando Maurílio:

– Quando mulher fala "eu te amo", eu sempre falo "eu também", ou seja, eu me amo!

Batem de novo e ela vai abrir a porta, volta com o pacote de sal. Enche a banheira de água quente e despeja o sal, manda ele deitar ali. Ensopa toalha no balde de gelo:

– Bota no rosto. Vou telefonar ao Major.

Ele obedece; agora, só obedece.

É já noite de lua alta quando saem para restaurante, ele ainda com as mesmas calças e camiseta amassada da mochila, onde no fundo guardou suas duas esmeraldas, bem embrulhadinhas em saco plástico do hotel. O rosto não melhorou, mas os dedões já não doem tanto. Ela escolhe mesa de canto, claro, de onde ver tudo e todos sem ser muito vista, e o Major chega logo depois, camisa florida, João muito sério de terno e gravata. O Major brinca:

– Tem gente que até pensa que eu sou motorista dele...

Está de calças brancas e sandálias franciscanas, ela diz que só falta a máquina fotográfica para um perfeito turista. O Major segreda:

– Minha intenção é parecer carioca, isso sim, pra não ser assaltado... Aliás, o que houve com você? – apontando seu olho roxo.

– Brecou forte, bateu no volante – Mariane mente com voz penalizada, o Major com voz penalizada finge que acredita: – Pobre rapaz...

Pede vinho verde e bacalhau.

– No Rio se come o melhor bacalhau do mundo, nossa melhor herança portuguesa! Seu pai sempre pedia isso, Méri, lembra?

Entre garfadas e goles vai lembrando do Coronel, da mãe dela, de uma viagem a Petrópolis, de piqueniques na praia quando Copacabana ainda era praia tranquila, das peças de teatro onde ela sempre dormia antes do final, e ela emenda: menos nas de Nelson Rodrigues. João parece nem estar ali, come sem beber e, como tem corpo de atleta, ele pergunta que esporte pratica.

— Nenhum. Só praia.

O Major desmente:

— João é mestre de capoeira.

Mas capoeira não é esporte, João rebate sério, come com gestos meticulosos. Quando acabam de comer, o Major escolhe um vinho do Porto, depois pede a Mariane para contar da viagem Alta Mata-São Paulo. Ouve bicando o vinho, faz uma ou outra pergunta, concorda que tiveram sorte; mas não podem mais confiar:

— Vão ficar na fazenda bem quietinhos, certo?

Ele deixa Mariane concordar pelos dois. Ela pergunta das pedras, o Major diz precisar de vários dias, talvez semanas para vender bem tudo aquilo. Será até melhor lapidar as pedras maiores, fazer lotes. E também será melhor ela esperar algum tempo antes de tentar sair do país:

— Para tudo esfriar, aí bolamos uma boa rota de fuga.

Mariane suspira com o olhar perdido, mas depois olha para ele e sorri:

— A gente espera. Então você precisa comprar roupas amanhã.

Como se já esperasse por isso, João diz que às nove passa no hotel. Quando saem do restaurante, João vai na frente, na calçada olha para os dois lados, a mão no bolso do paletó. O Major se orgulha:

— João é muito cauteloso, vocês vão ver.

Abraça Mariane e estica o dedo para ele:

— Cuida bem desta moça, hem!

— Já me pediram isso, mas ela é quem cuida de mim.

— Você tem sorte.

A língua está ferida de passar no dente quebrado, mas ele concorda:

— É, quando não dou azar, sou um cara de sorte.

No café da manhã do Hotel Serrador, Mariane vira criança: bota de tudo um pouco no prato – queijos, salame, presunto, ovos, salsichas – e enche outro prato com frutas. Num terceiro prato pega também pão, bolachas e copinhos de iogurte.

— Passei dois anos num garimpo.

Mas, quando senta, vai enfiando quase tudo num saco plástico por baixo da mesa. Abre pães, faz sanduíches e enfia no saco. Ele pensa que é para a viagem mas, quando vão comprar roupas, ela dá o saco a meninos de rua.

— Sempre quis fazer isso e meu pai não deixava.

Em loja perto do hotel ele compra duas calças, camisetas, cuecas e meias. Detesta provar roupa em loja, mas Mariane quer que prove também uma sunga, tem rio na fazenda. Quando voltam ao hotel, antes ainda das nove, João já está no saguão. Mariane pega a mochila e a mala no quarto, paga a conta na portaria e fala que, se ele quiser telefonar, é melhor agora, mas lembrando de não dizer onde está, nem mesmo a cidade. Ele liga primeiro para a mãe:

— Estou num lugar escrevendo um romance, não precisa se preocupar.

— Como não me preocupar?! Primeiro me avisam que a polícia andou perguntando por você na padaria, depois ligam da tal revista de mulher pelada perguntando se eu sei de você, depois teu amigo bêbado liga dizendo que foi ao apartamento e está tudo revirado, e você quer que eu não me preocupe?!

— Isso, mãe, não se preocupe. Eu ligo daqui a um tempo.

Desliga. Enfia a mão no bolso de trás e ali está o papelzinho amassado com telefone de Maurílio. Foi revistado, apanhou, tomou chuva, viajou tanto e, passado de calça para caça, o papelzinho ali; deve ser o Tao.

Maurílio atende animado como sempre, se dizendo feliz de ouvir o amigo, mas de repente baixa a voz:

— Estive no teu apê, meu, tudo revirado. Não quero que a Sandra saiba, ela cuida demais de mim, até temo virar um bundão. Mas que que tá acontecendo? Tá precisando de mim, companheiro?

É o velho Maurílio que assaltou banco para partidinho rival do seu próprio partido, "só pra dar uma mãozinha, o pessoal não tinha experiência".

— Maurílio, polícia está atrás de mim.

— Até aí sem novidade, falei com o porteiro que abriu o apê pra eles. Mas porque estão te procurando?

— Não dá pra explicar agora, Maurílio, preciso é de uns filmes que deixei na mesa.

— Não vi nada na mesa, tenho certeza. Quer que eu volte lá pra procurar?

— Não precisa. Até, Maurílio.

— Escuta, cara...

Desliga. Liga para a *Playboy*, o editor não está de novo, fala com o sub:

— Onde você se meteu, homem de Deus? — a voz aflita.

— Anotaí. Mando *Um tesão de garimpo* quando der, acho que sem fotos.

— Tudo bem, mas sabe quem está procurando você?!

Desliga. No carro a caminho da tal fazenda, com João ao volante, ela vê sua tristeza e pergunta que que há. Ele conta que levaram os filmes, e ela fica mordendo os lábios até dizer que precisa contar uma coisa. Trocou os filmes.

— Em Marabá, comprei filmes no hotel e troquei. Os que você usou no garimpo estão na minha bolsa.

Pede vesguinha:

— Desculpa. Eu não sabia se podia confiar em você.

Ele sorri, esquecido do dente quebrado, ela fala que ele precisa de dentista.

O REFÚGIO

A FAZENDA Palestina é pastoril: de qualquer janela veem carneiros de um lado ou, do outro lado, búfalos pastando. O nome da fazenda está gravado a formão num tronco envernizado suspenso no jardim. O casarão é antigo, de paredes grossas, com varandão de onde se avistam o vale e as montanhas. João mostra toda a casa, e Mariane escolhe um quarto dos fundos com janela para o pomar.

– É bem quieto pra você escrever.

– Quem disse que vou escrever?

– Vamos passar um bom tempo aqui, porque não aproveita?

Ele quer retrucar, mas a língua passa no dente quebrado, fica quieto. Ela continua: afinal, se ele queria escrever o romance, agora tem paz e tempo; e do apartamento sua mãe tem chave, pode cuidar, não? – e mesmo que não, ela viu que lá só tem plantas secas, não é preciso regar; então:

– É sentar e escrever.

– Hemingway escrevia em pé – ele brinca mas ela continua séria, tirando roupas da mochila para os cabides, uma Mariane doméstica. Tranca a mala de esmeraldas num armário, chaveia, enfia a chave no bolso e sai; ele se vê sozinho e sorri para o espelho.

Um buraco no lugar do canino direito. Calombos na testa. O olho começou a desinchar mas ainda fechado. A mancha roxa cresceu mas clareou. Pega suas duas esmeraldas e enfia num par de meias enroladas. Toma banho, veste camiseta nova, cueca e calças novas e senta diante do caderno. Para escrever o romance, vai precisar de caderno grande de capa dura, comprará quando for ao dentista. Por enquanto, escreverá a reportagem – e fica pensando numa primeira frase, a abertura já tem de conter o tom, o jeito geral da história, sonhos e delírios garimpeiros na Amazônia. Mas a frase não sai, ele passa a andar pelo quarto, móveis antigos e pesados, a cama de casal imensa, acaba deitando para sentir o colchão; quando Mariane entra, está cochilando. Ela chama para o almoço e, no salão, apresenta o caseiro, que andava fora quando chegaram; um sujeito de *jeans* e botinas, barbicha caipira mas brinco na orelha, sotaque rural mas palavras urbanas:

– José da Silva a vosso dispor.

Diz que é caseiro, jardineiro e cozinheiro, e para o almoço fez polenta de milho-verde com frango ao molho, salada de folhas que ele mesmo planta sem veneno. Comem em silêncio até que José e João começam a se falar da fazenda, das instruções de trabalho do Major, e ela pergunta como vai o romance. Ele fala que vai primeiro escrever a reportagem, ela para de comer. Fica olhando como se ele fosse bicho estranho numa jaula, até perguntar o que ele quer afinal:

– Escrever o romance ou reportagens de fantasia?

Ele fala que vai primeiro escrever a reportagem porque tratou com a revista e, além disso, pode ser que nunca seja escritor.

– Mas repórter sei que sou.

Ela continua olhando como se fosse bicho.

– Você pode mudar, ora, eu era enfermeira, virei garimpeira, agora só Deus sabe!

Ele passa a língua no dente, concorda:

– Tudo é possível...

A língua quase a se cortar.

– ...só não é possível que, aos trinta e cinco, alguém ainda queira mandar em mim! Chega minha mãe!

– Eu? – os olhos azuis arregalando – Eu mandar em você?!

– Ora, tenente, você tem mania de mandar em todo mundo, é a pessoa mais militar que já vi!

Ela fica olhando através dele, boca entreaberta, até levantar deixando o prato pela metade, fala saindo:

– Só espero que não mande a tal reportagem pelo correio, não é? Já chega o que fez em São Paulo...

Ele também deixa o prato pela metade, vai para o pomar, anda cego de raiva entre as árvores, até que se vê numa estradinha cascalhada. Vai se acalmando de ver carneiros a pastar na paz do vale. Sai da estrada, anda por trilhas e pastos, varando cercas, às vezes parando para olhar os bichos, tão felizes sem ambições nem paixões.

Os pés doem, mas não se importa. Percorre todo o vale, depois fica horas olhando nuvens, sentado debaixo duma árvore, as costas no tronco. As árvores são firmes, gente não.

– Gente dá raiva – fala para as nuvens – Gente dá nojo.

O sol morrendo já vai borrando o céu de nuvens coloridas. Volta ao longo do vale, ouve rumor de água. Dá com cascatinha de riacho no rego entre dois morros, bosquezinho em volta. Já escurece, mas parecem árvores de fruta. Vai pegando uma folha de cada árvore e amassando nos dedos para cheirar: amora, jabuticaba, pitanga, goiaba, suas frutas de menino.

Sobe o morro através de capinzal, atola os pés, o riachinho começa em vários olhos d'água por ali. Uma mina jorra de bambu espetado em barranco. Agacha, bota a cabeça no jorro de água gelada. Volta e, na cascatinha, tira a roupa e se banha. O chão é coberto de pedras chatas, e a água cai em pedra grande que parece estar ali desde sempre e, quando senta nela, sente que foi colocada para isso mesmo, decerto por quem também plantou o pomar protegendo a nascente.

Fecha os olhos com água batendo nas costas, quando abre Mariane está ali, pelada e branca na quase escuridão, dizendo te procurei por todo o vale. Passa um pirilampo e ela se estapeia, diz que é a hora dos pernilongos. Daí senta sobre suas pernas sentado na pedra, e ficam cara a cara. Abraça, pede desculpa sussurrando no ouvido, e se beijam com água caindo pelos ombros; ela beija suas feridas no rosto. Sabe o que vou fazer? – sussurra, e ele diz que sabe: você vai enfiar a minha vara de Adônis na tua gruta de Vênus... e ficam tempo ali, ele sentado na pedra com ela no colo, beijando seus seios molhados até que gozam juntos, calma e demoradamente, depois continuam abraçados até sentir frio.

Enquanto se vestem, ela diz que não é que tenha mania de querer mandar nos outros:

– É que, se não for assim, aqui no Brasil nada anda... E era também por causa delas, cada uma sozinha estava perdida, juntas se atrapalham tanto!

— São como todo o mundo: precisam da ajuda dos Estados Unidos, não é?

Quando ele agacha para calçar os tênis, ela fala pegando sua cabeça nas mãos: por favor, entenda que agora devemos ficar na fazenda quietos. Na moita, como se diz no Brasil, sem contato com ninguém:

— Com ninguém, entende? – tocando-lhe a pálpebra inchada – Pois você aprendeu, não?

Beija de novo suas feridas, o olho inchado, os calombos da testa, os lábios partidos, e ele concorda. Então vamos, ela estende a mão como se fechando negócio, e vão pelo vale de mãos dadas.

No casarão, João e José já jantaram, a louça está lavada, mas o caldeirão espera no fogão a lenha ainda com braseiro e, depois da sopa de mandioca com cambuquira, baixa neles um cansaço de dias. Dormem abraçados na grande cama de casal, e ele acordará com torcicolo. Mas mesmo assim, na mesa do quarto com o vale à vista, volta a escrever seu romance sobre a luta armada e as paixões políticas, o exílio e as paixões carnais, tudo mexido e misturado ou, conforme Maurílio, "paixão é doença do coração e política é doença da cabeça".

Escreve a manhã toda, almoça leve, dorme um pouco, continua a tarde inteira e escreveria noite adentro se não descobrisse a adega. José aparece com vinho tinto antes do jantar, a garrafa fresca, ele pergunta se estava na geladeira. Não, diz José naturalmente, estava na adega. Ele vai ver e não acredita: num porão de paredes de pedra, frio e seco, as garrafas enchem prateleiras de madeira, meio deitadas como se deve. José acende luz violeta, ele vai lendo os rótulos.

São franceses e italianos, só tintos, apenas preciosidades. E espanhóis e portugueses, inclusive do Porto. Alguns chilenos que ele nunca viu antes, e de repente também gregos, checos, austríacos, romenos, todas as garrafas cobertas por fina e fria poeira.

— O Major teve paixão por vinho – José explica, e ele pergunta porque *teve*, a paixão passou?

— Ah, passou – José fala sempre com naturalidade – Voltou pro uísque.

Ele está maravilhado. Já muito sonhou com uma adega, começou mesmo a formar adega várias vezes, sempre acabando por beber logo a adega toda. Pega as garrafas com tanto carinho que José sorri:

— Também gosta de vinho pelo jeito... Pois o Major tinha o maior xodó por isso aí, não deixava mexer nem na poeira – José sopra uma garrafa – Mandava vir da Europa de avião, a gente ia pegar no aeroporto que nem cada garrafa fosse um bebê, não podia chacoalhar, tomar sol nem pensar...

Ele volta a reparar que José fala acaipirado mas usa brinco e boina preta com a marca da Anarquia em amarelo. Dá a ele uma garrafa:

— O Major gostava muito deste, e mandou abrir a adega à vontade. Falou que vocês merecem.

Ele estende a mão:

— José, você é um anjo.

— Eu sei.

A mão é áspera e calejada.

— Você se acha um anjo, José?

— Se for – José sorri – um anjo a seu serviço.

Então antes do jantar ele abre a primeira garrafa, e no jantar Mariane toma só uma taça, João outra, ele bebe o resto. A segunda garrafa beberá sozinho, vendo estrelas e ouvindo grilos no varandão. José vem perguntar o que vão querer de almoço amanhã, para descongelar. O congelador está cheio de comida pronta, sobras das visitas do Major:

— Ele pede feijoada, por exemplo, convida toda a vizinhança. Aí, de medo de faltar, manda fazer dois caldeirões dos grandes, no fim sobra muito, ainda bem que vocês vieram...

O congelador tem feijoada, empilhada em potes plásticos etiquetados, e sopas de barbatana, de fubá com peru, mandioca com costela, canja de galinha caipira, carneiro com grão-de-bico e assim por diante.

— O Major vive uma bela vida, hem, José?

— Nosso destino é viver, não é?

— Tome mais vinho.

José põe na taça um dedo de vinho e três de água.

— José, você bota água em vinho francês?!

– E nos brasileiros também.

Ele ri, já sem vergonha do dente quebrado.

No dia seguinte, Mariane come indiferente a feijoada como se fosse arroz-feijão, olhos baixos, muda e distante. Depois fica suspirando na varanda até desabafar com voz fria:

– Você bebe feito um gambá, não é? Ontem abriu a segunda garrafa antes da primeira acabar, reparou?

Ele fala que nem sabia que gambá bebe, e que abriu a segunda garrafa antes da primeira acabar para dar ao vinho tempo de respirar. Pobre vinho, diz ela, mal respirou...

João e José vêm para a varanda, ela diz ah, deixa pra lá, não quero mandar na vida de ninguém. José diz amém, senta como se fosse dono, pés no peitoril, e tira cigarro de palha da camisa, pede fogo a João. Pinta isqueiro de ouro na mão do mulatão, José acende o cigarro, comprido e fino como um palitão, passa a Mariane. Mariane traga fundo, segurando a fumaça com a boca fechada.

– Fruto da terra – diz José pegando o cigarro, traga enquanto Mariane solta a fumaça com cheiro de maconha.

– Você fuma isso?

– Aprendi no Exército, com um major médico.

João olha o vale, José sorri para o vale, ele fala para o vale:

– Major, é? Bem dotado decerto...

– Médio. Mas me ensinou muito.

– O que, por exemplo? – ele enche a taça até a borda.

– Me ensinou – ela pega o cigarro – que existem machos e existem homens.

Ele diz que é uma frase bonita, até filosófica, mas fumar isso é atraso de vida.

– E isso aí? – ela aponta a garrafa – Isso aí mata!

Ele bebe e diz que ora, se vinho matasse, toda a Antiguidade tinha morrido. Ela fuma tão fundo que engasga. José diz que ele devia provar, é produção própria, coisa fina. Ele diz não ter nada contra droga nenhuma, só não gosta de lidar com quem puxa fumo:

– Vivem sonhando.

Ela ri:

— Olha quem fala! Você vive sonhando com "um dia" fazer o que quer! Porque não hoje? O único dia que existe é hoje!

— Hoje escrevi a manhã toda, ontem o dia inteiro.

— Veremos amanhã – é mais uma nova Mariane, azeda – O café da manhã vai ser na adega?

— Mas quem você pensa que é? – ele bebe um grande gole – Minha mãe?!

— Ah, quer saber? – ela puxa uma grande tragada – Beba até explodir! – fala se afastando a soltar fumaça como em história em quadrinhos.

Mulher é isso, diz ele, vira dragão de repente, e José diz que gente é bicho complicado. João sai da casa com toalha, só de calção, tão musculoso que parece feito de madeira. Ele vai perguntar a José quem teve ideia de plantar o pomar e arrumar as pedras da cascatinha, vê que ficou sozinho. Vai encher a taça, derruba bestamente a garrafa, que rola e, quando alcança, está quase vazia.

Vai à adega pegar outra, passa pelo quarto e Mariane está com tesoura cortando umas calças, ele fica olhando e ela não ergue os olhos; enfim veste as bermudas e vai para o vale, ele vê da janela, no rumo da cascatinha para onde João também foi.

Ele volta para a varanda com outra garrafa, fica vendo a lenta dança das nuvens. José também vai para o vale com toalha no ombro.

— Vão pro inferno.

Dizer que gente é bicho complicado, escreve, é ofender os bichos. Já cada vinho é melhor que o outro, e quando o sol se for e a lua levantar, irá dormir trombando em móveis na casa escura; sozinho.

Acorda sozinho, ao lado de garrafa vazia, cheio de ressaca. Na cozinha, Mariane discute a busca de Pintinha como operação de guerra, tentando convencer João, que nada quer fazer sem consultar o Major. João telefona, o Major fala com Marianne e concorda, e ela começa a dar ordens assim que desliga o telefone. João deve ir com José, no jipe da fazenda, até cidade a quase duzentos quilômetros dali, de onde José voltará com o jipe e João alugará um carro, daí buscando Pintinha. Ele pergunta se não é muita paranoia alugar mais um carro, afinal estão longe do Rio de Janeiro. Ela se irrita:

— Então digamos que sou paranoica como o senhor é palpiteiro. Pintinha foi baleada porque o senhor, mesmo bem avisado pela paranoica, fez o que não devia, e, agora, continua dando palpite infeliz!

Pois Portuguesa sabe que Pintinha foi baleada, é só a polícia do Rio avisar todas as delegacias — prometendo recompensa, claro — e vão fuçar todo pronto-socorro da região.

Ele enche a boca de pão para não falar mais nada, ela continua com o plano. Depois de pegar Pintinha, João deve parar várias vezes na rodovia, para ver se não são seguidos. Se forem seguidos, não devem voltar para a fazenda mas contatar o Major, João telefonando de onde puder, aí o Major comanda.

Ela faz José repetir o que tem de fazer, pede para João repetir de novo o endereço do médico, deseja boa sorte e eles vão para o jipe. Ela pega mochila, diz que volta à tarde ou à noite. Ele fica vendo ela sumir no vale, depois pega o caderno e a caneta, vingativamente escreve páginas da reportagem. Espanta ver, no relógio de pêndulo, que só passou uma hora. A reportagem jorra dos dedos como água de mina. Para comemorar vai à adega, antes procurando pela casa o canivete e o saca-rolha, até descobrir que está no bolso. Brinda sozinho:

— À arte!

Fala ao salão do casarão:

— Infeliz no amor, feliz na arte.

E não escreverá mais uma linha nessa manhã, bebendo na varanda com a brisa e os passarinhos.

José volta no jipe com sua arruivada barbicha *hippie*, as botinas de caipira, nos braços dois feixes de palmitos para comer e meia saca de coquinhos para plantar, comprou na estrada.

— Já viu o viveiro?

É atrás do casarão, um cercado de taquaras com esteios de bambu, vazando sol por milhares de frestas, estriando de luz e sombra o chão forrado de mudas. As taquaras são amarradas por cipós, José se orgulha:

— Não usei um prego.

As mudas são plantadas em saquinhos de leite e garrafas pet, a reciclagem é outro orgulho. São centenas, ele fala e José corrige: são milhares de mudas, muitas de sementes tiradas de frutas que o próprio José chupou. E já dão frutas os pés plantados faz ainda poucos anos, quando chegou para ser caseiro da Fazenda Palestina. Nem era esse o nome, era Fazenda Santo Antônio, mas ele gravou o nome Palestina no tronco lá no jardim, e todo mundo começou a chamar de Fazenda Palestina, ficou; o Major até trocou o nome no cartório. José é falador, vai espichando caso: que então fizeram churrasco de chão, de dois bois, para comemorar com a vizinhança, e de tanto champanhe o Major quase caiu na valeta cheia de lenha queimando.

– E porque Palestina, José?

– A Terra Prometida, né – José sorri leve – A Terra Prometida é onde a gente está, é onde a gente tem de plantar – o olhar brilhando.

Planta na região toda. Começou com os vizinhos de cerca. Visitava cada um com muda de palmito de presente, comprada na cidade, e pedia licença para plantar ali, pegava a cavadeira no jipe e plantava, deixando a muda estaqueada e cercada de paus trançados.

– Senão galinha belisca.

– Embora bicho pior pra planta seja gente mesmo, não é?

Mas José não engole isca, não fala mal nem da Humanidade; continua contando que, depois, levava outras mudas, já de produção própria, sempre que visitava algum vizinho; alguns sítios já tinham seu pomarzinho.

– Mas noutros nem uma muda vingou, não é?

José arregala os olhos:

– Como é que sabe?

– É bíblico: a parábola das sementes.

José coça a orelha do brinco quando fica embaraçado, enfiando os dedos nos cachinhos enrolados que saem da boina. O chão está úmido, José aguou o viveiro bem cedo, antes de sair de jipe com João. Agora vai levar um leitãozinho a um vizinho que deixou de queimar a capoeira como fazia todo ano.

– O cara deixa de queimar a própria terra e você lhe dá um presente?

– É – José sorri olhando as mudas, e de repente pergunta se ele está sentindo.

– O que?

— O cheiro do chiqueiro. Mudou o vento, vai chover.

Voltam pelo pomar velho, como José chama, jabuticabeiras de quase século, plantadas no tempo da fazenda de café, vizinhos antigos dizem que ali pousavam tropeiros. Alguns galhos estão podados de pouco, José diz que estavam podres, são árvores muito velhas.

— Porque não corta e planta novas?

Como se as jabuticabeiras pudessem ouvir, José sussurra que tem mudas crescendo noutro lugar:

— Mas vou esperar cada uma aqui morrer, pra então plantar cada muda no lugar. Se deixar as mudas aqui, as velhas morrem mais cedo pra abrir espaço, jabuticabeira tem muito sentimento. Além disso — ergue a voz para que as jabuticabeiras ouçam — quanto mais velhas, mais dão jabuticabas doces.

Dali se vê um brejo com búfalos, ele pergunta de quem são e José ri:

— Tudo que se vê daqui é do Major.

Mais de mil cabeças de búfalo, mas deles quem cuida são os peões, vivendo pra lá da cerca:

— A gente não se dá bem.

— Porque, José?

— Porque — José pensa bastante antes de falar — eles gostam de boi, eu gosto de plantas.

Então é dali que o Major tira dinheiro, ele pensa em voz alta e José ri de novo: não, o gado não é criado por dinheiro, mas por gosto, embora às vezes até dê lucro.

— Dinheiro o Major ganha mesmo é com os negócios dele...

— Na Bolsa?

— Ah, ele compra e vende de tudo, acho que só não vende gente...

Quanto valerão as duas esmeraldas? Talvez possa mesmo parar com jornalismo um ano ou dois e escrever o romance.

— Você vive pra plantar, hem, José?

— A gente tem de fazer alguma coisa na vida, né, melhor ainda se faz o que gosta...

A Terra Prometida, ele vai para a adega, o romance é sua Terra Prometida. José vai cuidar do almoço, ele da garrafa. Tenta escrever mas nada sai, distraído por passarinhos, nuvens, vento, formigas.

Lá pela uma da tarde, bem depois de abrir outra garrafa, chega um carro. Pintinha sai com o pé enfaixado, pau de vassoura como bengala, na outra mão garrafa de champanhe. Grita – Cheguei, preibói! – e bebe gole no gargalo, dá a garrafa a João e corre manquitolando para lhe dar abraço apertado, o pau de vassoura lhe golpeando a cabeça, ela nem percebe. José vem da cozinha, ela estende a mão para ser beijada, José beija.

– Finalmente um cavalheiro – ela se encanta – e sabe falar? Porque o outro ali não abriu a boca a viagem toda! Nem queria parar pra eu comprar champanhe! – e pega de volta a garrafa, João imperturbável estátua viva.

– E a chefinha?
– Por aí.
Mas é melhor assim, podem comemorar em paz:
– Tem champanhe bem melhor na adega.
– Adega?!
– É, você merece.

Abre champanhe, coloca em balde com gelo, coisa tão chique, diz Pintinha, no garimpo balde só levava cocô pra fossa. Despreza a taça, pega a garrafa e vai ver os carneiros, o pomar. Ele está abrindo outra garrafa quando Mariane chega de roupa suada, mochila cheia. Pintinha abraça e chora repetindo reencontrei minha chefinha, minha chefinha.

– Pare com isso – Mariane tira da mochila queijo e latas de leite condensado – Nenhum problema?

Nenhum, João garante, não foram seguidos; ela diz que já sabia:
– Vi lá do morro – tirando binóculos da mochila.
Ele fala frio como ela:
– Então a senhora ficou lá olhando de longe, até com comida na mochila porque, se pintasse problema, se mandava sozinha, certo?
– Certo – ela pega a automática da sacola de Pintinha e vai para o quarto com a mochila ainda pesada de esmeraldas.

Comem os, como diz José, aperitivos do Major, presunto espanhol, salame italiano e queijo francês com torradas alemãs. Ele pega o gravador, a fita cassete quase cheia. José tem pilha de fitas de Raul e dos Stones, mas uma só fita virgem onde ele grava, na varanda com passarinhos ao fundo, a história de Pintinha e o médico:

— Foi o seguinte, preibói. No que vocês me deixaram lá, aquele médico virou o capeta. Queria saber de mais dinheiro, o bicho só pensava em dinheiro, mas eu pensei: vou ser mais viva que tu, urubu, vou me fechar que nem tatu, só que antes deixando ele ver a ponta da minha unha, pra saber com quem tava lidando. Tirei o revólver da sacola, bem na vista dele, botei debaixo do travesseiro e falei olha, moço, já nem chamei de doutor, olha, cuida bem de mim que eles vão voltar, viu, e se não forem eles, quem vem me buscar é meu irmão, patrão deles, grande bicheiro do Rio de Janeiro, entendeu? E meu irmão tanto sabe agradecer bem um favor como sabe cobrar desaforo muito bem cobrado também, entendeu? E o doutor ali, abobado, até que disse entendi, engoliu como se fosse um caroço de pitomba e eu pensei comigo ó só, tá na minha mão o bocoió.

Mariane ouve de longe, cabelos ainda molhados do banho, bicando licor de jabuticaba mas cara amarga. Pintinha fala de garrafa na mão, bebe enfiando na boca o gargalo grosso de champanhe, José olha espantado.

— Nisso, por obra de Deus um nenê começou a chorar na casa, por garantia eu ainda disse moço, pelo bem dessa criança, nem pense em avisar polícia, viu? Ele nem conseguia falar, só balançava a cabeça. Então mandei fazer logo o curativo e me dar alguma coisa pra comer, e depois algum troço pra dormir, e dormi.

João se mantém estátua negra, nunca sorri, mas também nunca parece preocupado, como se Pintinha falasse de outros mesmo quando dele mesmo:

— Acordei num quarto limpo, me deram comida boa e me trataram bem, pra tomar banho a própria mulher do médico me ajudava. E nunca ouvi tanto rádio! No segundo dia perguntei se não tinha televisão, disseram que só uma, lá na sala, mas depois cochicharam, cochicharam, botaram a televisão no meu quarto. Eu queria tanto ver televisão e aí acho que vi demais, dias e dias de televisão. Então apareceu o João, pensaram que era mesmo meu irmão, o negão com jeito de quem foi criado com comida de branco, aí ficou o doutor abraçado com a mulher, ela com o nenê no colo, enquanto João juntava minhas coisas e eu disse olha, meu irmão, eles cuidaram bem de mim e merecem uma gorjetinha. João botou a mão no bolso, perguntando o preço do tratamento, e a mulher já falou que não tinha sido só isso, eu tinha ficado internada dias ali "na casa deles", com comida e tudo, "até usando o banheiro da gente".

Pintinha com olhar miudinho de raiva:

— E a chefinha já tinha dado um dinheirão praquela gente!... Então João perguntou o preço duma consulta particular, depois perguntou se pagando umas dez consultas não ficava tudo certo, mas o doutor falou pra não esquecer também os remédios, e a mulher lembrou que ficaram sem televisão aquele tempo todo. Aí pedi pra usar o banheiro pela vez derradeira, e falei que ia deixar lá um presente pra eles. Sentei na privada e usei, tendo até de fazer força, mas consegui, tanto pela frente como por trás. Depois dei descarga de leve, só um toque, pra misturar, e peguei um maço de dinheiro da sacola, segurei pela ponta com dois dedos, assim, e mergulhei naquela mistura, deixei encharcar bem, depois deixei lá no meio dos perfumes dela, pois tinha ficado um dinheiro cheirosinho também! Saímos depressinha, sem nem esperar pelos agradecimentos, mas aposto que eles lavaram direitinho na mesma horinha e penduraram pra secar no mesmo varal das roupinhas do nenê...

Ele repassa o final da gravação, para verificar se gravou – "as roupinhas do nenê..." e a risada em cascata de Pintinha, um arrotinho de champanhe.

— Donana é quem diz, dinheiro é bom mas não é tudo. Depois de um dia de garimpo, a gente chegava cansada que só, ela dizia vão se lavar, meninas, descansar, dinheiro é bom mas não é tudo, né, chefinha?

Mas Mariane não está mais ali. Nem João.

Ele bebe com Pintinha o resto do dia, até acabarem na cascata de tardezinha, bêbados de andar torto, tomando banho de roupa e brincando como crianças. Pintinha enfiou a perna ferida num longo saco plástico amarrado no joelho, para não molhar o curativo, e andam pelo bosque de fruteiras de José, ela olhando cada planta, cada pedra, rindo até de nuvem:

— Aquela parece o padre Armando!

Pai não teve, mal lembra da mãe, criada pelo padre e entregue a Deus:

— Desde menininha ele mexia comigo na cama. Com a desculpa de me fazer rezar antes de dormir, deitava do lado e ficava passando a mão, rezando e passando a mão, a outra mão mexendo lá nele. Até que soltava um gemidinho – améééémmm – e tirava a mão de mim, ia se limpar. Com o tempo, acabou botando no meio das minhas pernas, gozava na minha barriga, na minha bundinha, mas sempre rezando.

O gravador ficou na casa, mas ficará gravado na cabeça:

— Diz que puta gosta de contar a vida, e eu nem devia lembrar disso porque não sou mais nem quero voltar a ser, eu procuro é um homem na minha vida e pensei até que podia ser você, preibói, veja só. Da vida ninguém sabe, mas eu sei que puta não conta a vida porque gosta, conta porque é o que tem pra contar, e precisa contar pra ser alguém, entende?

Ela senta no chão encharcado da nascente, empunhando a garrafa:

— Com doze anos já chupava pinto mais grosso que isto aqui. Não do padre, que o padre Armando brincou, brincou, mas quem primeiro entrou em mim foi o médico da prefeitura, antes até de eu ter a primeira regra.

Bebe, olha orgulhosa a garrafa:

— Mas na minha boca, agora, só entra o que eu quiser! E Donana diz que a gente tem é de tomar cuidado com o que sai da boca!

— Jesus também disse isso.

— Aleluia.

Já é noite, e ficam ali sentados no chão molhado, arrotando para as estrelas. Ele pergunta, com a seriedade dos bêbados, o que ela vai fazer com sua parte do dinheiro se o Major vender mesmo as esmeraldas. Ela levanta usando a garrafa como apoio.

— *Se* ele vender!? Ele que não venda pra ver! Em garimpo cada um tem de fazer sua parte! Senão eu mesma corto o pinto dele com o saco junto!

Mas pior que a in-com-pe-tên-cia, ela soletra, é a traição:

— E alguém sempre trai, não viu Judas?

Tropeça, ri:

— E a gente sempre tropeça, mas o importante, como diz a chefinha, é ir em frente – e vai no rumo do casarão iluminado.

– Ir em frente pra onde, Pintinha?
– Bom, agora eu tô indo pra casa – soluçando champanhe – Já o caminho da vida, meu irmão, só Deus sabe.
– E cadê Deus?
Ela vai ziguezagueando:
– Tá no teu coração, onde mais pode caber Deus?
Ri maravilhada com qualquer pirilampo. Ele se pergunta em voz alta como alguém, depois de tudo que passou na vida, pode ser assim crente e otimista?
– Donana diz que é só perdoar, preibói... Quando emprenhei, sabe quem foi o primeiro a me chamar de putinha? – Ri: – O padre! Mas eu perdoei, primeiro menti pra todo mundo que o filho era dele e depois perdoei. Aí Deus me castigou com aborto e, com meu filhinho morto, caí na vida, preibói, até me erguer no garimpo.
– Mas agora – empunha a garrafa – estou pronta para o amor.
– E quando é que isso acontece?
– Quando você tá cheio de amor, ué! Amor por todo mundo! Amor pela vida! Amor, preibói, não sabe o que é amor?!

José cava cova no jardim.
– Mas, homem de Deus – Pintinha abre os braços para o vale – tem planta nova crescendo por todo lado, se plantar mais vai virar mata e isso eu enjoei de ver!
– Aqui já foi mata um dia – José planta a muda, fecha a cova, com a sobra de terra faz coroa em redor e cobre com palha de arroz.
Pintinha olha agachada:
– Meu Deus! Quanto mais olho, mais acho esse homem bonito!
José cora, diz que ela precisa trocar o curativo da perna. Ela então se apaixona, derramando olhar sobre José como com ele no garimpo.
Na casa, Mariane mudou para um quarto sozinha, e saiu novamente para o vale com cantil e boné, diz José. Pintinha choraminga bêbada enquanto José lhe troca o curativo:
– E eu pensei, preibói, que ela tinha achado o amor! Ai, meu anjo, será que Deus tá bravo com você? Porque gente é bicho tão complicado? Se você gosta dela e ela gosta de você, porque que...?

Ele diz que gente é assim, gente é isso, Mariane vai voltar para sua terra e ele não vai deixar o Brasil, e abre mais uma garrafa.

Ele espera até Mariane voltar, a lua minguante com seu chifre fino no céu. Ela chega à varanda, ele pergunta se acabaram, engolindo pesar pela palavra embora não ache outra: acabamos?, e de qualquer modo ela não responde. Pergunta o que ela quer dele, ela diz que nada quer:

— Eu aceito tudo que vem, meu bem.

— Meu bem?

É, ela encara vesguinha, ele é um bem que ela vai guardar para sempre na vida, uma lembrança boa a crescer no tempo; nunca vai esquecer. Ele nem pode imaginar, conta, o medo que tinha ela de sair do garimpo, arriscar a vida daquelas mulheres, arriscar até mais que a vida, os sonhos delas. Não sabia o que fazer até ele chegar, sozinho e desarmado no meio da mata com aquela máquina fotográfica.

— Acho que amei aquele homem desde a primeira vez que vi.

— Aquele homem?

— Você, aquele você.

— Eu *sou* aquele!

Ela sorri torto, olhando vesga a taça na sua mão:

— Se aquele é você, então não quero.

Pede que ele desculpe, ela se enganou, e lhe pega as mãos:

— Não quero que você mude. Seja você, só assim se é feliz. Como é mesmo? Feliz é quem se acha, não é?

Suspira, e ele diz que ela voltou a suspirar.

— Nem percebi que tinha parado — ela suspira, diz que vai andar mais um pouco antes de deitar.

Ele vai junto. Ao luar, mesmo minguante, brilham as folhas das árvores.

— Você quer que eu pare de beber, só isso?

— Só falta você dizer que para na hora que quiser, todo viciado diz isso.

Ela beija fraternalmente no rosto:

— Quero só que você seja feliz.

Abre a porteira, passa, fecha e vai pela estrada, ele fica ali. Os passos dela na estrada cascalhada soam risadinhas dos deuses. Quando ele vê, João está ali.

– Posso te fazer uma pergunta, João?
– Perfeitamente.
– Você está seguindo a gente?

Perfeitamente, João confirma, tem ordem do Major de não largar um minuto "a dona Mariana", e só foi buscar aquela fulana porque o Major autorizou.

– Que fulana, Pintinha? Fulana é a puta que te pariu!

João nunca perde a calma:

– Desculpo o senhor, bebeu o dia todo. Com licença.

João vai abrir a porteira, ele agarra pelo braço. Sente o pé de João lhe dando rasteira, flutua e cai de costas na terra, até perde a fala e, se falasse, não teria com quem: João já lá vai pela estrada, pisando leve, quase sem ruído no cascalho.

Ele levanta com cuidado, pode até ter quebrado osso, mas sente só a bexiga cheia. Urina no pé de árvore, e detrás do tronco vê passar José, também pisando leve no cascalho. Depois passa Pintinha com seu pau de vassoura, tropeçando pelo caminho que não conhece, a pouca lua escondida atrás de nuvem.

– Vão pro inferno.

Volta para o casarão, abre outra garrafa e vê televisão; só se fala no presidente eleito depois de vinte e quatro anos de ditadura, o mineiro Tancredo Neves, como repetem sempre os telejornais, como se ser mineiro fosse o sumo do ser. Ali do canto do salão, de olhos fechados como quem dormiu vendo a tevê, mineiramente ouve quando cada um deles chega, e continua ali. Cochila com a taça na barriga, derruba, a taça quebra, mas continua dormindo ali mesmo. Acorda amanhecendo, com frio e a boca seca. Zonzo, levanta para beber água, pisa em caco de vidro, corta o pé, enrola em papel higiênico e deita de novo. Só então, amanhecendo, vê que alguém deixou no sofá lençóis, cobertor e travesseiro. Depois pergunta se foi Pintinha, se foi José, mas foi Mariane, toda feliz no café da manhã:

– Eu cuido dos meus amigos!

Ele ainda tem o olho inchado, agora manca do pé cortado, cheio de ressaca mas vazio, amargo e pequeno. Mariane sorri maternal:

– Eu gosto de você, meu amigo.

A palavra é uma pedra no coração, pedra lançada em lago, a água quebrada de repente, num ponto donde partem em círculo pequenas ondas, e vão crescendo a manhã toda, até virarem grandes ondas quebrando em rochedos no peito, *amigo, a-mi-go, A-MI-GO*. Se existe o amor, ao menos o amor entre homem e mulher, ele achou e já está perdendo, otário profissional, e bate grande onda no peito, imbecil embotado de bebida como diz a mãe, e enorme onda bate na rocha espumando champanhe.

Quem muito lembra é prisioneiro das lembranças, diz Maurílio, mas o prisioneiro lembra a procurar chaves para se libertar. Depois de Marga, com todas ele é quem falou chega. Ele foi sempre quem foi em frente, deixando mulheres pelo caminho, espantalhos retorcidos de sofrimento, mas sem jamais olhar para trás. *Exilatus prolificus*, conforme Maurílio, aquela espécie que, em nome de um mundo novo, ia largando filhos pelo mundo; e ele é da variedade com muitas mulheres, porém quase sem filhos.

Tira da carteira a foto de Marga grávida, durante muito tempo foi sua única imagem da filha. Noutra foto, batida por um dos últimos exilados, a menina alemã que é sua filha, com seu nariz e os cabelos loiros da mãe, sorri para um pai que nunca viu.

Pega garrafa de champanhe, vai para a cascata. É como se a água encharcasse por dentro um corpo de espuma, sente-se todo pesado e, no entanto, ainda vazio. Mas continua tempo ali sentado na pedra com água batendo na nuca, a garrafa tampada pelo dedão, bebendo grandes goles quase em jejum. Só tomou café preto com pedaço de queijo de Minas, em homenagem ao primeiro presidente civil depois de vinte e quatro anos de ditadura. Pintinha perguntou porque falam tanto do tal Tancredo.

– O que esse homem tanto fez?

– Fez política, único jeito de chegar a presidente.

– E porque tem de ter presidente?

Se Pintinha soubesse quantas discussões ele aguentou na Alemanha com os anarquistas... Porque ter presidente? Porque ter governo?

Porque ter seja o que for? Seja como for, brindou ao presidente mineiro com a xícara de café, e agora, debaixo da cascata, o café lhe volta em arroto amargo.

Bebe mais champanhe no gargalo, em grandes goles cheios de gás, com esse chicote grosso de água na nuca, nos ombros, até que sente um arrepio, quem sabe esteja com frio, precisa sair dali – e é como se saísse de si mesmo, só lembrará de vomitar e vomitar, ajoelhado com as mãos nas pedras, a cascata lhe batendo nas costas. São uns poucos metros mas engatinha num mundo de água, água e vômito, água borrifando, água escorrendo, água por todo canto onde rasteja, quer sair dali para não virar água, e então vê Pintinha a lhe beliscar as bochechas:

– Vai fundo, preibói, depois melhora!

Vomita ainda mais, sem nada sair além duma gosma de que ela até ri:

– Menino, o teu vinho azedou...

Ele nunca foi amigo de mulher e continua vomitando, nunca teve uma amiga, o corpo se minhocando em contorções, a boca soltando gemido fundo, mistura de ronco e aquele grito que sai dos muito feridos. Geme puxando fôlego, volta a vomitar, vomita se remexendo por fora e por dentro e, longe, a voz de Pintinha repete, como se rezasse, que ele vai melhorar, vai melhorar, ar, água, ar.

Acorda sozinho numa cama de casal. Num porta-retrato, o Major está atlético e de uniforme de selva, segurando uma cobra viva, ainda grisalho, o homem que ele conheceu de cabelos brancos. Mexe a cabeça, conhecendo a agudeza da ressaca de champanhe, fala de olhos fechados:

– A cobra, símbolo da traição.

– E da luta anfíbia – Mariane está de pé ali.

Ele senta na cama e batem todos os sinos da ressaca. Ela sorri amiga:

– Você nem curou uma bebedeira, emendou com outra. Mas vai sobreviver – põe dois dedos na sua testa, como fazem as mães no filho com febre, depois sai com o andar silencioso de enfermeira.

A mochila está ali e ele enfia a mão, olha o relógio, é o dia seguinte. Há quantos anos não toma leite? É de búfala, diz José, com grande caneca de louça, leite com mel, que ele começa a tomar e se vê chorando, um choro calmo e limpo como água de mina. Vou ver minha filha na Alemanha, fala, e José só sorri.

– Você é meio santo, não é, José?

– Nada, sou gente.

Pintinha aparece e se espanta diante dos olhos molhados:

– Preibói, você aprendeu a chorar, que bom!

A José:

– Pensei que esse peste fosse morrer de tanto querer vomitar, e não saía mais nada!

– Alguma coisa saiu – José sussurra – Mal é o que sai da boca.

Ele volta a chorar, Pintinha fala que lindo é um homem chorando. Mas o espelho mostra um homem com olheiras fundas, barba desgrenhada, o olho ainda meio inchado e, arreganhada de choro, a boca banguela. Toma outro copo de leite, depois toma banho, apara os cabelos com tesoura e pente, como na dureza do exílio. Chupa laranjas caipiras, cheias de sementes mas também, diz José, cheias de cheiro e sabor, e se sente menos vazio. Ao meio-dia ainda ouve sinos, anda meio trôpego, Pintinha brinca:

– Ontem você engatinhou e hoje, olha só, nenê, já tá começando a andar!

Ele quer saber como foi até a cama, ela diz que foi levado por João:

– No colo, que nem nenezinho!

Mariane e João saíram a cavalo, voltam antes do almoço, os cavalos descansados, os cabelos molhados. José fez frango ao molho pardo. Para ele, uma canja em que mal toca, vendo João e Mariane na cascata, João sentado na pedra, Mariane no colo, mexe a canja no prato e João e Mariane se mexem na cascata, carne branca e carne negra se trançando em pernas e braços. Aguenta firme, meu amigo – Pintinha sussurra lhe apertando a coxa por baixo da mesa, então ele chora manso de novo e comem em silêncio.

– Vou te fazer uma massagem, vem – Mariane estende a mão.

No quarto ela manda tirar a roupa e deitar, ele tira tudo menos a cueca e deita, ela fala tira tudo, já te falei que não tem nada aí que minha avó não conheça. Ele pergunta se ela repete com todos as mesmas piadinhas, ela faz que não ouviu, bota ele deitado de bruços e lhe monta nas costas com os joelhos abertos. Os dedos parecem entrar nele, com firmeza e ciência, nos pontos certos, abrindo chaves nos nervos e músculos, como faz o chinês com quem ele gasta uma nota em cada crise de coluna.

– Porque está fazendo isso?

No ritmo da massagem, colocando cada sílaba nos dedos, ela diz que é porque faz bem a ela também:

– Ser é servir, meu amigo. Quer massagem completa?

Faz ele virar de barriga para cima, ainda entre os joelhos dela, e só então vê que está pelada.

– Como você tirou a roupa?

– Mágica – ela lhe beija os peitos.

Mágica ou prática? Quando ela lhe chega ao meio das pernas com a boca, vê que ele está murcho e para, suspira, diz bem, fica pra outra vez, né?

– Nunca me aconteceu isso – ele se cobre.

Ela se veste e lhe beija a testa, sai enfermeiramente silenciosa, fechando a porta devagar:

– Dorme.

Ele dorme a tarde toda e a noite inteira. Acorda amanhecendo, com tanta fome que vai tomar leite na ordenha, passando pela porteira para "os desertos da Palestina" conforme José, os pastos e brejos dos búfalos, sem árvores.

O leite espuma na caneca amassada e o peão diz que parece até cerveja branca, diga o senhor se não parece. Ele bebe espumando o bigode, e ao lamber a espuma sente como estão compridos os pelos. Pergunta como o peão faz a barba, o homem diz que com navalha. Passeia por ali, vendo que os peões não moram em casebres como esperava, mas em casas de alvenaria com antena de tevê. A mulher do peão não é banguela de pernas peludas, é mulher bonita com dois belos meninos, e ele lhe pede a navalha do marido.

Ensaboa o rosto com água quente de chaleira, numa cumbuca com sabão de coco, e começa a se barbear à navalha. O peão pergunta se ele sabe usar, navalha é coisa perigosa, ele diz que aprende depressa e acaba com o rosto cheio de cortes. Lava com pinga de garrafada, boa para cicatrizar conforme a mulher, boa para o fígado conforme o homem.

Volta olhando os bois com novo entendimento, ruminando; em resumo, o sumo é ser, seja o que for. Estão todos no café da manhã, José fez panquecas. Ficam lhe olhando os cortes no rosto. Beija Mariane na bochecha e ela faz careta:

– Você bebeu pinga?

Ele nem responde. Senta e come com o apetite dos renascidos, depois escova os dentes demoradamente como devia fazer sempre, e tira as roupas da mochila, pendura em cabides, arruma suas coisas sobre a cômoda. Pega a caneta, o caderno, o gravador e vai para o escritório do Major, justo acima do porão da adega, e começa a escrever o romance, horas, manhãs e tardes inteiras, dias seguidos, só parando para caminhar de tardezinha, vendo o dia morrer para a noite nascer, como diz a mãe; porque o vô dizia e contava que seu pai dizia também, nada como um dia depois do outro e uma noite no meio, seja para quem faz certo como pra quem faz errado; quem faz errado sempre esperando resultado, quem faz certo já vivendo em paz. E os dias continuam anoitecendo e amanhecendo todo dia, enquanto ele com a caneta desenrola lembranças do exílio no romance ainda sem título. Quando o olho desinchou e a mancha roxa quase sumiu, vai a Ponta do Muriaé com Pintinha e José procurar dentista. É antigo pouso de tropeiros, na margem duma grande curva do rio, como se a cidadezinha fosse, conforme o povo, mais uma das tranqueiras da correnteza enroscadas na curva. Tem dúzia de ruas, uma comprida, de uma ponta a outra da curva do rio como a corda de um arco, cortada por ruas menores de poucos quarteirões. Essas ruazinhas são de terra, a principal de paralelepípedos, com velhas casas e sobrados de porta na calçada, janelas altas onde alguns velhos espiam quem passa, outros olham o tempo passar. No alto das fachadas, em alto relevo, o ano da construção: 1922, 1936; de 1945 é a casa mais nova.

Os dois dentistas são vizinhos de frente, cada um com sua plaqueta em porta alta. Ele pergunta qual dentista é melhor, José diz que não sabe, não come açúcar, não tem cárie. Pintinha conta que, no garimpo, Mariane fez cada uma tratar dos dentes em Alta Mata, uma por uma, ficando até semana no hotel, indo ao dentista de manhã e de tarde.

— Pra endireitar o Brasil também — Pintinha fala séria — tinha de ser mulher presidente! Mas mulher direita, não acha, preibói?

— Quero é achar quem me diga qual é o melhor dentista.

José para o jipe na pracinha espremida entre o rio e a rua, com bancos doados, como se lê no granito, pela *Pharmácia Minerva, Armazém do Povo, Bar do Zeca*. Pintinha derrama olhares de paixão em José mas, quando toca nele, o sujeito cora como mocinha.

O botequeiro da esquina diz que dentista melhor é o mais velho, tem experiência, conhece cada dente de cada um em Ponta do Muriaé. Noutro boteco, na outra esquina da praça, outro botequeiro diz que dentista melhor é o moço, claro, o velho está *retrasado*.

Então ele vai para o meio da rua, ainda indeciso entre as casas dos dentistas, mas Pintinha recita ma-mãe man-dou ba-ter nes-ta da-qui, a casa da esquerda. Ele toca a campainha, não ouvem nenhum som mas um velho abre a porta, nada fala e volta para dentro feito mordomo de velhos filmes. Eles vão atrás, passando por corredores cobertos de prateleiras de livros, ele vai entrevendo lombadas de romances e enciclopédias. O consultório também tem sua estante de livros de Odontologia, e quando o dentista veste jaleco branco, Pintinha aprova:

— Já vi que o senhor tem mesmo mais experiência, é o dentista mais velho, né?

— Não — o dentista se curva para ele na cadeira — O mais velho é o outro.

Enquanto lhe examina os dentes, o dentista fala de boca fechada, mastigando devagar cada palavra:

— Tudo aqui é antigo... Aqui o tempo nem passa, fica...

Com poucas perguntas de Pintinha, ficam sabendo que a cidadezinha está ficando deserta, as moças vão estudar no Rio, casam por lá, os moços então vão atrás delas, ou vão para não ficar num lugar sem moças, e depois acabam indo também os pais, de modo que Ponta do Muriaé tem mais casas vazias que ocupadas.

— Ninguém quer ser prefeito. Pra arranjar candidato a vereador, então, é uma luta. Tem candidato que aceita, daí vai viajar pra não ter de fazer campanha. Porque campanha aqui é ir de casa em casa tomando café e comendo bolo, tem candidato que engorda mais de arroba.

Das duas escolas, uma fechou. Antes, eram três missas domingo de manhã, no tempo em que o povo da roça vinha bem vestido rezar e comprar na cidade, agora quase ninguém mais mora nas fazendas, os cafezais viraram pasto. A rua, onde nem se podia andar fim de semana, de tão cheia, agora é tão parada que dá saudade daquele atropelo.

– De noite o senhor pode andar pelado nessa rua.

– Pra que andar pelado onde ninguém vai ver? – Pintinha diz que vai esperar no bar com José.

Quase hora depois, ele entra no bar sorrindo com dente provisório mas resistente, conforme o dentista, pode durar até mais de ano. Pintinha joga esnuque numa mesa de feltro todo esburacado, com taco torto, José com outro taco mais torto ainda, mal acertam as bolas – mas o boteco está cheio de velhos e moços apreciando o jogo. Pintinha sempre deixa dois botões abertos, e quando se curva mostrando os peitinhos, os moços engolem seco, os velhos babam de boca aberta. Ela se estica para alcançar bola longa, o vestidinho levanta e em redor os olhos piscam, as gargantas engolem, dedos coçam, pés se arrastam e cotovelos cutucam costelas.

O dentista cobrou mixaria, ainda pedindo desculpas, então ele manda o botequeiro abrir meia dúzia de cervejas, pede uma dúzia de copos. Enche os copos com mais espuma que cerveja, igual político em campanha, e brinda a Ponta do Muriaé, ao Estado do Rio de Janeiro, ao Brasil, a Tancredo Neves. O Brasil vai melhorar – diz um velho. Vai, concordam os moços: – Tem de melhorar. Outros velhos resmungam: só vendo, quem sabe, vamos ver; querem é cortar a conversa para continuar vendo o jogo. Mas não enjeitam mais cerveja, ele pede mais meia dúzia. Os velhos magros bebem com o pomo de Adão subindo e descendo como se comendo bolas de gude; nos gordos, a bebida entra sem ao menos mexer as papadas do pescoço. Os moços bebem trocando olhares conforme Pintinha maneja o taco. Um velho balança a cabeça, inconformado, quando Pintinha ergue a bunda para jogar se espichando na mesa.

José ganha a partida e os moços olham ofendidos. Pintinha brinda:
– Saúde!

Saúde, responde um coro forte e entusiasmado. Ela bebe.

— Ai, que bom, não tem nada melhor que uma cervejinha gelada, tem?

Ah, tem, se tem, concordam velhos e moços. Quando Pintinha sai com José, ele pagando a conta, um moço fala sozinho:

— Ah, eu vou mesmo me mudar daqui!

Outro rebate: — E vai fazer o que no mundo?

O primeiro fala olhando o andar de Pintinha:

— Se não mudar daqui eu morro...

Anoitece quando chegam à Palestina, e ele ainda ouve a voz do rapaz, *se não mudar eu morro*. Mariane bebe vinho com João na varanda, escondem a garrafa quando ele aparece. Mas as taças estão ali, com anéis roxos de vinho no fundo. No salão, comeriam em silêncio se não fosse Pintinha:

— Quero morar em Ponta do Muriaé, mas só quando ficar bem velhinha, depois de passar dos cem...

— Eu queria já estar em casa — Mariane suspira e anuncia: — O Major avisou pelo rádio que vem amanhã, vendeu a primeira mala.

Ele nem sabia de rádio ali.

— Quanto deu em dinheiro, chefinha?

— O Major não disse.

Ele arrepia quando Mariane lhe toca o braço:

— Não quer vender suas esmeraldas? Dê ao Major amanhã.

— Não — ele bebe um longo copo de água — Vou guardar de lembrança.

Ela encolhe os ombros:

— Como quiser, meu amigo.

Folheia clássicos da biblioteca do Major, descobrindo que quase todos os livros de coleções, encadernados em couro, estão sendo folheados pela primeira vez: as páginas, ainda grudadas, abrem com ruído seco, como se rasgando pelas beiradas. Se livros são feitos para serem lidos, esses livros velhos só agora passam a existir. Vida nova dentro da velha vida, um toque do Tao?

No fim da tarde sempre anda pelo vale, pelos pastos, os peões cumprimentam procurando prosa — mas falam só do tempo e dos bois, e das plantas e do pasto, quanta coisa têm sempre para falar do pasto, ali onde ele só vê capim e búfalos. Uma búfala com filhote urina de se ouvir longe. "Mijamos em comum numa festa de espuma." Será que Mariane conhece Vinicius?

Sempre que ele fala de José, os peões mudam de assunto. Ele continua andando no cheiro bom de capim e estrume que o vento traz e leva, vendo o sol se esconder atrás dos morros, começo do amanhã. Volta quando se acendem os vagalumes.

– Aqui a gente chama de pirilampo – um peão diz que disso tem até cantiga de criança, por ali no Muriaé, e declama meio vexado, mas bem soletrando porque ele anota:

Pirilampo quando pisca
piri piri piri
diz que sempre volta
quem bebe água daqui

Enquanto isso, Mariane cavalga com João. O pai foi da Engenharia mas – Pintinha conta – quando menina viveram em quartéis da Cavalaria. E João monta desde menino, nasceu em fazenda ali perto.

– Foi pro Rio rapazinho e acabou em reformatório, depois entrou no Exército, virou esse monte de músculo. Estudou, virou sargento, ensinou essas lutas bobas de homem, até que foi trabalhar pro Major.

Pintinha sabe de todos, menos de José:

– Esse é mais fechado que cu de cobra! Ai, porque a gente inventa de querer quem não nos quer?

Pintinha sussurra quando fala de Mariane, mesmo que ela esteja longe:

– Ela gosta de você, preibói, nunca deixou de gostar, mas é uma montanha de orgulho! Garimpa ela!

Ele deve ostentar tal desânimo que Pintinha fala lhe apertando as mãos.

– Uma vez, preibói, ela contou como é que nasce esmeralda, sabe? Esmeralda nasce da lava, da tal lava de fogo que vem do fundão do mundo, e aqui na terra vira pedra, daí recebendo pressão, pressão de rochas grandes, durante milhões de anos, milhões, e, quanto mais pressão aquela pedra recebeu, mais brilhante é a esmeralda. Então, preibói, pressão você já recebeu bastante, né. Agora, brilha!

No dia seguinte, ele está escrevendo quando o Major chega, mas não para de escrever; só vão se ver no almoço. O Major manda abrir champanhe; não é todo dia que se pode comemorar isso:
— Quase trinta quilos limpos de esmeraldas bem vendidas...
Mariane olha José, com o olhar vesgo de desconfiança, até que José vai buscar algo na cozinha e ela sinaliza para o Major não falar mais nada, o dedo nos lábios como enfermeira de cartaz pedindo silêncio. O Major ri, diz estar entre gente de confiança.
— Só não conheço bem essa moça aí... — brinca com Pintinha.
— À sua saúde, Major — Pintinha pisca — Porque, pra me conhecer bem, vai precisar de saúde...
Pintinha nem olhará mais para José, e na mesma noite dormirá com o Major. Ele dormirá sozinho, ouvindo a noite toda o pateado dos cavalos de Mariane e João, saindo a trote e voltando a passo... Pernas e braços brancos e negros se enlaçando, o mastro negro entre as coxas brancas, João bufando búfalo e Mariane cadela gemendo e pedindo mais.

Acorda suado e cansado, toma banho, assustado com as olheiras no espelho. José ainda arruma a mesa do café na varanda, de onde se vê búfalas se juntando perto da porteira, José diz que passaram a noite no pasto, agora querem ir para o brejo. Ele fala que todo bicho quer mesmo viver livre, ter mais espaço.
— Mas gente não é bicho — sibila José — Gente é gente.
Só gente cria outros bichos, diz convicto, só gente planta árvores — e de repente começa a chorar. Meu Deus, é um festival de choros, é só o que ele consegue falar, sem saber o que fazer. Passa manteiga no pão, enfia fatias de queijo, presunto, salame, acaba com um baita sanduíche nas mãos, José ainda chorando.
— O Major vai aumentar o pasto — soluça feito criança — Vão cortar mais de cem árvores, árvores que eu plantei, as maiores já bem grossas.

Enxuga o choro na camisa, vai para a cozinha. Ele fica bebendo café e olhando o sanduíche, até Pintinha aparecer vestida para baile:

– Apareceu um sol na minha vida! Vamos passear no Rio!

– Você não vai a lugar nenhum – Mariane surge do nada como sempre. – Cadê o Major?

– Ih, dei um cansaço no coroa! – Pintinha senta, pega o sanduíche das mãos dele – Obrigada – e come com apetite, sem mais falar em sair da fazenda. Ele murmura:

– Disciplina. Disciplina militar.

– Cooperação – Mariane fala para a xícara – Coisa impossível para egoístas.

Depois vai para a varanda com copo de leite espumante. Tudo espuma, champanhe, leite, o sabão de coco do banheiro, o creme de barba que emprestou do Major, e tudo em espuma passará. Volta ao romance, antes que a vontade de escrever vire espuma também.

Pintinha conta baixinho que está tudo conforme o plano: a primeira mala rendeu mais do que a chefinha esperava, o Major enviou direitinho o dinheiro, pelo Banco do Brasil, para Dita repartir com Donana e Cida. Pintinha e Mariane receberam suas partes em dólares:

– Senão ia ser um baú de dinheiro!

Agora o Major vai vender o segundo lote, decerto demorando mais porque são pedras maiores.

– E ele diz que vendemos tanta pedra que baixou o preço da esmeralda no tal mercado! Eu queria ver esse tal mercado onde ele diz que vende de tudo, pedras, joias, essas tais ações que são pedacinhos pequenos de empresas grandes, sabia?

Ele sabe que o sol morre todo dia e, depois, espera por Mariane na grande cama de casal, ela noutra cama de casal noutro quarto, todos os quartos têm cama de casal. A do Major range duas vezes por noite, e Pintinha amanhece elétrica, o Major com olheiras.

– Bem-vindo ao clube – ele cumprimenta e o Major não entende:

– Que clube?

– Dos sofredores do amor, uns por falta, outros por excesso.

O Major ri, diz que gosta dele.

— Se quiser um conselho... – baixa a voz – Conheço essa moça desde menina. Ela gosta de autoridade! O pai mandava nela até depois de formada...

O Major pisca como Pintinha, remoçado apesar das olheiras. Conversa tempo com Mariane na varanda, escrevendo no quarto ele ouve a conversa subindo de volume, até ela explodir:

— Depois, Major, depois que eu for embora! Aí vocês podem até casar de véu e grinalda, mas agora ela fica aqui! – Mariane quase grita.

No almoço, o Major comerá emburrado feito criança, Pintinha consolando com delicadezas, tome o vinho, meu bem, quer mais salada, amor? Mariane come na varanda.

— Você parou de beber? – só então o Major percebe.

Ele até já esquecia de bebida, tão embebido no romance. Escreveu também a reportagem sobre o garimpo, e volta e meia tira os filmes da gaveta, pode ir mesmo a pé a Ponta do Muriaé, deixar os filmes para revelar no Photo Moreira, uma portinha de rua com fotos de crianças e moças numa pequena vitrine. Entretanto, talvez o tal Moreira estrague os filmes, porém a curiosidade vencerá: numa tarde seca, sai para andar mais cedo, em menos de hora está na cidadezinha, vai direto ao fotógrafo.

Um dos vidros da vitrininha está quebrado; quem deixa assim a vitrine, o que não fará com os filmes? Mas de novo a curiosidade vence, que custa verificar? Sobe a escadinha do sobrado, dá com corredor de várias portas e, lá no fundo, a placa *Studio Photographico*. O assoalho range, ele quase volta. Mas a sala de espera chama com poltronas Luis XV e mesa baixa repleta de bibelôs, cabide de pé tomado por trepadeira, avencas e samambaias emoldurando janela com vitrôs coloridos, e as paredes cobertas de fotos emolduradas, paisagens com pessoas e pessoas com cara de paisagem, decerto cansadas de esperar posando. Ele entra, campainha toca ao pisar no tapete.

Uma porta abre logo em seguida, e Moreira parece saído de revista antiga, homenzinho de calças, paletó e colete com três tipos de xadrez diferentes, alfinete de pérola na gravata verde abacate, sapatos de verniz a pisar sem ruído os linóleos do estúdio. Numa parede, telão de paisagem europeia. Noutra parede, telão de jardim florido. Moreira manda sentar numa banqueta com tela azul ao fundo. É 3-por-4, não é? Ele diz que não quer tirar foto, só revelar.

– Filmes de quatrocentas asas.

Moreira ergue sobrancelha, pergunta que máquina ele usa. Ele fala, o homem ergue outra sobrancelha:

– Ah, um profissional! Posso lhe apresentar algumas fotos?

A mão manicurada abre gaveteiro antigo e ele se vê diante de estupendas fotos de animais, paisagens, crianças em poses e flagrantes, sequências de famílias se preparando para posar, mãe ralhando e ajeitando filhos menores, moçoilas se maquiando com espelhinhos, pai arrumando a gravata que o nenê quer agarrar.

– Enquanto eu finjo que arrumo a câmera – Moreira revela – vou batendo instantâneos. Então eles aparecem mesmo como são, não?

Os instantâneos são preto e branco, as fotos posadas são coloridas. Nas paisagens, Moreira mostra que faz também truques de laboratório, enegrecendo umas nuvens aqui, clareando ali, usando filtro para esta ou aquela textura.

– O senhor é um artista.

– Obrigado, mas nada de artista, é só uma mania. Cadê os filmes?

Por via das dúvidas, ele entrega apenas um dos filmes, explicando que é só por curiosidade, quer ver se as fotos têm qualidade e quer tamanho dezoito-por-vinte e seis. Moreira pega o filme como uma joia, passa para a mão esquerda, estende a direita:

– Mando revelar no primeiro ônibus – aperta a mão – Voltam daqui a três dias.

Ele nem tinha pensado, claro que o Foto Moreira não terá equipamento de revelação a cores, os filmes serão revelados no Rio. Fazer o que? Esperará três dias, e vai saindo quando Moreira pigarreia:

– O laboratório pede cinquenta por cento adiantado.

Ele paga, Moreira se desculpando. Lembra alguém, quem? Volta para a fazenda pela estrada empoeirada, aqui e ali topando algum peão, puxando prosa, todos dizendo que é preciso chover. Então lembra: o fotógrafo parece o policial travestido de caseiro, na chácara onde foi finalmente torturado, depois de ter se livrado de tortura no Brasil, no Chile e no México, antes do exílio final na Alemanha tão antitortura porque ex-nazista. Mas é claro que um sujeito vestido assim, num estúdio assim numa cidadezinha assim não terá qualquer relação com polícia.

Patos voam pelo vale a grasnar debochando, quem-quem, quem-quem. Quem poderia seguir a pista deles a partir de um laboratório fotográfico no Rio? Quem teria ideia de investigar laboratórios de fotografia? Ninguém, patos, ninguém.

Mas, na fazenda, uma perua está no pátio com as portas abertas, só pode ser polícia, entretanto correr para onde num vale assim aberto, ou onde se esconder? – quando vê João e José tirando caixas de compras da perua. O Major tem toda uma frota de carros e utilitários, a perua é para as compras e viagens longas:

– É uma suíte, olhe só – o Major exibe o brinquedo.

São dois bancos na frente, com divisória de vidro, e atrás um colchão, as laterais almofadadas. Nas viagens, João dirige com bagagem na frente, o Major vai deitado atrás.

– Que maravilha, amor – Pintinha dá pulinhos – Podemos ir pelo mundo rolando aí dentro!

– Espere só para ver o iate – o Major continua com olheiras mas de bom humor, indo ao Rio nas terças e voltando na sexta para os fins de semana. Chega a contar a ele porque veio para o Brasil depois de aposentado:

– Procurando putaria, acredita?

– Claro que acredito.

O Major se espanta:

– Acredita? Meu Deus! – e se olha de corpo inteiro no espelho da sala – É, hoje pareço mesmo um saco de tripas, mas naquele tempo eu ainda era atleta, rapaz! Eu mesmo não acreditaria se me contassem que um cara boa pinta, como eu era naquele tempo, veio ao Brasil só pra matar saudade de comer mulata...

Na força da ONU em São Domingos, conheceu tenente brasileiro que garantiu, no Brasil elas iam logo para o motel, ou para o carro, ou até para a praia, dinheiro na mão e pronto.

– Sonhei anos com isso – o Major fala ao cálice de Porto – Quando aposentei, falei vou lá, quero ver isso, e acabei ficando.

– Quem bebe desta água...

– Ou quem come essas frutas...

Pintinha chega com cesta cheia:

– Esse pomar é uma riqueza, olhem as joias!

Jabuticabas reluzentes, rubras pitangas. Senta nas pernas do Major, boneca no colo de Papai Noel, colando as cabeças como namorados.

– E agora – o Major passeia o nariz vermelho nos caracóis da boneca – quem diria, acabo apaixonado já na virada do cabo...

– Que feio – Pintinha se enrosca – Um homem tão bonito, tão potente e poderoso, mentir desse jeito... Que apaixonado nada! Prove, já! – e pega pela mão, leva para o quarto.

Álcool deveria fazer mal para o olfato, assim ele não lembraria até o cheiro de Mariane. Para esquecer, vai se banhar na cascata, vai bater perna pelo vale, conversar com os peões até começar a entender de búfalos. Anota: *se um repórter vivesse eternamente, acabaria entendendo de tudo? Curiosidade sem fim conhecerá o infinito?*

Pintinha é sua informante. Conta que Mariane reclama do Major passar tantos dias ali, enquanto podia estar vendendo as esmeraldas. O Major pede paciência, o mercado está cheio de esmeraldas, vendidas por ele mesmo, e quem paga bem são estrangeiros cheios de precauções e detalhes. Mariane anda bufando, Pintinha fala baixo:

– A chefinha tá ficando nervosinha...

Ele se enfia no romance, já escrevendo a volta dos exilados ao Brasil. Mariane galopa com João, passam troteando pela estradinha cascalhada, cada cascalho ri e dói. Vai ao Foto Moreira esperando um sorriso amarelo – O laboratório diz que o filme velou – mas dá com Moreira todo sorridente nos sapatos de verniz:

– O tema, francamente, não é dos meus, mas a qualidade das fotos não se discute!

Suas próprias mãos tremem folheando o maço de fotos, uma melhor que a outra, Pintinha é uma artista.

– O senhor também é um artista – Moreira como que adivinha seu pensamento.

São as melhores fotos que já fez; o sol brilha nos montes de cascalho, projetando sombras aqui e ali, o verde da mata ao fundo, o ocre da terra revirada, Pintinha com seus peitinhos e olhares. É sua primeira reportagem com fotos eróticas, talvez a última, e já vê o título *Garimpo de Mulheres* em todas as edições da revista pelo mundo. Nem precisa mandar revelar já as fotos do segundo filme, ficarão para as edições estrangeiras "com fotos inéditas", já antevendo, quando Moreira pergunta muito respeitoso o que ele vai fazer com aquilo.

O caseiro da chácara em São Paulo também era um homenzinho assim inofensivo e... Ele desconversa, paga os outros cinquenta por cento, enfia as fotos num envelopão, o filme no bolso da calça, ali perto do bolsinho com suas esmeraldas, e volta para a fazenda. Se essas pedras valem mesmo o que dizem, tem uma nem tão pequena fortuna no bolso; e, juntando o que renderá a reportagem, talvez possa até comprar uma chácara, morar entre plantas e passarinhos. Será isso que quer o Tao? Deixou de fazer a barba uns dias, ela volta áspera e mais grisalha. Contudo, será nova barba ou a velha barba de novo? Se renascemos em vida, não será apenas para morrer vivendo? Vai cismando, como no poema de Drummond, as mãos pensas, murcho o coração.

Passando a porteira da fazenda, enfia o envelope das fotos no cinto, por baixo da camisa, e, no quarto, guarda na mochila. Deixa uma esmeralda no bolsinho das calças, trepa numa cadeira para enfiar a outra num buraco no alto da parede. No romance, o protagonista vai chegando numa crise de coluna, e ali, na real, sente a coluna quando desce da cadeira. A dor espeta, ele se paralisa com pé no chão e outro ainda na cadeira, a dor fisga. É como se uma linha invisível puxasse, enfiando anzol mais e mais fundo, até ele ficar na ponta do pé, penosamente tirando o outro pé da cadeira, gemendo, ajoelhando em câmera lenta, tão devagar que, quando aparece Mariane, os joelhos ainda não chegaram ao chão.

– A coluna de novo, é? – a voz profissional – Deite aí, vou buscar injeção.

Pintinha agacha ao lado:

– Também pudera, preibói, você anda mais duro que chifre de búfalo! Paixão judia da gente, né?

Pintinha está de camisola curtinha, sem calcinha, e deitado ele vê a buceta de sua primeira amiga na vida; e dói, mas ri. Mariane, voltando com seringa, para na porta:

— Tá brincando comigo, é? — deixa a seringa na cômoda e se vai, ele nem acredita:

— Ela se foi porque?! Porque eu estava rindo ou porque estava com você?

Pintinha diz que só Deus sabe, mas vai cuidar dele. Pega a seringa, aplica na nádega, ele quase nada sente. Vai para a cama meio andando, meio se arrastando. Pintinha faz cafuné até ele fingir que dorme, depois fica ali sozinho na cama de casal, o telhado estralando a esfriar do dia de sol, o cheiro de alfazema no travesseiro como na casa da vó. Dorme ouvindo longe o telejornal, o presidente eleito Tancredo Neves fez isso, vai fazer aquilo.

Acorda com os galos da madrugada. Estica a perna, Mariane também está ali deitada. Acende o abajur, fica muito tempo olhando a mulher, uma criança dormindo, os cabelos negramente pintados mas raízes loiras já aparecendo. Amanhecendo, a claridade recorta a janela. Na parede está esticado um couro de búfalo, e como animal ela se enrosca nele, abraça, ficam muito tempo assim cochilando abraçados. Começam a se beijar, mesmo com bocas secas e azedas de sono, até que os beijos ficam molhados e gozam juntos sem nem lembrar de camisinha.

— Você não acha meio milagre a gente gozar tanto juntos?

— Não existe meio milagre — ela suspira mole no seu peito — Tudo é milagre. Ontem eu estava reparando numa lesma.

Menino ele também seguia lesmas, o fio de gosma no chão.

— É tudo muito bonito — ela fala molenga — Da lesma ao infinito, é tudo muito bonito — e volta a dormir.

Novamente ele chora, um choro manso e macio. Na Alemanha, depois da anistia um dos exilados mais valentes, em vez de voltar para o Brasil, deu de chorar no inverno; e chorava, chorava, aí largou a mulher, foi viver com um alemão e depois virou travesti, chegou a líder sindical de travestis, unindo o passado político com o futuro humanista, como declarou em entrevista. *Tudo é de Deus.* Aqui está um homem com sua mulher dormindo no peito como nas cavernas ancestrais. Aqui está tudo, o passado, o futuro.

— Obrigado, Tao.

No café, Pintinha fala que crise de coluna faz muito bem a ele, precisa ter uma às vezes pra ficar de bom humor.

No meio da manhã, o Major chega com melancias e caixas de frutas, bacalhau, carnes, legumes, duas garrafas de uísque que Pintinha manda para os peões.

– Você só vai beber vinho daqui pra frente, meu querido.

O Major obedece com gosto. Ele vê algum deboche nos olhos de João, trocando olhares com José. E Mariane chama para cavalgada na lua cheia:

– Vamos, você vai numa égua velha, não tem perigo algum!

No passeio pelo vale, ele não aguenta:

– Você transou com João?

Ela se espanta, depois ri:

– Pra repórter, você não é muito observador – e galopa rindo, ele nem tenta ir atrás com a velha égua, volta devagar pela estradinha pedregosa, a égua escolhendo cada passo. Num mourão de cerca, coruja se apieda com seus grandes olhos.

Chega ao casarão feito quixote, triste figura, mas apeia e vai com passo firme até o quarto dela. Viu que seu cavalo já voltou e, se ela gosta de autoridade, conforme o Major, autoridade terá. Entra sem bater, ela está de calcinhas. Quero te falar uma coisa, presta atenção, ele fala pegando sua mochila e jogando na cama:

– Bota as roupas aí e vai pro meu quarto ou não precisa ir mais!

Com cara divertida ela pergunta se é brincadeira, ele repete:

– Bota as roupas aí e vai pro nosso quarto, já!

Ela fica de boca aberta, olhos piscando incrédulos até que estreitam, a boca falando o que, o que é que, que é que ele está pensando:

– Que sou brasileira acostumada a ser mandada? Te orienta, rapaz! – escancarando a porta – E sa-i-a!

Ele sai. No salão, o Major abre um *chianti*.

– Para comemorar a venda de mais três quilos de pedras, meu amigo!

Ele passa pelo velho touro, vai chutar pedras pela estrada, coruja soluça.

As semanas passam como sempre, um dia depois do outro e de repente é domingo, e depois das semanas passa um mês, e depois do mês passa o mês seguinte, nem lembra mais há quantos dias não bebe, já que os dias, sem bebida e sem sexo, são iguais: café, escrever, almoço, sesta, escrever, banho de cascata, janta, noticiário na tevê, cada bocejo maior que o outro, caindo na cama sozinho como nasceu, até um dia Pintinha avisar:

— A coisa, preibói, tá mais feia que casamento de cobra com escorpião, só tem veneno...

Ele então dá de reparar: João e José agora vivem em conversas pelos cantos, Mariane evita o Major, o Major reclama da pressa dela, vender quilos de esmeraldas grandes a preços de varejo é uma luta:

— Atendo telefone até de madrugada, de Amsterdã, de Berlim, todos regateando, então melhor deixar que esperem agora, os preços sobem enquanto eu descanso!

— Mas você está ganhando para isso — Mariane fala fria.

O Major faz sinal a João, que já vai para a perua, partem com a roupa do corpo. José jocoso:

— Rico é assim, viaja sem mala.

Só na fazenda, conta, o Major tem dois armários cheios de roupas. Pintinha reclama:

— Ele quer que, quando eu for morar com ele no Rio, fique só em casa! Eu, hem, não sou bibelô!

Mas agora, até para andar no pasto Pintinha vai bem vestida, descobriu também guarda-roupa feminino na fazenda. Então anda de salto alto entre bostas de boi, olhando longe:

— Eu vou ser uma dama do Rio, aprender inglês pra viajar o mundo!

No casarão de tantas portas, olhares se cruzam carregados, afloram pequenos gestos de irritação, nervosismo a rondar, dedos tamborilando, botões arrancados de tão mexidos, suspiros fundos. É uma espera irritante, diz Mariane, como foi no garimpo, diz Pintinha, calma, chefinha. O dinheiro delas está escondido por ali, e até José parece perturbado com tanta grana por perto; resolve alertar Mariane. Ela agradece, mas diz estar com o dinheiro bem guardado faz tempo.

— Me preocupo é com Pintinha.

Pintinha já nem manca mais do tiro na perna. Nos telejornais, o presidente Tancredo visita países da Europa, como presidente eleito, e José faz fé:

— O Brasil vai melhorar.

Mariane suspira, Pintinha bebe vinho do Porto em pequenos cálices apropriados, cuida das unhas. O Major mantém ali também um estoque de cosméticos, e Pintinha fica cada dia mais bonita, com roupas que a mulher de um peão reforma numa velha Singer.

— Antes — explica Pintinha à mulher — o Major gostava de mulheres grandes. Agora, como vou ser a única, vamos aproveitar essa rouparada, a senhora não acha?

A mulher dá graças de ganhar por um serviço que, normalmente, faria de graça para o patrão, e Pintinha desfila roupas novas para as vacas. Mariane continua de calças compridas e camisetas, ainda chefe de um garimpo que não existe mais, ou talvez ela seja assim mesmo e, outrossim nem não, como diz Maurílio, seja por isso que gosta dela.

Ele ainda se assusta com essa paixão, esperando o Major chegar a qualquer momento com mala de dólares, ela partindo para os Estados Unidos. Um dia, resolve perguntar como ela vai sair do Brasil: se o Delegado pediu ajuda da Polícia Federal, será procurada em toda lista de passageiros nos aeroportos. Ela responde displicente:

— Com dinheiro, meu caro, tudo é possível.

Ele não sabe o que detesta mais, ser chamado de *meu amigo* ou de *meu caro*. Vai para o romance, mas já não escreve no ritmo de antes, começa a pensar onde vai dar essa história, como a ditadura dando em democracia não pariu de repente um novo Brasil. Então chega o carnaval, o Major volta dizendo que vendeu mais pedras, falta só um terço. O carnaval canta e dança em todos os canais da tevê, Mariane não entende:

— Como um país todo pode parar uma semana para isso?!

Isso, diz o Major, é a maior festa popular do mundo, e José diz que vai ao Rio ver o desfile das escolas de samba. Mariane pede para não falar a ninguém que estão ali, e José diz que não vai ver ninguém no Rio além de João e o Major. José é um anjo, diz Pintinha. Não acredito em anjos, diz Mariane, e no dia seguinte chuta cadeira ao descobrir que Pintinha foi com o Major, deixando um bilhete ao lado do gravador: *Chefia toc*. Mariane toca a tecla, em voz macia Pintinha pede desculpa:

— Não aguento mais, chefinha! Depois de dois anos de garimpo, trabalhando que nem condenada, mereço um tiquinho de alegria. Volto na quarta de cinzas. Esquece de mim até lá, lembra só que o preibói ama você!

Nem bem ele desliga o gravador, Mariane fala pega tuas coisas, vamos sair daqui, e ele pega, enfia tudo na mochila. Mariane vai falar com o capataz dos peões, pede um jipe, o homem diz a senhora manda; e só na estrada ele se lembrará da esmeralda em buraco de parede no casarão. Mas não fala nada, não pergunta nada. Estarão indo para aeroporto clandestino, ou para esconderijo nas montanhas, ou lancha rio acima, talvez até para um trem, faltava um trem nesta história. Mas ela para o jipe na pracinha de Ponta do Muriaé e, olhando a quietude em torno, diz bem, se é verdade que no carnaval nada acontece no Brasil, espero que nada de mal nos aconteça aqui. Daí aponta, menina:

— O rio corre ali mesmo, faz tempo quero tomar banho de rio. Antes vamos pegar hotel, que tal?

Que hotel, ele pergunta; que saiba, Ponta do Muriaé não tem hotel nem pensão, e pela primeira vez, embora em inglês, ela diz um palavrão. Vão a pé até a ponte. Lajes de pedra aparecem no fundo da correnteza mansa, mas logo adiante afloram grandes rochas formando corredeira. Faz tempo não chove, diz ela, a água está limpa. No meio da ponte o rio é fundo, moleques pulam da amurada se exibindo para eles: pulam de ponta, de bomba, de barrigada, de bunda. Mariane ri como ele nunca viu.

— Cadê teu maiô? — com o olhar de menina, voz de criança.

Voltam ao jipe, atravessando de novo metade de Ponta do Muriaé, já cumprimentando gente nas janelas. Ela vai lendo em voz alta os números nas fachadas – 1936, 1937, 1924. Só uma ou outra casa recente tem jardim, a maioria é de casarões com portas altas na calçada, janelões ainda mais altos, onde borda ou tricota uma ou outra mulher, enquanto, aproveitando o dia nublado, velhos proseiam ou fumam sentados em cadeiras e cuspindo no meio-fio.

— Vai chover — Mariane pega a mão dele: — Vamos! — correndo pela ruazinha, cabeças aparecem nas janelas.

Voltam de jipe até a ponte, e ele tira da mochila a sunga comprada no Rio, ela só tira a roupa, já de biquíni por baixo. Quando no jipe ele consegue tirar as calças e vestir a sunga, ela já pula da ponte com os meninos. Quando ele chega na amurada, todos ficam olhando ora para ele, ora para o rio lá embaixo, como se esperando, tanto que se sente na obrigação de pular, e mergulha na meninice. Brincam com os meninos, nadam no remanso, sobem o rio pela corredeira se agarrando nas rochas, ou descem pela corredeira em câmaras de ar de grandes pneus. Acabam na outra ponta da cidadezinha, voltam pela rua abraçados e molhados, e agora as janelas também têm crianças, e já chove.

Um sobrado tem plaquinha de madeira – *Donalice aluga quartos* – e batem palmas na janela, aparece uma velha enxugando as mãos no avental, manda entrar e eles, de sunga e biquíni, veem-se de repente no salão vazio de um bar antigo. Ali está ainda o balcão sorveteiro de mármore rajado, com baleiro giratório de gomos redondos, desde menino não vê isso. Adiante está mesa de esnuque com feltro puído e tacos tortos como arcos, padrão Muriaé. No tempo da construção da ponte, Donalice explica, hospedava ali dúzia de moços da construtora, até um engenheiro, e depois nunca deu coragem de se desfazer da mesa. O balcão de sorvete era do pai, primeiro sorveteiro do Vale do Muriaé, no tempo em que sorveteira era a motor de querosene, agora elétrica. Em molduras ovais nas paredes olham para eles antepassados de colete e bigodões, matronas de mantilhas, cabelos em coque. Ele se lembra do hoteleiro bigodudo de Alta Mata, diz que conhece esses bigodões de algum lugar, a velha diz ih, tem parente no Brasil todo, até lá no Norte. Mariane sorri dizendo claro, é o Tao com suas coincidências.

Donalice é tão curvada que fala olhando o chão:

– Só tem um quarto de casal.

– É longe do quarto da senhora? Ele ronca muito – e sussurra: assim posso gemer à vontade...

– Ih, graças a Deus é bem longe.

Entrega uma chave de meio palmo, amarrada numa bola de madeira.

– Banho, só frio. Querendo almoço, tem de avisar um dia antes.

– E janta?

– Esquento o almoço.

Para encarar, de tão curvada a velha endireita o corpo apoiando no balcão, o rosto enrugado como casca de árvore. A escada para o quarto tem todos os rangidos possíveis, e a chave gira ao contrário na fechadura tão grande que o buraco vaza claridade. A cama é enorme, com flores e passarinhos lavrados na cabeceira, e a lâmpada pende do teto por cordão grosso de poeira antiga. Mas a janela tem tela – senão, conforme Donalice, os pernilongos comem a pessoa viva, principalmente quando o rio enche até no quintal. A janela dá para o quintal e suas velhas árvores de fruta; e, entre elas, pés de mandioca, cebolinha e salsinha, alecrim, plantas pra curar de tudo, conforme Donalice. Aponta um pedaço de rio entre as árvores:

— Pra banho de rio, é só ir lá pro fundo do quintal – e desce a escada cantarolando: *tal qual uma borboleta voando triste por sobre a flor...*

Eles vão buscar o jipe, levam as mochilas para o quarto e inauguram a cama ainda molhados, gozam juntos de novo. Eu não acredito, ela fala ofegante:

— Nós somos um fenômeno sexual!

Está com os olhos líquidos, derramando ternura como mulher satisfeita, e dormem em lençóis de sacos de farinha mas com bainhas rendadas, enquanto continua a chuva no telhado. Acordam com sol depois da chuva, e com fome. Na cozinha, Donalice fala pouco:

— Vão comprar peixe na ponte.

Na ponte pescam vários meninos, eles compram duas fieiras de peixes, que dois meninos limpam na beira do rio com velhos canivetes. Na outra margem, lavadeiras batem roupa nas pedras, Mariane diz saudade da Cida, ela quem lavava nossas roupas. Quando voltam pela rua com as fieiras de peixes limpos, já são cumprimentados por todas as janelas. Os paralelepípedos mormaceiam brilhando ao sol, o ar está lavado e ela anda saltitante:

— Ao menos por quatro dias, vamos ser felizes!

— Felizes por decreto...

— Porque não? – abrindo os braços: – Em Ponta do Muriaé nem tem polícia, sabia? E é carnaval!

— É carnaval.

— Virou gravador? Só repete!

Então, diz ele, vou te falar uma coisa que nunca falei. Fala com as mãos nas costas como confessando culpa:

— Estou começando a gostar de você.

Que bom, diz ela, é chato gostar sozinha, e abraça, com sua fieira de peixe na mão, ele sente barbatanas nas costas. Beijam-se no meio da rua, até ouvirem risinhos de crianças. As janelas têm gente de toda idade. Uma menininha acena. Quem sabe, diz ele, esteja virando anjo com asas de peixe.

No sobrado, Donalice esquenta óleo cantarolando, e cantarolando começa a fritar os peixes. Mariane pede cerveja gelada, a velha pega duas garrafas de engradado, amarra cordão no gargalo e afunda na água da sorveteira. Dez minutos, avisa. Mariane olha o relógio de pêndulo na parede, e dez minutos depois tira as duas cervejas geladas.

— Encomendaram sorvete – diz Donalice – Vai ter casamento.

Os peixes saem da frigideira tão fritinhos que eles comem até as cabeças, com pão de casa e cerveja. De repente entram dois moços, um dizendo bom dia, Donalice, outro dizendo boa tarde, porque é meio-dia, diz o primeiro, e riem feito crianças. Donalice não responde mas eles não se importam, botam cervejas na sorveteira e sentam familiarmente nas cadeiras bambas. Puxam conversa antes mesmo de abrir as cervejas, e logo estão tentando saber quem são eles, Mariane mente com naturalidade:

— Meu marido aqui não pode nem ver carnaval, então fugimos para um lugar bem quieto.

Mas aqui tem carnaval, diz um; e animado, diz o outro. As moças vão estudar fora, casam por lá, mas no carnaval voltam para ver os pais, trazem os filhos, as casas enchem, tem corso de carros enfeitados na rua, desfile de blocos, carnaval de salão no clube. É sexta-feira, logo começam a chegar os carros, e muitos mais chegarão no sábado. Mariane envesguinha olhando longe. Mas não se amofinem, dizem os moços, querendo sossego é só ficar para o lado do rio, a folia é do lado dos morros. E devem também conhecer o rio, e, se já conheceram, conheçam a pinga da terra.

É pinga de litro, amarelada, e Donalice serve só um copo para ele. Mariane diz que também quer, a velha diz que não é bebida de mulher. Grita a um moleque na rua: — Sobe o morro pegar caju!

O moleque some pela rua, logo volta com meia dúzia de cajus. Um dos moços pega um caju, corta em rodelas num pires, salga uma rodela, bebe de virada o copinho de pinga e enfia a rodela na boca.

– Com caju não faz mal – garante – Pode tomar um litro que não perde o prumo.

Mariane vai pegar o copo que ele não quis beber, Donalice pega antes:

– Aqui mulher não bebe pinga.

Mariane diz que é maior de idade, qual é o problema?

– Aqui mulher não bebe pinga.

Mariane avermelha, os moços riem: ela que desista, Donalice é Donalice. A velha pega o copo e o litro e vira as costas. Mariane sai, vai até o bar da esquina, sai logo de lá, vai até outro bar, volta de punhos cerrados:

– É o fim do mundo! – bufa; não servem pinga a mulher "pra não ofender Donalice"; enquanto a velha nem ouve, colada num rádio de onde saem orações de padre ou pastor. Mariane agacha do lado e pergunta se ela sabe que, pela lei brasileira, é proibida qualquer distinção de sexo. A velha aumenta o volume do rádio.

– A lei aqui é ela – diz um dos moços.

Conta que a velha tem mais de cem anos, nem ela sabe ao certo quantos; pegou ainda o tempo dos tropeiros, quando as tropas de burros pousavam ali na beira do rio. Tem penca de filhos, netos, bisnetos e tataranetos, muitos morando vizinhos, de modo que, pelo menos por ali, ela manda, comanda e desmanda.

– A gente diz que Donalice é que nem esteio de aroeira – aponta o esteio central do sobrado, plantado ali no meio do salão, depois sussurra: – Mas se a senhora quiser mesmo pinga, eu lhe trago um litro pra beber no quarto.

Mariane tira outra cerveja da sorveteira e vai beber sentada na soleira, olhando a rua, a cada gole balançando desconsolada a cabeça. Mas começam a passar carros buzinando, pela rua se abraçam avós e filhos, netos recém-chegados, ela vai para o quarto. Os dois moços jogam esnuque já falando mole, contam que vieram bebendo de bar em bar, é costume no carnaval, ir bebendo duma ponta a outra da cidadezinha até cair no rio. Ele pergunta como conseguem jogar com tacos tão tortos, dizem que assim é que é bom:

— Se for fácil, perde a graça.

Vivem de um serviço aqui, outro ali:

— Emprego fixo aqui quem tem é só tramela.

As moças vão estudar fora, repetem, e não voltam; os moços que ficam, ficam com *três sem*:

— Sem emprego, sem dinheiro, sem mulher.

Eles têm o rio, bagres brancos e amarelos, piaus e até piauçus, piabanhas de até três quilos, diz um, quatro quilos, diz outro, e começam a discutir bêbados, lembrando velhas pescarias, Donalice sentada com o ouvido quase no rádio e terço nas mãos. Quem seria ele se tivesse nascido ali? Não teria cursado o colégio onde já foi recrutado para o socialismo, e assim não teria se tornado candidato a guerrilheiro, depois exilado, teria vivido outra vida. Agora, tem uma mulher no quarto acima da cabeça, apenas uns poucos metros e estará com ela, mas sabe Deus até quando, ou, como diz Maurílio, se a vida fosse simples estaria morta.

Sobe para o quarto, Mariane olha da janela o rio, sempre a passar e sempre no mesmo lugar. Da rua vem gritaria de crianças brincando de unha-na-mula e mãe-da-rua, risadas vêm das casas, um samba, mais buzinas chegando. Mariane vai para a cama e logo está cochilando, ele fica olhando, ela abre os olhos:

— Parece lua de mel, não é?

(Maurílio:

— Mulher quer segurança, casamento, aliança no dedo! Homem quer aventura!)

Um trompete toca longe *Mamãe eu quero*; menos longe, mais perto; e então ela pula da cama estendendo a mão, vamos, e ele vai. Na rua, o trompetista passa em charrete tocada por um sujeito de fraque e cartola que acena para ele, é o fotógrafo Moreira, vestido com o mesmo terno xadrez mas com nariz e sapatos de palhaço, finalmente o vestuário completo. Outro sujeito sobre pernas de pau vai batendo pandeiro, rodeado de crianças, e carros vêm atrás buzinando e lançando serpentinas.

Um dos moços do bar de Donalice, agora de sutiã vermelho e peruca azul, dá a Mariane uma garrafinha, piscando cúmplice e sussurrando não deixe Donalice ver, e o outro, com sutiã verde e peruca amarela, dá um punhado de cajus, depois continuam dançando pela rua. É um corso, ele diz, ela pergunta o que, um corso, ele repete, coisa do carnaval de rua de antigamente, desde menino não vê, os músicos vão tocando e quem quiser vai atrás de carro ou a pé. Então vamos, ela lhe pega a mão e entram no corso de Ponta do Muriaé entre moleques assanhados, moços travestidos e três velhotas maquiadas com coadores de café nas mãos. É pra recolher dinheiro, explicam, para a igreja, assim o padre não fica tão chateado com o carnaval.

Na pracinha, saxofonista espera o trompetista e tambores se juntam ao pandeiro. Mariane bebe a garrafinha, mascando os cajus, até que acabam e quer comprar outros de moleques com embornais cheios, mas revira os bolsos para mostrar que está lisa; mesmo assim os meninos vão lhe dando mais cajus e o moço de peruca amarela, agora com sutiã vermelho, torna a encher a garrafinha. Mariane dança com os meninos, entre gente que rodeia a pracinha, dançando e cantando músicas de velhos carnavais, ó jardineira porque estás tão triste; tanto riso, ah, tanta alegria; as pastorinhas vão cantando na rua lindos versos de amor; e ri dançando de braços abertos quanto todos cantam, com muito mais ânimo, me dá, me dá, me dá, oi, me dá um dinheiro aí!...

— Meu pai dizia que dinheiro é a maior das invenções, porque pagou todas as outras depois!

De repente é noitinha, a charrete e os carros sumiram: o costume, explica um dos moços com voz mole, é o povo carnavalesco dançar ali na praça e depois desfilar pela rua quando anoitecer.

— O povo carnavalesco?

— É, quem não gosta de carnaval viaja ou fica em casa com algodão no ouvido.

Dá a Mariane um estandarte, e um velho negro, de casaca verde e rosa com lantejoulas, se inclina diante dela e vão dançando à frente do cortejo, mestre-sala com repentina porta-estandarte. As janelas aplaudem, ele vai atrás sambando como nunca mais desde mocinho, quando virou comunista e aboliu da vida a dança. Acaba a pinga da garrafinha de Mariane, os moços voltam a encher, pegando litro numa das tantas casas com portas abertas e mesa com comes e bebes na calçada. Em cada casa as três velhotas entram, chacoalhando os coadores de café já quase cheios de notas e moedas, cantarolando olha o cala-boca do padre, olha o cala-boca do padre.

Teve um ano, conta o palhaço Moreira de repente a seu lado, em que o padre ameaçou excomungar quem sambasse diante da igreja, então agora o corso sai detrás da igreja, e o padre recebe uma dinheirama na quarta de cinzas, até já disse em sermão que carnaval é festa abençoada. O cortejo vai chegando à ponte e os moços começam a gritar, a uivar, e ele só entenderá quando alguém pula no rio, depois outro, mais outro, saudados por gritaria da multidão a sambar.

Mariane deixa o estandarte e diz, com voz mole, que também vai pular. Ele diz que pode ser perigoso à noite, mas ela já está subindo na amurada, e pula uivando. Ele fica olhando a escuridão do rio e, quando ela grita vem, vem, meu amor (meu amor!), ele pula, afunda, aflora, grita onde está você, e ela diz quase na sua orelha estou aqui, meu amor. Deixam-se levar pela correnteza, rindo para as estrelas, e saem do rio lá num quintal vizinho de Donalice; andam entre hortas e galinheiros, entram no casarão pela porta do fundo, e lá do salão Donalice anuncia que tem sopa de mandioca no fogão. No quarto tiram as roupas molhadas, vestem roupas secas e, Mariane soluçando de bêbada, comem na cozinha ouvindo longe a gritaria e o batuque lá na ponte. Os olhos de Mariane boiam de cansaço, ele diz vem cá, e pega e – dane-se a coluna! – sobe as escadas com ela nos braços, engrolando que é uma lua de mel, né, não é uma bela lua de mel?, e ela já está dormindo quando ele faz o que nunca fez com ninguém: coloca na cama, cobre cuidadosamente, apaga a luz e diz baixinho:

– Eu te amo – sem qualquer dor na coluna.

O café da manhã aqui, diz Donalice, é adoçado com rapadura e, quem quiser reforçar, bote farinha de milho na caneca. Eles bebem esse café assim grosso, quase caldo, comem com colher a massa no fundo das canecas. Depois Donalice fala bom, se querem também mais alguma coisinha, tem ali debaixo dos panos de prato. Mariane levanta os panos brancos na mesa, aparecem tigelas e travessas de queijo, curau, sequilhos e biscoitos de polvilho, linguiça defumada, pamonhas e bolos, pães e mortadela. É café tropeiro, diz Donalice:

— Primeiro, pra forrar a tripa, café com farinha, depois tudo o mais, pra levar a tropa até de noitinha.

Mariane descobre também geleias e compotas recém-abertas; sussurra quando Donalice vai à cozinha:

— Ela botou na mesa tudo que tem na casa!

Donalice volta com leiteira fumegando e, de tão corcunda, o vapor lhe sobe no rosto, ela se abana com a mão, Mariane ri. A velha resmunga:

— Quem não ri é seco por dentro, dizia meu pai, e quem ri muito tá fora do centro. E comam bem que é carnaval, não tem almoço.

Mariane ri de boca cheia, engasga. A velha lhe dá nas costas um tapa só e pronto. Mariane agradece lacrimejando, enfermeira admirada. Chegam parentes, vão ocupando os quartos com bagagens e risos, crianças correndo pelos corredores, então entendem o café da manhã para o dia inteiro, a casa cheia, a mesa cheia.

Passam o dia ali, primeiro jogando esnuque com os tacos tortos, depois tentando ler velhas revistas, interessantes porque tão velhas, as páginas desbeiçadas, numa delas Jânio Quadros presidente, noutra Getúlio Vargas ainda vivo. Ah, explica Donalice, eram do marido que morreu, servem só pra lembrar dele. Ao longo do dia, de vez em quando visitam a mesa, para onde vizinhas trazem mais bolos, mais pães, mais isso e aquilo. Os homens bebem no bar, contam piadas, gargalhadas ecoam pelo casarão. Sentam na soleira, passa menina com cesta, vendendo coxinhas e empadinhas; Mariane pergunta o preço, é muito barato. Comem empadinhas e Mariane quer ir pegar dinheiro no quarto, a menina diz que pode pagar amanhã.

— Amanhã vamos embora.

— Paga quando voltar.

Ele estranha que a menina até parece preferir fiado, e ela declama:

Fiado faz aumentar
a freguesia honesta
e serve pra se livrar
de freguês que não presta

Mariane vai buscar dinheiro no quarto mas, quando volta, a menina já sumiu.

– Não se preocupe – diz Donalice – Nem por isso ela vai ficar mais pobre.

Só então Mariane pergunta o preço da diária ali, e também é muito barato: um mês aqui, sussurra, custa um dia no Serrador.

– Porque a senhora não cobra mais, ao menos no carnaval?

– Não tenho mais tempo de ficar rica.

É outro Brasil, murmura Mariane, e vai fazendo perguntas à velha que tricota na janela. É, a pensão só enche no carnaval, mesmo assim porque na Ponta não tem outra, e só por isso ela mantém aberta; é viúva aposentada, o marido faz tempo desencarnou.

– E a senhora – Mariane envesguinha encantada – nunca pensou casar de novo?

– Eu continuo casada, filha – e vai atender no bar alguém que quer pagar a conta, o costume é todos pegarem as próprias bebidas e na saída dizer o que beberam.

O fotógrafo Moreira sai de seu sobrado com fraque xadrez e nariz de palhaço, dá boa tarde passando por eles, ele apresenta Mariane:

– Minha esposa, estamos em lua de mel.

O palhaço beija a mão da dama, que então se curva dobrando joelhos, depois pergunta se o cavalheiro está indo para um novo corso. Moreira diz não, hoje tem é baile de salão, para a meninada à tarde, para os adultos à noite; e volta-se para ele:

– O senhor sabe, a curiosidade é humana, e eu queria saber... A revista achou boas as fotos?

Mariane tenente olha para ele. Ele tenta desconversar mas Moreira continua a falar que belas fotos, eróticas, sim, mas também muito impressionantes, como cenário e composição, bela ideia usar um garimpo como locação. Mariane larga da sua mão. As fotos, ele explica, ainda não foram vistas pelo pessoal da revista. O homenzinho então pergunta da fazenda e dos búfalos, Mariane esperta:

– Como o senhor sabe que a gente estava na fazenda?

– Ué, todo mundo sabe, aqui todos sabem de tudo!

Crianças puxam o fraque do palhaço, que diz é hora, agora precisa abrir o baile infantil, e vai cercado de criançada. Mariane entra pisando duro na velha escadaria, e no quarto fica na janela olhando o rio, falando de costas que não pode mesmo confiar nele, é um moleque, um irresponsável, arriscando a vida dos outros por pura molequice, já esqueceu de São Paulo?

Ele mostra as fotos na mochila, não mandou nenhuma para a revista, nenhum contato, com ninguém! – menos, claro, o laboratório no Rio, mas quem vai investigar laboratórios fotográficos?

– Não vamos por isso estragar nossa lua de mel...

Ela até parece que concorda, mas deita a chorar mansinho no travesseiro. Menino, em dias de chuva depois que o pai morreu, ele chorava assim em travesseiro de paina, que ficava dias úmido até sair o sol. Depois, travesseiro tomando sol na janela, a vida continuava. Eu nem sabia que você chorava, ele fala e ela se ergue jogando o travesseiro na parede, avança para ele como moinho de braços dando tapas, mas ele abraça e ela também, chorando e abraçando apertado. Ele lhe passa a mão na cabeça até que ela amolece o corpo e ele leva para a cama, fica fazendo cafuné. Fungando ela diz que não aguentava mais, mais de dois anos de pressão, uma hora tinha de estourar. Ou vazar.

– Desculpe – pede a Mariane doce.

Ora, você não tem culpa de nada, ele diz, e quase também diz *meu amor*. É o novo dilúvio, sussurra, de lágrimas. Ela ri soluçando, ele beija o rosto molhado, as lágrimas salgadas, a saliva doce. O cheiro dela sempre excita, e a cama acaba rangendo de novo, risinhos de crianças no corredor.

Depois ficam abraçados, ouvindo a correria das crianças, a conversa das mulheres nos quartos, o vozerio dos homens no bar, e de repente o trompete começa o baile nalgum ponto da cidadezinha. Mães chamam, crianças correm, o casarão esvazia e silencia. Ela sussurra:

– Qualquer movimento de mudança não deverá ser leve.

– Estratégia militar?

– I-Ching.

– Você acredita nisso?

– Ih, eu acredito em tanta coisa! Vamos – de novo menina, levantando da cama e estendendo a mão.

Vamos aonde, ele pergunta, e ela ri, aonde mais poderiam ir ali? Ao baile!

O salão é no antigo cinema, que fechou mas ainda conserva o nome em letras de cimento na fachada, *Cine Joia*. Para entrar, compram ingresso na bilheteria, papelzinho onde se lê *O Asilo São Vicente agradece*. Era um cinema com mais de quinhentos assentos, diz com orgulho um dos moços, vestido de mulher e de mãos dadas com moça de paletó e gravata. O piso do cinema era inclinado e assim ficou, diz o outro também vestido de mulher com criança no colo, ele pergunta se é parte da fantasia, não, é filho mesmo. Agora, apontam, os músicos ficam onde era a tela, e o povo dança subindo e descendo pelo salão inclinado, cercado de mesas diferentes com as mais desencontradas cadeiras. Cada família traz sua mesa e cadeiras, explicam falando alto, os tambores batucam forte e um casal de cantores canta entre grandes caixas de som.

Moreira vem entregar o estandarte a Mariane:

— As meninas mandaram te chamar.

Mariane pega o estandarte, agarra o braço de Moreira e vão voltar pelo salão, a meninada dançando atrás. Um moço pergunta que idade ele tem, oitenta ou noventa, e ele não entende, até que entende e entra no cordão. Dança com crianças, dança com senhoras maquiadas como mocinhas e mocinhas vestidas como senhoras, mulher parecida com Marga, um sujeito que é a cara de Maurílio, um Fidel, um Guevara, até mesmo um Marx barbudo com criança no colo, carrossel de lembranças e esperanças, voltando a ser criança, talvez mereça renascer, tomando tubaína e comendo cocada e maria-mole.

Noitinha, quando voltam suados para o casarão, ela olha as meninas voltando para suas casas, ainda com serpentinas enroladas no pescoço e confetes grudados no rosto, e fala com a voz rouca de cantar:

— Eu amo essa gente.

— Gente brasileira?

— Gente, eu amo gente. E tenho saudade – sopra – tenho saudade da minha gente.

A gente *dela*, entende, imbecil? Gente de Primeiro Mundo, não garimpeiras brasileiras nem também repórter para ser usado e descartado como absorvente de lágrimas, entende?

À noite, depois de comer pamonhas com queijo, ele dorme ouvindo longe o sax a tocar no baile adulto, e, talvez por lembrar do saxofonista que tocava no metrô de Berlim, sonha que anda pelas ruas encharcadas da Alemanha, no outono, os pés afundando na camada de folhas dos parques. Vê com tanta nitidez e detalhes os cachorrinhos levados com coleira, abrindo caminho com o peito no mar de folhas retorcidas, não pode ser um sonho, é verdade, está na Alemanha. E sua filha está ao lado, adolescente alta e grande, até meio desajeitada de tão grande, encolhida de frio e falando com ele em alemão. Não entendo, filha, não entendo, ele repete – mas ela continua falando em alemão, aponta as casas, volta a se encolher de frio. Precisam duma casa, ela parece dizer com olhos úmidos.

Acorda com frio, fecha a janela, cobre Mariane e diz baixinho *eu te amo*, e ela fala de olhos fechados:

– Eu sei.

Ela volta a dormir, ele fica olhando seu rosto, seus pés, suas mãos. Para lembrar. Foto-memória. Ou talvez ela, depois de ser porta-estandarte em carnaval, resolva continuar no Brasil. Mas quando levanta, depois de tomar o "café de carnaval" de Donalice, até com empadão de palmito e cuscuz de sardinha, ela paga a conta, calça os tênis e pega a mochila.

– Você está com seus documentos?
– Posso saber pra que?
– Vamos alugar um carro.
– Mais um?!

Ela abraça longamente Donalice, diz que alguém da fazenda virá pegar o jipe, e vai pela rua, ele atrás, sombra viva. Pode ser seu último dia com ela, deixa-se levar. Duma janela, menina pergunta se ela irá ao baile infantil de terça-feira, ela apenas sorri, murmurando para si mesma:

– Aqui, espero já ter feito o que queria.

Da ponte, olha os telhados da cidadezinha, os morros com seus cajueiros, os quintais com seus galinheiros, e diz vou sentir saudade. Ele aproveita para perguntar:

– O que você queria fazer aqui?
– Um filho – e volta a andar, o sombra viva atrás, mudo de espanto. Vários quilômetros depois, passam pela porteira da Fazenda Palestina e ela continua andando sem falar, mas ele fala:

– Tenho uma esmeralda escondida na fazenda.

– Depois te dou outra – ela continua absorta.

Passam por peão enchendo cocho do outro lado da cerca, ela pergunta se chegou alguém. Não, diz o homem, que saiba, não. Ela morde os lábios, continua pela estrada de terra até a rodovia. Então pousa a mochila no acostamento, suspira fechando os olhos, atriz antes de entrar no palco, e passa a pedir carona sorrindo. Para um sitiante com caminhoneta cheia de caixotes de repolhos. Na primeira cidade, eles descem e o homem oferece um repolho, ela pega; logo adiante, dá a mulher com crianças num casebre.

Ele aluga um carro com a rapidez *Playboy* e com cartão de crédito. As esmeraldas se vão, ele resmunga, mas as despesas continuam. Depois te pago, diz ela, e manda tocar.

– Posso perguntar pra onde?

Ela sorri triste e cansada:

– Desculpe. Vamos pro Rio.

Aperta-lhe a coxa, o sorriso parado e o olhar perdido:

– Meu *marido*... – com risinho quase soluço: – Vou sentir saudade.

A LUTA

NO RIO, ela manda parar num posto de gasolina, pergunta pelo bairro; no bairro, pergunta pela rua, é uma ruazinha subindo um morro de mansões com muros altos e guaritas. O número 47 é uma dessas casas onde o arquiteto ficou à vontade para gastar: majestosamente encravada no alto da rocha, com altas palmeiras e piscina, que eles entreveem quando um sujeito de paletó abre fresta do portão de aço.

Viemos da Palestina, diz Mariane, e o homem, dizendo-se o caseiro, informa que o Major estava mesmo esperando a senhora a qualquer hora. O Major ainda está dormindo, todos estão dormindo depois da noite de carnaval, mas eles fiquem à vontade. Como visitantes em museus, entram olhando tudo na casa cheia de quadros e esculturas.

– O Major também lida com arte – o caseiro se encarrega de explicar – Tem gente que paga fortuna por essas coisas.

Do varandão se vê o Rio, o caseiro vai apontando que ali pertinho mora um compositor famoso, lá um famoso ator, acolá o prefeito, poderosa paisagem, não fossem também as favelas cobrindo os morros. Comem sanduíches de fiambre com picles de pepino e suco de tomate, que o caseiro tira da geladeira dizendo que são coisas de gringo. Ela come, escova os dentes, olha o relógio e bota a Quinta de Beethoven bem alto na vitrola. O caseiro se aflige, ela aumenta o volume. João aparece de roupão, ela pede para chamar o Major. O Major demora, aparece de cabelos molhados e vestido para festa do Havaí, bermudas brancas, camisa florida. Mariane pergunta de Pintinha.

– Dormindo, dei um cansaço nela – o Major fala piscando para ele, Mariane bufa, enquanto o Major desliga o som e enche um copo de suco de tomate – Que que há?

Mariane pergunta das esmeraldas, o Major bebe o copo todo em longas goladas e só então, como quem fala a uma criança a quem já explicou tudo, diz que vários lotes estão sendo vendidos, mas não são negócios de um dia para outro, os compradores querem ver as esmeraldas, examinar, avaliar, fazem ofertas, é preciso fazer contrapropostas.

– Quanto tempo mais, Major? – ela morde os lábios.

– Uma semana ou duas, ou um mês, ou mais, não sei. Já falei, isso não é como vender ouro ou café, minha querida. Enjoaram da fazenda?

– Entro em contato, Major – ela pega a mochila e sai, ele pergunta se Pintinha está bem. O Major diz que sim.

– E é maior de idade. Que é que você quer dela?

– Calma, Major, é só uma amiga, a minha primeira amiga na vida...

O Major se encabula:

– Desculpe, acho que estou com ciúme, nesta idade!

Mariane buzina lá fora, o Major ri:

– Ela tem o gênio do pai!

Ele ainda se lembra de avisar que o jipe da fazenda está em Ponta do Muriaé, e na rua Mariane está ao volante. Risco zero, diz ela:

– Eu devia ter pensado nisto: se o Delegado souber de um gringo com muitas esmeraldas à venda, pode investigar o Major, descobrir que conheceu meu pai e... Não devemos voltar para a fazenda.

– Tem alguma ideia?

Ela suspira:

– Gosta de praia?

Devolvem o carro numa agência da locadora, vão de táxi até a rodoviária, aí diante da fileira de guichês ela fala para ele escolher uma praia. Ele compra passagens para Macaé, talvez porque o nome lembre Muriaé, sem saber que lá desagua o mesmo Rio Muriaé. Comem mais sanduíches antes do ônibus sair, com suco de melancia; e dá sono, no ônibus vão cochilando até Macaé. Pagando um mês à vista, ela aluga casa mobiliada em praia comprida a perder de vista. Já é quase fim de estação, as casas vizinhas estão vazias, a praia parece só deles e das gaivotas.

Passarão semanas ali, tomando banho de mar, pegando ondas, catando conchas, e o mar irá descolorindo os cabelos dela. Ela anda com chapéu de palha grande como sombreiro, a pele avermelhando lambuzada de creme. Na cama, geme de gozo e de dor das queimaduras. Na cozinha, faz omeletes, risotos, massas, assados, cada dia uma surpresa.

Ele se sente forte, continuando sem beber e só comendo peixe, legumes e frutas, começa a emagrecer e corre cada dia mais longe na praia sem fim. Cozinham juntos, leem jornais e revistas, ele escreve enquanto ela ouve música ou tenta refazer o jardim pisoteado e seco. Para que, ele pergunta, se irão embora dali, ela não verá essas plantas florirem, mas ela diz que alguém verá. Compram peixes ali na praia, quando os pescadores voltam do mar puxando as redes; e quando eles ajudam a puxar, ganham peixes que ela comerá religiosamente até a última migalha:

– Nós ajudamos a pescar!

Dormem depois do almoço, fazem caminhadas cada vez mais longas. Tardezinha, vão ao mercado e voltam cada um pegando numa alça da sacola cheia. Os pescadores falam com fé no presidente Tancredo, que logo vai governar e "fazer o Brasil entrar nos eixos".

Tomara, diz ela. E telefona duas vezes por semana ao Major, cada vez mais irritada, até que ele pergunta porque a pressa, não está gostando dali? Ele nunca passou dias tão bons, o tempo firme, o mar limpo, a saúde ótima, até pescar já pesca entre os pescadores da noitinha, ele que para isso nunca teve paciência. Ela passa uma semana sem ligar ao Major. Quando liga, passa o resto do dia chutando areia.

A tevê diz que o presidente eleito, Tancredo Neves, que agora já não insistem em chamar de mineiro, não tomou posse porque foi internado e operado um dia antes. O noticiário encerra com imagens de gente rezando nas praças pelo velho novo presidente eleito do Brasil.

Tancredo piora, os negócios com as esmeraldas não andam, diz o Major que os grandes compradores agora esperam baixar os preços, mas ele tem por princípio só vender qualquer coisa pelo melhor preço possível. É preciso lapidar melhor algumas pedras, preparar lotes menores, acompanhar atentamente cada exame dos peritos, discutir formas de pagamento, sempre mais problemas quanto maiores as esmeraldas. Mas Mariane resolve, depois de muito morder os lábios:

– Confio no Major. Sondei muito João na fazenda, para saber como o Major faz negócio. Vamos continuar esperando.

Assim ele sabe porque ela cavalgava tanto com João na fazenda. Cata flores pelos matos e lhe faz um buquê.

Às vezes voltam para a cama no meio da manhã; ela descascando legumes na pia, de biquíni, ele escrevendo; e, conforme o legume que ela descasca, a bunda trepida, ele para de escrever e fica olhando, até que vai abraçar por trás, beija a nuca, ela arrepia, acabam na cama, gemendo alto enquanto a televisão dá mais um boletim clínico do presidente.

Ele emagrece vários quilos e vai melhorando no vôlei de praia, a rapaziada vem chamar em casa para jogar. Mariane vai catar conchas. Um dia, volta e dá com ele cercado por três mocinhas.

– Fã-clube?

Não, só curiosas, ele explica:

– Querem ser modelos, me viram fotografando, querem saber como fazer *book* de fotos.

– E você se colocou à disposição?

– Ciúme?

Ela salga demais o peixe do jantar, mas em seguida se atira a ele furiosamente, e mesmo depois de gozar ainda abraça apertado. Dormindo, falará seu nome várias vezes.

No dia seguinte é dia de ligar ao Major, mas ela não liga. Passa uma semana sem ligar, sempre por perto mesmo quando ele escreve, até deixa de ir catar conchas, talvez porque já encheu um balaio. E a casa está sempre arrumada.

(Pintinha: – A chefinha leva tudo na palma da mão, sabe quantos botões tem cada roupa, e me contou até que, de menina, tinha mania de contar as estrelas do céu!)

Ela inventa de assar peixe sobre uma pedra chata no quintal. Lava a pedra, faz a fogueira em volta e, quando a pedra fica cercada de brasas, rega com azeite e deita ali os peixes, já começam a chiar. Ela fala de um poeta americano, *sempre que faço um fogo reinvento a Humanidade*. Conta que sempre gostou de acampar, no Exército gostava dos bivaques, cozinhava para o pelotão, não por ser mulher, por gosto de cozinhar.

– Almoço de domingo no garimpo era eu que fazia.

Ele diz que não sabe nem fritar ovo. Ela fala não faz mal, depois dos trinta é bom não comer mais ovos.

– Por falar em futuro, mais uma vez pergunto, como você pretende voltar aos Estados Unidos?

— Não quero falar disso.

Vai catar conchas. Ele pega o envelope das fotos e os filmes, num orelhão liga a cobrar para a *Playboy*. Claro que o editor não está, o sub atende.

— Não acredito, onde você anda, homem de Deus?! Tua mãe está de-ses-pe-ra-da! Tem gente te procurando até na Europa! Aliás, a polícia também continua procurando por você...

— Então escuta, não posso falar muito. Anota.

Primeiro, vai mandar um amigo entregar a reportagem, mas vai cobrar cinco vezes mais por causa das fotos.

— Escuta você, meu querido, você sabe muito bem que...

— Anota! – ele grita, depois fala no ofendido silêncio do sub. Junto com o texto, escrito a mão, irão os filmes. Devem pagar ao portador, em dinheiro, a tesouraria tem vários recibos seus assinados em branco, é só encher um. O portador telefonará um dia antes da entrega, para providenciarem o dinheiro e o recibo.

— Está brincando, né? Você sabe muito bem que...

— Quando virem as fotos, vocês vão achar barato.

— Vou transmitir, né, quem sou eu pra contestar. Mas posso ao menos perguntar o que está acontecendo com você?

— Pode – e desliga.

Volta pela praia, Mariane está sentada numa pedra olhando o mar.

— Catou conchas?

— Não, mas pensei bastante. E você?

Ele diz que foi andar. Antes você me convidava, diz ela, e vai telefonar ao Major. Volta contando que faltam poucas pedras para vender, e que já está cheia:

— Me sinto mal, esperando por dinheiro. Quero trabalhar, eu gosto de trabalhar!

Estranha ver, na televisão, a mania dos brasileiros por loterias e prêmios, não entende:

— Como tanta gente joga fora assim dinheiro tão suado?!

O dinheiro de despesas da *Playboy* acabou, ela paga as contas, ele diz que se sente um gigolô e ao mesmo tempo um marionete. Pede para falar ao telefone com Pintinha, ela não deixa, ele pode dar pista de onde estão.

— Tem certeza de que não é ciúme? – ele provoca e ela deixa que fale com Pintinha, ele deixa escapar que estão numa praia. Mas, afinal, o Brasil é cheio de praias...

Já não gemem na cama todo dia, um pequeno abismo entre eles vai se abrindo, cavado por pequenos gestos, a mão que larga a mão, o abraço frouxo, a frase perdida, talvez até um certo tédio um do outro. Além disso, agora acompanham a novela que se desenrola nos noticiários e boletins extraordinários: o presidente Tancredo, operado no meio de março, um dia antes de tomar posse, a tevê insiste em lembrar, um dia antes, ainda continua no hospital e não vai bem. No mercadinho, agora está sempre acesa uma vela num pires. Na praia, um grupo de senhoras de mantilha reza de tardezinha pelo presidente. Eles acostumam deixar a tevê ligada, aumentando o volume nos boletins, às vezes mais de um por hora.

Um dia, ele está escrevendo e ela aumenta o som, ele vai ver pensando que é mais um boletim, passando pela porta do banheiro vê que ela vomita na privada, aumentou o som para ele não ouvir.

— Eu não apostaria nada que não estou grávida.

Ele só consegue perguntar desde quando.

— Porque, você quer saber o signo dele?

— Como você sabe que vai ser menino?

Ela começa a chorar. Ele pergunta se ela quer ter esse filho ou essa filha. Ela para de chorar.

— Eu *vou* ter! – funga firme. – E você, *quer*?

Ele revê os meninos de Marabá naquele imenso Rio Tocantins, as meninas dançando carnaval atrás da porta-estandarte em Ponta do Muriaé, a menina alemã sorrindo triste na sua carteira. Mariane insiste:

— Hem, você quer?

Ele diz que seria um pai internacional, filhos na Europa e nos Estados Unidos. Ela suspira dura, enxugando os olhos com as mãos, e ele diz quero sim, quero. Então, sentados ali no chão do banheiro, ele com as costas na porta, ela com as costas na privada, é como se tirassem fardos, suspirando juntos e aliviados, e combinando que sim, terão essa criança; e ele irá, sim, para os Estados Unidos; ao menos por enquanto, acrescenta, e ela concorda, ao menos por enquanto.

Irão pela Bolívia, é o plano dela. Pode estar sendo procurada pela morte no garimpo, era o que o Delegado sempre ameaçava, e crime de morte dá prisão mesmo; portanto, não pretende mais passar por aeroporto: sairão de jatinho da fazenda de amigo do Major.

– Já combinei tudo.

– Claro.

– Você tira passaporte na Bolívia.

Mas como vai conseguir um passaporte fora do país? Ela sorri com o rosto ainda molhado:

– Do jeito mais fácil, como sempre. Com dinheiro.

Logo que pode, ele liga para Maurílio, que vai logo contando:

– Companheiro, você tem sorte de ter me achado aqui! Virei homem de negócios, acredita? Tenho até pasta de couro, meia dúzia de ternos, mas gravata só vermelha, como diz o poeta, né, de tudo fica um pouco. E você, continua procurado pelos homens porque? Assim você vai me matar de curiosidade!

Ele fala que não pode explicar ainda, só precisa de um favor:

– Pegue meu passaporte no apartamento logo que puder. Ligo amanhã ou depois a esta mesma hora.

Desliga ouvindo os berros de Maurílio. Liga no dia seguinte.

– Pegou o passaporte?

– O zelador diz que a polícia levou.

– Não faz mal. Faz o seguinte.

Mariane agora passa os dias cantarolando, plantando flores na casa que vão deixar, passeando na praia e, quando senta, passa as mãos na barriga. Ela está aguando o jardinzinho quando Maurílio passa devagar de carro, procurando o número da casa. Ele vê lá da sala, sai e apresenta Maurílio no jardim.

– Um amigo meu.

Ela olha para ele tenentemente.

– Maurílio vai levar a reportagem e trazer o pagamento. Eu quero viver com meu dinheiro, Mariane.

– O machismo – ela fala doce – é a pior das doenças.

Mas acaba concordando, Maurílio levará o texto e os filmes, trará o dinheiro, devidamente instruído e acautelado: não deve falar a ninguém onde estão, ninguém, e o tempo todo verificar se não está sendo seguido. Maurílio sorri superior:

— Moça, eu fui segurança de Salvador Allende.

— Não por muito tempo, não é?

Ela entra na casa batendo a porta. Maurílio ri:

— É égua brava que encanta o potro, companheiro!

Maurílio pega o envelope e os filmes, volta para o carro e parte rindo. Volta no dia seguinte de tardezinha, com o dinheiro e um bilhete do editor: *Demos uma olhada nas fotos reveladas, esperamos que as outras sejam tão boas quanto. Mas esse pagamento, desse jeito, é chantagem. Precisamos conversar.*

— O que você fez, Maurílio?

— Deixei que olhassem as fotos, mas fiquei com os filmes. Falei que só entregava com dinheiro na mão. Pensaram que era brincadeira, joguei um filme pela janela. Calma, era um filme vazio que levei pra isso mesmo. Aí falaram que iam chamar a segurança. Falei chama quatro, que não gosto de brigar pouco. Daí me mandaram esperar, foram arranjar dinheiro, pagaram, recebi, taí. Teu passaporte também.

O sub tinha ligado ao síndico do apartamento, que contou do desmando policial, e em seguida o sub, quem diria, ligou ao juiz corregedor, perguntando com que direito polícia invadia apartamento de jornalista, levava filmes, confiscava passaporte, não tinha acabado a ditadura?

— O gatinho é fera, companheiro! Mandaram o passaporte para a revista no mesmo dia!

Mariane fala que melhor assim:

— Fora do Brasil, vai servir. Vamos embora logo que der.

Na cama, perguntará se ele confia cem por cento em Maurílio.

— Tanto quanto você confia no Major.

— Então não é cem por cento. Cem por cento acho que não confio nem em mim. Mas vamos embora logo que der, se Deus quiser.

— Deus? E o Tao?

Ela fala com voz mole de sono:

— É tudo a mesma coisa, Deus, Tao, Alá, Tupã, Odin, Iemanjá, criações da nossa mente para consolo de nossa mente, por termos apenas uma vida tão curta diante do Universo e da Eternidade. Aliás, conforme a física quântica, a única coisa certa é a incerteza, sabia?

Não sabia, ele murmura, nem sei o que é física quântica, mas tenho certeza de que você vai me contar. Ela sorri de olhos fechados e logo está ressonando, ele fica olhando, que inveja de quem dorme tão fácil assim, uma mulher tão desconhecida quanto surpreendente, física quântica, quem diria. Então fala várias vezes em voz alta *eu te amo, te amo, te amo,* ela ressonando criançamente.

A doença do presidente paralisa o país. Os negócios não andam, a Bolsa quase parada, até o comércio de pedras resolve esperar se o homem morre ou não. O Major se recusa a fechar negócios com mercado em baixa:

— Ele diz que tem uma reputação a defender — Mariane volta cansada dos telefonemas, já de barriguinha.

O presidente morre aos poucos, a cada boletim. O porta-voz tenta ler com ânimo os boletins, em linguagem tão técnica que parece falar de uma máquina chamada "o presidente eleito", mas o povo sofre cada palavra. A televisão vive ligada em todas as casas, todos os bares, nas lojas e até nos bazares. O presidente é operado outra vez em São Paulo, gerando mais e mais boletins, o hospital cercado de imprensa e povo, gente rezando e acendendo velas entre os fios emaranhados e as luzes das câmeras.

O Major vem amanhã, ela fala para lá do meio de abril, já bem barrigudinha. O Major aparece irritado de dirigir, ela exigiu que viesse sozinho, mas acaba rindo e batendo palmas diante da barriga dela:

— Parabéns, teu pai ia gostar de um neto meio brasileiro.

Ele pergunta de Pintinha.

— Não se preocupe com ela, rapaz, vai enterrar todos nós.

Dá a Mariane os recibos das ordens de pagamento para Dita, conforme cada lote vendido. Pintinha já recebeu em dólares, comprou metade em ouro e faz curso intensivo de inglês. Mariane confere os recibos todos, depois conta sua própria parte, maços de notas graúdas de dólares numa maleta, enfileiradinhos como nos filmes. Quando ela pega um maço para contar, ele vê um vulto passar pela janela lá fora; decerto algum pescador, eles costumam passar entre as casas.

Mas é João: entra pela porta dos fundos com pistola automática e atira no piso, estilhaços de cerâmica espirram nas pernas. Quietinho, Major, bem quietinho, João fala com outra voz, em tudo é outro, nos gestos, no andar, no olhar; a fera negra tirou a pele do negro obediente:

— Pega a arma dele, José. No cinto, atrás.

José aparece na área de serviço atrás de João. Mariane e o Major trocam olhar mas José sibila — Nem pense, Major — entrando na cozinha com navalha aberta na mão. Nem pense, repete caminhando pé ante pé. Rodeia fora de alcance o Major, até ficar por trás, aí enfia a mão por baixo da camisa florida, tira outra pistola automática. O Major parece que nem respira.

Mariane e o Major estavam em pé de cada lado da mesa, ele sentado diante de pratos sujos e resto de macarronada; e assim continuam, parados como numa foto. José volta para junto de João, entrega a pistola, João destrava com a mão esquerda, Mariane e o Major atentos a cada movimento. O olhar de Mariane alcança uma faca na mesa, o Major suspira leve e fundo, como se tomando fôlego. Duas armas automáticas podem fazer muito buraco por ali, e ele está bem entre Mariane e o Major, então fala surpreso de ouvir a voz tão calma:

— Vocês não vão tentar nada, não é? — mas Mariane e o Major nem olham para ele.

— O bebum tem juízo... — João aponta para o peito do Major: — Ajoelha de cara pra parede!

O Major obedece. João manda Mariane ajoelhar diante da outra parede, ela ajoelha, depois é a vez dele, e assim ficarão ajoelhados, cada um olhando para uma parede.

— Pega o dinheiro — manda João — e acha com que amarrar eles.

Gavetas sendo remexidas, portas de armário batendo. José corre todos os cômodos, volta ofegante:

— Não tem nem barbante nesta casa, acredita? E agora?!

Ele já viu esse filme: por falta de uma simples corda para amarrar, podem matar; então fala que tem um mercado perto, vendem desde fita crepe até cordões para varais. Dá para ouvir o suspiro emputecido de Mariane. Então José pede dinheiro, João diz que não tem:

— Botei gasolina, esqueceu?

Ele enfia a mão no bolso dizendo que tem dinheiro – e João atira, a bala bate na parede perto da cabeça, ele fica com a mão no bolso. Tira a mão bem devagar, fala João, e ele tira do bolso as notas amassadas com que ia comprar peixe na praia. José pega o dinheiro e sai pela frente, ele olha por cima do ombro, João com uma pistola em cada mão. O Major solta ar pela boca em bico, feito locomotiva, pergunta como é que eles vão fugir; não conseguem nem assaltar direito, como é que vão fugir?

– Não é um assalto – é outro João a falar cantarolando – É uma indenização, meu patrão, uma indenização trabalhista e moral.

– Escuta, João – o Major fala bem devagar – Você não fala assim, você não pensa assim, te fizeram a cabeça, negão.

– Não me chame de negão.

– Nem você me chame de patrão. Então não é um negão, é um bobão que vai acabar em cana – o Major fala frio – e vai lavar cueca de bandido.

Com o sotaque do Major isso soa bem mal, mas João dá uma risadinha, diz que não vai perder a calma:

– Já vi você fazer esse truque, Major, esqueceu?

Então ele resolve ajudar o Major:

– Isso é o que dá empregar ladrão.

João ri, risada solta e gostosa, mas o Major aproveita a deixa:

– Pois é, mas como é que eu ia saber? Ele esperou tanto tempo pra dar o bote! Eu devia ter desconfiado de tanta disciplina, tanto silêncio, tanta eficiência! A fera é um verme...

Pode ser, João fala já com a voz torcida de raiva:

– Um verme que cansou de te ver torrando dinheiro a rodo, à toa, gastando tanto até com putinha como essa última!

– Mas é dinheiro que ganhei com talento, coisa que você nem sabe o que é, a inveja cega e a amargura rói... Se não fosse eu, infeliz, você ainda estava lavando privada de quartel!

Outro tiro, decerto na parede do Major, que porém continua calmamente:

– Esse é o problema dos incompetentes. Acham-se merecedores de sucesso, têm inveja de quem tem sucesso, mas só conseguem rastejar na nossa sombra ou tentar roubar o que não vão conseguir nem manter! Já viu quanto otário ganha na loteria e logo está pobre de novo?

José volta com cordões de varal e fica ouvindo.

– O máximo que o fracassado invejoso consegue é se juntar com outro...

– Você está muito enganado, saco de merda! – José bate com os cordões na mesa – Eu ia ficar lá quieto no meu canto, se você não mandasse cortar as árvores, as árvores que eu plantei com mudas do meu viveiro!

O Major continua declamando que os fracassados têm manias...

– ...e a principal delas é culpar os outros pelos próprios fracassos, ou então têm mania de colecionar coisas, geralmente bugigangas, para se sentirem importantes, donos de alguma coisa admirável, ou mania de manter a forma física, pra ficar com um baita corpo e cerebrozinho de minhoca, ou então mania de encher o mundo de plantinhas decorativas.

– Desde quando – José quase grita – árvore de fruta é decorativa?!

O gado, continua o Major, dá emprego a dúzias de homens e famílias, alimenta a indústria empregando muito mais gente, coisa muito mais importante que plantar frutas pra passarinhos. Ecologia é o novo romantismo.

José começa a gritar e João grita mais alto que é isso mesmo que o Major quer:

– Quer nos descontrolar, já vi ele fazer isso! Então cala essa boca!

– Mas calar a boca foi o que eu mais fiz até agora! – grita José – E agora você vai gritar comigo?!

Aí, no silêncio que se faz, ouve-se a voz de Pintinha:

– Não, nenê, ninguém vai gritar mais nada. Bota o ferro no chão, menino.

Ele olha, é mesmo Pintinha, na ponta dos pés para alcançar a nuca de João com a sua automática. O Major levanta rápido, pega uma das pistolas de João, Mariane pega a outra. Ele continua de joelhos. Pintinha:

– Tá rezando, preibói?

Ele está levantando quando José salta sobre Mariane, ela desvia e dá cotovelada, José se estatela e se arrasta, quer falar, está sem voz, Pintinha fala:

– A chefinha foi do exército gringo...

– Eu também – o Major esmurra a boca de João, murro de quem sabe esmurrar, tanto que retorna o braço apalpando a mão ferida, mas mais ferido fica João: bate de costas na parede e desce até sentar cuspindo dentes e sangue na palma branca da mãozona. Meus dentes, geme, meus dentes.

— Não tem nenhum que eu não tenha pago – o Major esfrega a mão que também sangra – Não te devo nada.

Pintinha senta, com uma das mãos pegando garrafa de guaraná, a outra mão deixando a pistola na mesa, e bebe um copo dizendo ah, que delícia as bolhinhas estourando no nariz. Arrota cobrindo a boca com a mão, depois diz ai, foi Deus, né, foi Deus que me mandou comprar o guaraná antes de vir pra cá. Aí viu passar José com um maço de cordinhas na mão. Foi atrás, viu *dois* carros do Major ali. Ficou ouvindo na varanda, mas preferiu entrar pelos fundos.

— Fiz certo, Major?

— Positivo. Tenho andado distraído, me seguiram e nem vi.

João cospe sangue nas pernas do Major, leva um pontapé no queixo, desaba ao lado de José, tremendo encolhido num canto. Mariane fecha a maleta com gestos secos e a voz fria:

— Major, o avião do seu amigo está na mão?

O Major tem de telefonar para saber, mas antes amarram João e José, as pernas, as mãos nas costas, ele e Pintinha admirando a habilidade dos militares com os nós. O Major vai telefonar de orelhão, Mariane diz a Pintinha que está grávida. Pintinha abraça, começa a chorar e ele fica olhando o cenário: duas mulheres abraçadas num canto, uma a chorar e outra a sorrir, noutro canto dois homens gemendo, o piso estilhaçado; pergunta a Mariane como explicarão à imobiliária.

— Não vamos explicar nada – Mariane começa a catar roupas – Vamos embora agora.

O Major volta, o avião está abastecido e pronto na fazenda. Vamos, Mariane comanda, mas ele não se mexe, senta. Ela volta da varanda:

— Vai ficar?

Ele pergunta porque tem de ser sempre assim, na correria, porque não podem ir de manhã?

— O avião não vai partir duma fazenda à noite, vai?

— Mas quando amanhecer já estamos lá – ela enfia as roupas dele na mochila – Vamos!

Ela sai, ele pega a mochila e vai atrás, tomando a mochila dela: – Você está grávida, lembra? Ela entra num dos carros, o Major abre o capô do outro, tira uma peça e joga longe, diz para ele dirigir e senta atrás com Pintinha. No banco da frente, Mariane já passou o cinto de segurança, a mão sobre a barriga. Ele vai dar a partida quando aparece táxi e Maurílio desce – de paletó e gravata! – na luz dos faróis.

É um amigo meu, ele diz quando o Major empunha a arma. Maurílio debruça na janela:

– Companheiro, paguei uma nota de táxi porque fiquei sem carro, e nem vinha se não fosse por isto: tua mãe teve um ataque, tá no hospital.

Um pescador passa com sua vara e uma fieira de apenas três peixinhos, mas dá inveja. E, depois de rápida discussão ali na janela do carro, Maurílio joga a cartada final:

– Tudo passa, companheiro, até a Revolução parece que passou. Mas mãe, não, mãe fica no sangue da gente! Você tem de ir ver tua mãe ou não te olho mais na cara!

Mas é Mariane quem convence com voz calma e limpa:

– Vamos, eu quero conhecer tua mãe, quero dizer uma coisa a ela.

Maurílio diz que a velha está em coma, e só então ele entende que pode estar perdendo a mãe, aquela rabugenta sempre a lhe dar conselhos e a cerzir suas meias furadas, que ele sempre jogou fora porque cerzidas.

– Vamos, vamos para São Paulo ver minha mãe.

Maurílio senta atrás com Pintinha e o Major. Ele pergunta o que vai ser de João e José. Que se virem, diz o Major, gritem, morram de fome se não aparecer alguém. Nada disso, diz Pintinha:

– A gente volta lá depois, deixa eles pensarem um pouco na vida. O José endoidou por causa das árvores, o João por ver tanto dinheiro, nos garimpos de homem também dava muita doideira. Dinheiro endoidece. Mas vai mais devagar, preibói!

É a mesma voz doce, mas firme:

– Tenho de viver pra gastar meu dinheiro.

Maurílio e o Major mal se apresentam e já vão contando bravatas do exército americano, o Major, e das guerrilhas do mundo, Maurílio. O Dia-D, a Batalha de Stalingrado, a Revolução Chinesa, a Coreia, a Revolução Cubana, o Vietnã. Se tivessem ligado o rádio, saberiam que o presidente morreu logo no começo da viagem povoada por Fidel Castro e Che Guevara, os heróis do Álamo e Ho-Chi-Minh, o general Patton e Giap, os vietcongs e os boinas verdes. Mariane cochila com as mãos na barriga.

– Nunca vi guerrilheiro de gravata – o Major provoca Maurílio.

– Tudo muda no mundo – Maurílio se defende atacando: – Nem eu tinha visto fuzileiro estilo havaí. Vocês ainda queimam negros lá no Sul?

– Não, agora a gente manda pras Olimpíadas.

Riem juntos como velhos companheiros. Mariane e Pintinha dormiram, os dois continuam se provocando até trocarem tapas de amizade. O Major fala da usina de laticínios que vai abrir na fazenda, com escola agrícola ao lado, Maurílio diz que o Major é um capitalista social. Depois Maurílio fala da agência, anda procurando mais um sócio para comprar computadores, podem ter a primeira agência informatizada do país, e com autogestão dos funcionários, cada um fazendo o próprio horário e divisão dos lucros por todos; o Major diz que Maurílio é um social-capitalista. Pelo retrovisor, ele vê Maurílio com olhos brilhando como quando falava da Revolução:

– Quem botar computador na empresa agora dispara na frente, o mercado é um mundo! Mas não queremos político de sócio, preferimos empresário, entende?

O Major diz que vai aplicar cada tostão na usina da fazenda, e taticamente resolve dormir. Maurílio diz que é uma merda mesmo, dinheiro é que move o mundo:

– Antes, faltava dinheiro pra ser revolucionário e fazer a Revolução. Agora, falta dinheiro pra montar empresa e ser empresário. Dá saudade daquela vida no exílio sem dinheiro...

Param de madrugada num posto para comer pizza, ficam sabendo que o presidente morreu. Pintinha diz que a vida é mesmo uma ilusão, quando a gente consegue ser tudo que quis, morre de uma trolha qualquer na barriga. Em alguns trechos a rodovia tem neblina, o Major conhece a estrada e passa para o volante, vai devagar. Chegam a São Paulo amanhecendo. Param em padaria perto do mesmo Hospital das Clínicas onde estão o presidente morto e a mãe dele. Os empregados da padaria deixaram de atender o balcão para ouvir rádio na cozinha, um vem fechar as portas, vão acompanhar o corpo até o aeroporto. Mas atende aqui – diz o Major – que a gorjeta é boa.

– Atendo, sim-senhor – diz o chapeiro – Mas depois não trabalho mais por dinheiro nenhum – lágrimas descendo na cara.

Comem pães tão quentes que a manteiga derrete. Passam ônibus lotados de trabalhadores, Pintinha se benze:

– Deus me livre ser pobre de novo.

Descem gemendo as portas da padaria. Mas, Mariane quer saber, gostam tanto assim do tal Tancredo?

– Não sei, dona, acho que a gente gosta é do Brasil.

Quando saem para a rua, são sete e meia no relógio da padaria. O trânsito já está um inferno, e só às oito chegam ao hospital – ou perto: a alameda está tomada de gente, carros de imprensa enfileirados, lá na entrada uma multidão compacta. O Major avisa que espera no carro.

– Fugindo da luta, fuzileiro? – Maurílio enfia a camisa nas calças, arruma a gravata, põe o paletó.

O Major diz que espera uma hora ali, depois toca para a fazenda do amigo, Mariane tem o mapa. Lá, vai esperar só um dia, depois volta a Macaé, ver se aqueles dois estão lá amarrados ainda; como não foram amordaçados, podem gritar e alguém pode acudir; ou não, lembra Mariane, a vizinhança é de casas de veraneio desertas.

Por via das dúvidas, ele pega as mochilas. Pintinha quer ir com eles, Mariane manda voltar para o carro – e vai para o hospital com a maletona de dinheiro, ele atrás com as mochilas e Maurílio.

A multidão vai engrossando, até terem de pedir para passar, abrindo caminho quase à força, agora ele na frente com as mochilas, Mariane atrás com a maletona, até que Maurílio toma a frente e vai gritando:

– Imprensa, por favor, imprensa!

O povo vai abrindo caminho, e eles chegam na área da imprensa mesmo. Tantos fios se trançam entre câmeras, microfones e luzes, que alguns técnicos estão sempre destrançando a maçaroca, já viram na televisão, agora parece irreal ver ao vivo. Uma repórter conhecida chama por ele, pega pelo braço, que é que anda fazendo ali?

– Até a *Playboy* está cobrindo?

– É, tem um lado erótico nisso tudo, não tem?

A repórter ri se agarrando nele, é alguém que ele conheceu até demais, e se pendura no seu braço com as duas mãos, um decotinho ousado para um velório presidencial. Mariane puxa pelo outro braço:

– Vamos, antes que eu tenha enjoo.

A repórter fica para trás e, depois da imprensa, que cerca a entrada do hospital, estão diante da polícia militar, que Maurílio fura erguendo a mão e falando muito sério que é o deputado Mauro de Lírio, ele não precisará anotar para jamais esquecer, deputado Mauro de Lírio do PQP de Rondônia. Com seus coletes negros, a Polícia Federal está na porta do hospital, e Maurílio junta as mãos quando dizem que a entrada está fechada:

– É caso de aborto!

Mariane aperta a barriga com cara de dor.

– Entrada hoje só pela enfermaria do outro lado, cidadão.

– Não vai dar tempo, vamos perder o filho!

– Pelo amor de Deus! – Mariane faz careta, agarrando o braço do policial, que olha em volta procurando chefia não acha, diz tá, entra, dona, entra, e grita para outro:

– Mariano, leva lá pra maternidade!

Mariano é um negro gordo, a barriga apertada num colete pequeno, já suando quando começa a andar com eles pelo hospital. Macas passam deslizando, eles trombam com enfermeiras atarantadas, olhos vermelhos de chorar. Mariane olha as placas dos corredores com seu olhar de enfermeira, e de repente puxa o paletó de Maurílio, se enfiam num elevador enquanto o bundão de Mariano continua pelo corredor.

É um desses elevadores compridos de hospital, para caber uma maca, e Mariane aperta logo um botão: UTI quase sempre é no último andar. Do elevador, vai direto para o posto de enfermagem e diz que é enfermeira, procurando a mãe do marido, está na UTI. Fala com as enfermeiras na linguagem das enfermeiras, que logo acham onde está a mãe dele, saiu da UTI. São levados por uma enfermeira a outro andar, daí a um roupeiro onde devem deixar as mochilas e a maletona, depois caminham com a enfermeira por corredores e corredores, as duas conversando em língua de enfermagem.

De repente a enfermeira abre uma porta e a mãe dele está lá, num quarto com biombo e outra mulher noutra cama. Ela dorme com agulha de soro no braço, curativo no outro braço, por onde entrou a sonda da angioplastia, explica a enfermeira. Não foi propriamente um ataque, mas um entupimento da artéria, desentupiram e agora ela deve mudar a dieta e tomar uma série de cuidados, a enfermeira ainda está falando quando a mãe abre os olhos.

– Meu filho, graças a Deus.

A enfermeira faz sinal para se aproximarem – Mas evitem se tocar, por favor. A mãe fica olhando para ele com olhar de mãe, bebendo pelos olhos, depois vê Maurílio.

– Quero te pedir perdão, moço, eu julguei mal você – começa a lacrimejar. – Você endireitou, não é? Então...

Olha para ele:

– ...agora só falta você, meu filho.

Não olha para Mariane.

– Mãe, esta é Mariane.

A mãe dá só uma olhadinha mas logo olha de novo: Mariane sorri com as mãos na barriga.

– Vou ter um neto da senhora.

A mãe pisca, pisca, descem duas lágrimas, e abre os braços para Mariane, abraçam-se e a enfermeira diz que não devem se tocar.

– Eu vou cuidar bem do seu neto – Mariane se afasta da cama – Do seu filho não sei, mas do seu neto, garanto.

– E vocês vão morar onde?

– Por enquanto, nos Estados Unidos.

A mãe olha para ele:

– Uma no cravo, outra na ferradura.

Mariane: – A senhora pode ir também.

– Eu sou uma aposentada brasileira, minha filha.

Entra médico, a enfermeira diz que eles têm de sair. O médico pergunta o que estão fazendo ali se não é horário de visita. Foi o que falei, diz a enfermeira, já estava levando eles para fora, e saem, Maurílio da porta mandando beijinhos e a mãe acenando sorridente, quem diria. Voltam a andar por corredores e corredores até o roupeiro, onde pegam as mochilas e a maletona. Mariane agradece à enfermeira, vão para o elevador que está no térreo e demora. Quando entram no elevador, com o olfato apurado herdado da mãe ele sente cheiro de *Gauloises*; enfia o pé entre as portas fechando, diz que é melhor deixarem o elevador:

– Vamos pela escada. Ele está por aqui.

– Ele quem? – ela envesga.

Ele, ele sussurra; vamos pela escada. Maurílio vai atrás perguntando quem é *ele* afinal, um monstro?

A escada acaba num canto do saguão e, dali, veem diante da porta do elevador o Delegado fumando, a apreciar o ambiente como quem procura ou espera velho conhecido. Eles se esconden atrás de Maurílio, que pergunta que foi.

– O Delegado – ele sussurra – O de paletó diante do elevador, tá caçando a gente.

– Aquele, é? – Maurílio rosna: – O filho da puta fuma em hospital!

Policiais federais com seus coletes negros zanzam pelo salão, esperando a saída do cortejo. Mariane se pergunta baixinho como é possível, como é possível?

– Ora – ele sussurra – que importa?

Para entrar no hospital passaram pelo batalhão de câmeras, e estão filmando ao vivo, o Delegado pode ter visto pela tevê; ou então está ali campanando a mãe para pegar o filho. O que importa é que agora, para sair, precisam passar bem diante dele. O elevador abre, saem várias enfermeiras e enfermeiro com maca, o Delegado se volta para olhar, ficando de costas para eles. Maurílio tira o paletó, joga num canto: – Deixa comigo.

– O que você vai fazer?! – os dedos de Mariane estão brancos de apertar a maletona diante da barriga. Maurílio vira-se para eles, teatralmente baixando o nó da gravata vermelha até o meio do peito, daí dando um beijo na testa de cada um e, dando as costas num giro rápido de braços soltos, vai rebolando entre policiais e bombeiros. Toca no ombro e, quando o Delegado vira, dá-lhe na cara tapa de estralar, silenciando o salão e gritando histérico:

– Cadelo! Eu te mato, cadelo!

Pula sobre o Delegado aturdido, se embolam pelo chão derrubando um bombeiro e um padre, a voz histérica gritando no meio da confusão: – Você nunca mais vai me trair, cadelo, nun-ca mais!!! – e Mariane, com a voz fria de novo, Mariane diz vamos. Passam a poucos metros da confusão, Maurílio ainda agarra e morde o Delegado, bombeiros e freiras em alvoroço na gritaria. Eles vão para a grande porta iluminada como palco pelas câmeras com suas luzes lá fora, ele pedindo licença, afastando gente, trombando, ela atrás escudando a barriga com a maleta.

Calma, diz Mariane quase na porta, diminuindo o passo e erguendo a maleta no rosto diante de tantas câmeras. Antes delas, abre-se clareira de policiais federais, eles cruzam a clareira, passam entre as câmeras e microfones. A gritaria continua lá dentro, e ele dá um único olhar para trás quando estão passando pelo cordão da polícia militar, já na rua. O Delegado está na porta, erguendo a mão sobre os olhos, e crava o olhar no seu olhar, ele puxa Mariane pelo braço, ela tropeça com o pé enredado em tantos fios pelo chão.

Ele olha de novo, o Delegado já vem passando apressado pela clareira. Surge aquela repórter, ajudando Mariane a desenroscar o pé. O Delegado passa o cordão da polícia militar, avança para eles empurrando gente. Mariane levanta, segue seu olhar e vê o Delegado, enfia a mão na blusa e tira a automática, põe atrás da maleta diante da barriga. Ele pede pelo amor de Deus, não faça isso, pelo amor de Deus. Aponta o Delegado para a repórter:

– Aquele lá é primo do presidente.

A repórter agarra seu câmera e vai para o Delegado, ele agarra Mariane e entram na multidão fechada. Tantas caras e cotovelos, tantos cheiros. Foi Trotsky ou Lênin quem disse *a segurança do revolucionário é a massa*? Vão aos trambolhões, empurrando, empurrados, agachando aqui e ali, quase rastejando entre pernas, ela diz para deixar as mochilas, ele mal consegue achar espaço para avançar com elas, ela atrás abraçando a maleta. Deixe ao menos minha mochila, ela quase grita, não tem nada de valor aí! Ele deixa a mochila dela, continua com a sua, tem sua segunda esmeralda ali e já perdeu a primeira. Quando emergem do mar humano, não acham o rumo do carro do Major.

– Vamos pela massa – ele comanda – Vamos pela massa!

Continuam através da multidão bem além do hospital, em ruas e avenidas de calçadas cheias, onde muitos rezam de joelhos, outros em pé. Ele diz que nunca viu tanta gente chorando, Mariane diz que já, quando morreu John Kennedy, era menina. De todos os prédios sai gente com bandeiras, camisas verde-amarelas, cartazes de revistas e jornais com a careca sorridente de Tancredo. Só depois de vários quarteirões a multidão começa a ralear.

— Se for menino — ele fala ofegante — pode se chamar Maurílio.

— Se for mulher — ela acena para um táxi — pode ter o nome da tua mãe, qual é?

— Mariana.

— Ótimo — ela sorri guardando a arma.

Acham o carro do Major, cochilando ao volante, Pintinha esperta:
— Cadê teu amigo, plebói?

— No momento, não sei, deve estar numa delegacia.

No orelhão ao lado do carro, ele liga para a *Playboy*, não esperando achar alguém no dia de luto nacional, mas o sub atende:

— Meu Deus! — soltando gritinho: — Vooooocê!

— Eu. Então. Vou pros Estados Unidos, nem sei como, mas vou, sem saber quando volto. Obrigado por tudo. Agora, anota por favor.

— Antes, escute você. (Assoa o nariz.) Vendemos sua reportagem para a *Playboy* de sete países, parece mentira, não é? Nunca vi ninguém ganhar tanto com uma reportagem! Mas pra onde mando teu dinheiro?

— Dá pra minha mãe.

— E quem é a modelo das fotos, querido? Você levou daqui ou achou lá? De qualquer forma, nada feito sem um contrato com ela pelas fotos, certo?

Ele manda anotar. Primeiro, o telefone do Major, para tratar com Pintinha e, depois, para visitar a Fazenda Palestina e, lá, pegar no segundo quarto à direita, num buraco na parede acima da janela, uma esmeralda do tamanho de ovo de codorna.

— É sua. Se quiser vender, peça ao Major.

Desliga, pega a segunda esmeralda na mochila, dá a Pintinha:

— Tirem meu amigo da cadeia ou onde estiver. E entregue isto a ele, diga que é pra investir na agência.

Pintinha enfia no decote o cartão de Maurílio.

— Entendido, plebói.

Na fazenda, a pista de pouso é asfaltada, o Major diz que um dia terá uma igual, detesta pedir favor para amigo mais rico. O piloto pergunta o destino, o Major aponta o céu:

– No ar você fica sabendo, filho.

Pintinha põe no avião caixa de isopor com duas garrafas de vinho e uma de champanhe.

– Feliz lua de mel, chefinha!

As duas ficam tempo abraçadas. O Major bate continência para Mariane, perfilado como um barril de chope.

– Seu pai ia gostar, menina. Missão cumprida.

Mariane enxuga o rosto com os dedos, o vento mexendo os cabelos de novo loiros, entra no avião. Ele entra sentindo seu cheiro no ar. O avião começa a taxiar, Pintinha acena triste, o vento mexe flores na camisa do Major. Quando chegam à cabeceira da pista, ainda com o rosto molhado, Mariane começa a abrir a garrafa de champanhe.

– Se você quiser, tome vinho.

Ele diz que não, vai beber só champanhe daqui por diante, e só quando tiver o que comemorar.

O estouro da rolha assusta o piloto; mas, quando vê a garrafa, deseja felicidade:

– Pra vocês três! – e acelera para a decolagem.

– Deus te ouça – ele brinda, o copo de papel tem desenho de ursinhos.

– E agora – como no garimpo, ela bebe no gargalo – vamos pra casa!

Depois fala de olhos fechados:

– Mas vou sentir saudade do garimpo – abrindo os olhos – Afinal, foi lá que conheci você.

– E conseguiu uma mala de dinheiro.

– Uma pequena parte – ela pisca matreira – O resto ele vai entregar doutro jeito. E uma parte será tua.

– É – agora é ele quem fecha os olhos – Eu também gostei de garimpar.

O REENCONTRO

DOIS ANOS depois, o piloto avisará que estão chegando a São Paulo, e Mariano acorda. Todos dizem que é um menino muito inteligente para a idade, mas devem querer dizer algo mais que inteligente: um capeta, como diz vó Mariana. Ela se orgulha de "vó" ter sido a primeira palavra do guri, que começou a falar na segunda viagem dela aos Estados Unidos.

O avião já meio se esvaziou no Rio, então Mariano quer porque quer ir para outras poltronas. A comissária, como passaram a ser chamadas as aeromoças, afivela o cinto, o guri desafivela. Mariane mostra a palma da mão esticada, com o olhar bem vesgo, Mariano aquieta.

— Igual o pai — a vó fala para passageiros — Só aprende apanhando!

O avião se inclina, Mariano vê a cidade lá embaixo.

— Blasil?

— Brasil — a vó começa a chorar.

— Por favor, mãe! — pede Mariane, e então a mãe fala alto, e chorando, como querem que não chore vendo voltar pra casa o neto que foi feito ali e foi nascer noutro país?

Mariane aperta a mão dele, olhando pela janelinha:

— O Brasil, tão grande e... Quanto tempo você vai ficar?

— Quem sabe?

Ele fecha os olhos. (Quando a reportagem saiu, primeiro no Brasil, depois noutros países, o garimpo de mulher se tornou lenda, conforme o editor sueco. Pintinha ganhou com as fotos "nem tanto quanto com o garimpo, nem muito menos também". Telefonou numa madrugada:

— Para de soltar essa reportagem pelo mundo, ple-i-bói! (A cada telefonema, a pronúncia melhorando.) Cada vez que sai numa revista, não faço mais que atender gente querendo me ver pelada! Mas eu tenho outros talentos, tenho compromissos com as minhas empresas! – baixinho: – E, aqui entre nós, preciso cuidar do Major! Ele anda negando fogo, acredita?

Ele abre os olhos e Mariane está sorrindo, mas é sorriso profissional:

– Eu não posso ficar mais que um mês no Brasil. Tenho muito que tocar nos Estados Unidos, você sabe. Mas...

Mariano esperneia e aplaude quando o avião pousa.

– ...decerto vai ser bom pra esse menino.

Meu bem, ele fala no ouvido enquanto o avião roda pela pista:

– Meu bem, nós já passamos por fases e crises, é normal. Eu já conheço todos os teus cheiros e, agora, você está com teu cheiro de medo, logo vai virar bicho, começar a suspirar fundo, morder o lábio e querer mandar em todo mundo. Escuta, como eu te escutei, quando você disse que parecia que eu estava com nojo de você, e era verdade, te falei, fiz reportagem disso uma vez, na gravidez a mulher solta feromônios pra afastar mesmo o homem, é uma defesa natural, você foi pesquisar e comprovou, certo?

Ela balança a cabeça, ele continua: então, agora, ela está com cheiro de medo, é até visível, de modo que é melhor relaxar, esquecer o amanhã, trocar o medo pela alegria e pronto, viver!

Ela sorri:

– Você acha que eu tenho medo? Do que?!

– Do Brasil.

– De te perder pro Brasil – ela engole – talvez.

Ele fecha os olhos, ouve Maurílio berrando no telefone:

– Venha, meu chapa, a agência vai te receber de limusine! Você é sócio da melhor agência de jornalismo deste país! E, olha, como nunca tirou dinheiro daqui, e acho que nem quer mais trabalhar nisso, a gente quer comprar tua parte, você vai entrar numa nota, companheiro, isso, claro, se a gente arranjar quem compre tua parte, certo?

Ele sorri de olhos fechados, Mariano lhe esmurrando a barriga. Pode mesmo vender sua parte da agência, ir escrever um romance no Caribe, decerto vai sair uma droga como o primeiro romance, que Mariane leu durante uma semana, cochilando com as páginas no peito, até falar olhando nos olhos:

— Quer que eu te agrade ou seja sincera? Isso não é romance, é uma mistura de histórias de exilados com ensaios políticos, e... é chato!

Queimou o romance, página por página, para acender fogo numa cabana à beira de lago, onde ela ia menina com o pai, e se sentiu vazio mas aliviado. Talvez não se torne nunca um romancista, embora grandes romancistas só tenham começado a escrever na meia idade. Seja o que Deus quiser, agora que confia em Deus, ou seja, nos imprevistos, coincidências, acasos e incerteza, o Tao enfim.

O avião estaciona, ele abre os olhos para ver que, como sempre, os apressados já fazem fila no corredor. O Tao, que é que trará o Tao?

Os apressados vão saindo e, enquanto ele pega a velha mochila no bagageiro, aquele capeta, que a vó diz que é igualzinho ele menino, some. Procuram ali em volta, gente já agachando para ajudar, quem sabe debaixo das poltronas. A vó sobe numa poltrona, arquejando, bate a cabeça, geme, grita que seu neto sumiu!

— Mas só pode estar aqui dentro, queira Deus!

— É este aqui?

Lá no fundo está Mariano nos braços da comissária. Todos aplaudem. A comissária sinaliza que descerá com o menino para entregar lá fora. A vó se aflige, quer varar o corredor cheio para pegar o neto.

— Calma, mãe, ele não vai fugir!

— Quem garante?! Você mesmo já fugiu!

Mariano consegue escapar da comissária e logo está nos braços da vó, loiro e vesguinho como a mãe, com o nariz do pai e uma ligeireza do capeta, já passou para o colo de alguém. Ele volta a fechar os olhos. Pintinha disse que estará no aeroporto "com o que resta do Major", e com Dita e seu novo marido, Donana e Cida, "que agora até já fala mais do que *não sei*, veja o poder das esmeraldas!".

— Nós somos que nem esmeraldas, pleibói, preciosas e raras, cuida da tua!

Ele continua sentado, vendo de olhos fechados. Irão à Fazenda Palestina ver o novo florestamento de José, só com árvores nativas, e conhecerão a nova usina de laticínios tocada por João, "porque o Major é um homem tão bom, pleibói, que transforma raiva em perdão e desaforo em riqueza!". Ou, conforme Mariane, em vez de continuar com dois inimigos, o Major transformou em devedores...

E levarão Mariano para conhecer o carnaval infantil de Ponta do Muriaé e... Mariane aperta sua mão, olhando nos olhos com seus olhos azuis, diz que daria um dólar furado para saber o que ele está pensando, e ele diz pois é, olhe só para nós, um ex-repórter de revista de mulher pelada, com uma ex-chefe de garimpo de mulher, indo encontrar uma ex-caminhoneira, uma ex-cozinheira, todos que deixaram uma vida para encontrar outra e... porque é que, afinal, isso não pode virar um romance?

Este livro foi composto com tipografia Garamond e impresso
em papel Off-White 90 g/m² na Assahi.